ひつじ研究叢書〈文学編〉3　平家物語の多角的研究

ひつじ研究叢書〈文学編〉

第一巻　江戸和学論考　鈴木淳著

第二巻　中世王朝物語の引用と話型　中島泰貴著

第三巻　平家物語の多角的研究　千明守編

ひつじ書房

ひつじ研究叢書〈文学編〉3

平家物語の多角的研究

屋代本を拠点として

千明守 編

ひつじ研究叢書〈文学編〉3　平家物語の多角的研究　◈目次

序説　軍記物語古態論の行方

I　屋代本平家物語の新研究

II　刀剣伝承の文学

III　シンポジウム「平家物語研究の視点」

序説　軍記物語古態論の行方

軍記物語の表現の古態を考えるということ

佐倉由泰

はじめに―軍記物語の表現史を考えるということ

軍記物語の初期形態とは何か。この問題は、軍記物語の表現の古態というものを考えることに外ならないのであるが、これを考えるに際しては、いかなる表現を初期形態、古態と捉えるかという判断が不可欠となり、その判断のためには、軍記物語の表現史というものを認識することが必須の前提となる。「初期」の形態、「古い」形態を問う以上は、その記述形態を軍記物語の表現史の中に位置づけることが欠かせないのだ。ただし、それはたやすいことではない。

そもそも、「軍記物語」とは、実体的、固定的な概念ではなく、また、自立性の強いジャンルではない。そのような「軍記物語」と呼ばれるテキスト群の範囲を限定し、各テキストを単線的な時系列の上に並べて、「軍記物語史」と称しても、整理のための便宜という以上の意味を持たない。「軍記物語」という概念、ジャンルが自明のものではない以上、「軍記物語」という枠組みに囚われずに「軍記物語」を考えるという姿勢が必要になる。軍記物語の初期形態や古態を問う上でも、このような姿勢によって一つ一つのテキストの機構や本質を明らかにし、テキスト相互の関係性や、テキスト群を支える文化環境や、各テキストの固有の特質と意義を帰納的に捉えて行く考究が求められる。

そのような考究の前提として、史実を制約的な創造基盤として、争乱の世のあり様とそこに生きる人々の姿を描いた物語のことを、あくまでも便宜的に「軍記物語」と称することにする。本来、「記」とは、『日本霊異記』、『日本往生極楽記』、『池亭記』、『方丈記』等々のように、署名テキストであり、一方、「物語」は、誰のものでもなく、また、誰のものでもあるような無署名テキストであって(1)、両者は異質なものである。ところが、「軍記物語」という概念は、「記」であるとともに、「物語」でもあることを含意している。きわめて曖昧な概念と言わざるを得ないのだが、知り得た情報に寄り添った記述を志す「記」の性質を具えつつも、著者名を明かさぬ無署名の「物語」であろうとする類の書にとって、この呼称は、「軍記」、「戦記」、「軍記物」、「軍記文学」、「戦記文学」等の呼び方以上に、その特徴を言い当てているのかも知れない。もちろん、こうした理由で、「軍記」、「戦記」、「軍記物」、「軍記文学」、「戦記文学」という呼称を排する必要はないと思うのだが、本稿では、「軍記物語」ということばを用いることとする。その際、「軍記物語」とは、一〇世紀の平将門の乱から一七世紀の江戸幕藩体制形成期に至る約七〇〇年の日本の歴史の中の争乱を記し描いた、前近代のテキスト群を指し示す便宜的な総称を意味する。

「軍記物語の表現史」とは、この軍記物語と総称される、それぞれのテキストが、世界と、歴史と、人物を表象する際の、その表象のメカニズム、ダイナミズムを捉え出し、一つ一つのテキストの固有のしくみを明らかにした上で、構想されるべきものと考える。それは、軍記物語と目されるテキスト群を単線的な時間軸の上に並べて、『平家物語』を最高傑作と認め、これを頂点にした進化、発展や退化、衰退を見出すような「軍記物語史」とは異なる。軍記物語の表現史は、整理、解説の便法としての「軍記物語史」を超えて、一つ一つの物語が持つ固有の文化的意味と、その記述を支える、知とリテラシーのネットワークとを捉え出す展望に立つことによって成る。テキストそれぞれの固有の特質を重視することを基点とし、テキスト間の類似、相関や連続の相を見出すことから、軍記物語の表現史の展望は拓かれるのだ。その展望においては、テキスト間の類似、相関や連続の相だけではなく、本質的な相違や断層、断絶を認めて行くこともきわめて重要になる。そうした相違や断層や断絶の認定は、軍記物語の記述や用語、用字をめぐる文化史、学問史を展望する上でも有意義である。軍記物語の表現史は、文化、知、リテラシーの史的展開と有機的に連関する。表現史は、文化史、学問史と不可分の関係にあるが、政治史とはそれほど密接に結びつけなくてもよい。表現史は、政治史と到底無縁ではあり得ないのだが、これに随順するものではない。そこに、表現史と、文学史と一般に呼ばれるものとの間の大きな違いがある。文学史というものは、上代、中古、中世、近世、近代や、奈良、平安、鎌倉、室町、江戸などといったことばと強く結びつこうとするが、表現史においては、こうした政治的時代区分とのつながりは本質的なものではなく、説明上の便法の域を超えない。本稿が展望し素描しようとするのは、日本の文化史、学問史に密接にかかわるような軍記物語の表現史である(2)。

一　『将門記』を通して現れる表現と知の系脈

『将門記』、『陸奥話記』、『奥州後三年記』を総称する「初期軍記」ということばがある。この概念が、文学史としての「軍記物語史」という概念に付属するものであることは言うまでもない。「初期軍記」という呼称にも、整理のための便法以上の意味はない。『将門記』、『陸奥話記』、『奥州後三年記』という三つのテキストのそれぞれの特質を考える上でも、一旦「軍記」という枠組みを取り外してしまうと、相互の関連や類似を語るのが容易ではないことに気づかされる。この三つのテキストはそれぞれ異質のリテラシーを基盤にして成り立っている。表現史、文化史、学問史の次元で同列に語ることが難しいのだ。ただし、こうした本質的な差異に着目し、相互を比較し対照して、それぞれの表現の内実を明らかにすることは、各テキストを表現、文化、学問の史的展開の中に位置づける上できわめて有意義である。

このように、比較することに意味があるという点において、「初期軍記」という概念を立てることの有効性がある。「初期軍記」という概念の枠組みに囚われることなく、「初期軍記」と呼ばれる各テキストの記述の機構と文化的位相の特質を考えてみたい。

言うまでもないことだが、軍記物語の「先駆」、「始発」と目される『将門記』には、自らを「軍記物語」と捉える認識は皆無だった。その記述内容も、人々の心身の痛みを鋭く受けとめる感覚、感性と、平将門の乱という「大害」が起こった事実やその原因の解明に執拗にこだわる問題意識、危機意識とによって支えられており、他の軍記物語とは明らかに異質である。それは、「吏」の文学とも称すべき書であって、戦禍による人々の苦難と悲嘆を重視し、戦闘の当事者以外の被害者も事件の当事者と捉えることを記述の本質としており、後世の軍記物語は『将門記』のこの重要な特質を継承していない。「表現史」という観点に立つ場合、『将門記』は、軍記物語の「先駆」、「始発」ではない。表現史上、『将門記』は、真名表記テキストであるということにおいて決定的な意味を持つ。『源氏物語』は自らの記述のうちで『竹取物語』を「物語の出で来はじめの親なる竹取の翁」と称している(絵合巻)(3)が、『将門記』が後世の軍記物語によってこうした始源として意味づけられることはない。『将門記』は、その対句的な措辞、文飾において、一つの模範と認められ、書写されて流布し、その一部が真福寺等に現存するに至ったと考えられる。『尾張国郡司百姓等解文』が現存するのも同様の事情によるのに違いない。表現史上、『将門記』は、軍記物語である前に、一〇・一一世紀の真名表記テキストなのであり、『尾張国郡司百姓等解文』、『仲文章』と同質の文体、用語、リテラシーに支えられており、「吏」の文学と称すべき特質までもこれらのテキストと共有している。『将門記』の文体、用語、リテラシー、イデオロギーは、「初期軍記」と目される『陸奥話記』や『奥州後三年記』よりも、中世軍記物語の『保元物語』、『平治物語』、『平家物語』、『承久記』等よりも、はるかに『尾張国郡司百姓等解文』、『仲文章』に近似している。

したがって、『将門記』の記述の特質と文化史上の意義を正当に認める表現史を成り立たせるためには、「軍記物語」という概念を一旦離れたところでそれを構想する必要がある。そこで注目されるのが、真名表記をめぐる知と表現の系脈である。『将門記』、『尾張国郡司百姓等解文』、『仲文章』等の一〇・一一世紀の真名表記テキストの用語、表現は、平安時代から中世に至る、『類聚名義抄』や節用集等の辞書、『庭訓往来』、『異制庭訓往来』、『新撰類聚往来』、『尺素往来』等の往来物に広く見出されるものであるが、『陸奥話記』や『奥州後三年記』、『保元物語』、『平治物語』、『平家物語』、『承久記』等とは縁遠い。用語、表現の面で、『将門記』と深く結びつく軍記物語としては、むしろ、時代を大きく隔てた、室町時代の真名表記テキストである『大塔物語』や『文正記』が挙げられる。特に、応永七年(一四〇〇)に信濃国で起こった、守護小笠原長秀と「国一揆」の人々との戦い、信州大塔合戦を記した『大塔物語』は、中国の『詩経(毛詩)』、『遊仙窟』や、平安時代の『和漢朗詠集』、『新猿楽記』、『江談抄』を原拠とする文飾、用字を具え、『平家物語』や『太平記』、往来物の『庭訓往来』、『新撰遊覚往来』、『尺素往来』、『富士野往来』、『琑玉集』、『快言抄』、辞書の『塵袋』、『壒嚢鈔』、節用集、『運歩色葉集』、金言集の『明文抄』、『管蠡抄』、『句双紙』、注釈書『和漢朗詠註抄』、謡曲の『鶴次郎』、能楽伝書の『自家伝抄』、『禅鳳雑談』、さらに、和歌や鷹書、『塵荊鈔』、『旅宿問答』等の記述との間に類同や関連を持つとともに、『将門記』、『尾張国郡司百姓等解文』、『仲文章』と同様の用字、用語を少なからず有している。『大塔物語』は、一〇・一一世紀以来の真名表記をめぐる知とリテラシーの系脈を深々と受け継いだ一五世紀の高度な文化環境、学問環境に支えられて成り立った書である。早くも一五世紀に、この『大塔物語』という、京以外の地域の同時代の事件を語り、その地域に流通する軍記物語が先駆的に現れたのは、これが往来物等と同様の知とリテラシーを支えにした真名表記テキストであったからこそ可能であったと考えられる。一五世紀、真名の文化は、知の脱領域化において先駆的役割を担っていた。もちろん、一五世紀の真名の文化が、地域の隔たりや階層を超えた脱領域的な広がりをもたらしながらも、その担い手が多分に男に偏向していたであろうことには留意する必要があるのだが。

このような一五世紀の真名表記テキスト『大塔物語』と、一〇・一一世紀の真名表記テキストである『将門記』とのかかわりにおいて、『大塔物語』が『将門記』の記述を受容するといった直接の関係は認められない。また、それを認めようとする必要もない。認めるべきは、平安時代から中世に至る、真名表記をめぐる知と表現の系脈の幅広さと奥深さである。『将門記』の文化的意義も、『大塔物語』の文化的意義も、軍記物語の系脈において捉える必要はない。いずれも、数百年以上にわたって保たれた、真名表記をめぐる用語、表現、リテラシーの系脈においてその意義を測るべきであろう。日本の文化において、真名の文化が果たした役割はきわめて重要である。これが、地域や階層を超えた知の脱領域化において先駆的役割を担ったのは一五世紀だけではなく、一〇・一一世紀も同様であった。『将門記』の作者についての従来の論及は、東国在住者説、京都在住者説、東国で一旦書かれた後に京都で完成したという説の三つに大きく分けられる(4)が、『将門記』を支え、成り立たせたのは、都とそれ以外の地域との区別なく、「吏」を中心に広範に流通していた真名の文化である。知とリテラシーのあり方を問題にするのならば、『将門記』の表現者が都の人か、それ以外の地域の人かという判別は、本質的な意味を持たない。こうしたいわゆる吏の漢学は、後世の往来物を生み出したリテラシーにつながるもので、同じ漢学でも、漢籍から直接学び、正格の漢詩文を作るような、いわゆる博士の漢学とも、仮名表記の歌文を支える知とも異質なものであり、博士の漢学や仮名の文化が都に偏在するのに対して、平安時代以来一貫して、地域間の隔たりを超えて流通し、知の脱領域化に寄与していたと考えられる。『曾我物語』の妙本寺本等も、こうした吏の漢学・往来物の漢学という重要な知の系脈に立つ真名表記テキストとして、読まれ、論じられる必要があると思う。また、『平家物語』の真名表記テキストである四部合戦状本、源平闘諍録、熱田真字本についても、こうした吏の漢学に支えられた真名表記テキストと、用字、用語、表現、記述内容において、いかなる類同と相違が認められるのか、丹念に検討すべきであろう。そして、一〇・一一世紀の日本の表現と知の様相を総合的に捉えるという展望に立つ上でも、『将門記』、『尾張国郡司百姓等解文』、『仲文章』といった真名表記テキストは、『本朝文粋』、『本朝麗藻』等に採られた漢詩文や、『古今和歌集』、『枕草子』、『源氏物語』等の仮名の歌文とも並び立つ、代表的な三つの柱の一つに数えてもよいと思われる。

この三つの代表的なリテラシーの系脈を考えることは、日本の文化史、学問史を通観し展望する上でも有意義な視点となり得るだろう。『陸奥話記』は、『将門記』を支えた真名の文化とは異なる漢学、言わば博士の漢学の系譜に立つテキストであり、『奥州後三年記』は、主に、仮名の文化に支えられていると考えられる。また、後述するように、半井本『保元物語』は、中世軍記物語の表現の古態として、訓読化、口語化を指向する第四の表現の系譜において成立したが、これより後の『保元物語』の他のテキストや、他の軍記物語のテキストの多くは、この第四の表現を基盤としつつ、そこに仮名の文化のリテラシーの蓄積を色濃く取り込んだものとなっている。もちろん、こうした知と表現の系脈の理解は、各テキスト固有の複雑な記述の実態をあえて単純化した、きわめて大まかな見取り図に外ならないが、このような表現史の素描を行ってみるだけでも、軍記物語というジャンルに属するとされるテキスト群が、互いに異質な表現の系脈に分かたれていることが容易に理解できる。さらに、この吏の漢学、博士の漢学、仮名の歌文の文化、訓読化・口語化を指向するリテラシーという、四つの表現と知の系脈の展望について付言するならば、『太平記』は、この四つの系脈のすべての表現と知を深々と包摂する稀有なテキストと捉えることができる。『太平記』は、日本の多様な表現と知の系脈が一堂に会した一つの集大成と称すべきテキストであり、その文化的意義の大きさは、軍記物語という枠組みを超えて、日本の文化史、表現史の中で論じられ、測られる必要がある。その一方で、『平家物語』、特に、覚一本等の語り本系のテキストは、吏の漢学の受容の形跡がきわめて微弱である。

また、先述のとおり、『大塔物語』は、一五世紀の真名表記をめぐる高度な文化環境、学問環境に支えられているのだが、『義経記』をこれに対置し得る一六世紀のテキストとして捉えてみたい。真名表記をめぐるリテラシーは、一六世紀以降も隆盛を保つのだが、一六世紀は、『源氏物語』や和歌に淵源を持つ和文にかかわる古典学のリテラシーが、連歌師の活動等もあって、存在感と重要性を画期的に増すことになる。『義経記』を、そうした文化の動向の中で生まれたテキストと意味づけたい。『義経記』の表現形成と『源氏物語』や和歌などをめぐる古典復興との直接の結びつきは見出し難く、その担い手も異なるはずであるが、いずれも、応仁・文明の乱以後の復興期の京都の新たな文化環境の中で現れ出た出来事ではないかと考えられる。『大塔物語』は、一五世紀の真名の文化を代表するテキストとして、『義経記』は、一六世紀の仮名の文化の一つの典型として、位置づけることができそうだ。この両者の相交わることの少ない稀薄な関係は、往来物等を支えた漢学と仮名の文化との距離感、隔たりの大きさを端的に表している。『大塔物語』と『義経記』との間の内容、表記の隔たりは、真名をめぐる知とリテラシーと仮名をめぐる知とリテラシーとが、互いに異質なまま、十分に溶解せずに併存する状況にあったことを端的に表している。

二『陸奥話記』を通して現れる表現と知の系脈

このように、軍記物語と呼ばれるテキスト群のうち、『将門記』、『大塔物語』をはじめとする少なからぬ書は、真名表記をめぐる表現と知の系脈を捉えるという問題意識の下に、その特質や文化的意義を捉え直すことができるが、同じ漢文で書かれたテキストであっても、『陸奥話記』については、その系脈を捉える場合とは異なる考究を行う必要がある。『陸奥話記』は、「将軍」による「鎮定」の「記」という虚構の枠組みを具えた一一世紀の漢文学作品である。先にも述べたとおり、『将門記』、『尾張国郡司百姓等解文』、『仲文章』の記述を支えたものを「吏の漢学」と称するならば、『陸奥話記』の記述は「博士の漢学」によって成り立っている。『陸奥話記』は、軍記物語である前に、一一世紀の漢文学作品であり、その記述は、『漢書』、『史記』、『後漢書』や、『文選』所載の「答蘇武書(蘇武に答ふる書)」等の漢籍を基盤とした知とリテラシーに支えられている。その知とリテラシーは、『将門記』等を支えた吏の漢学・漢文とはまったく異質である。『将門記』、『尾張国郡司百姓等解文』、『仲文章』で特徴的に用いられていた、「跋扈」、「鰥寡孤独」、「不治」、「彫弊」、「五主」、「漆」、「烟」、「瓦」、「葦」、「薫蕕」、「涇渭」といったことばも、「掃底捜取」、「隠於巌後」、「留於館後」というような表現も現れない。そもそも「吏」という詞が見られない。『将門記』が「吏」の文学ならば、『陸奥話記』は「吏」不在の文学であり、「吏」の代わりに「将軍」と「兵士」が登場する。そのような中、緻密な計算と作為によって、『陸奥話記』という「将軍」の「鎮定」の「記」が作り上げられているのである。こうした虚構の要となったのが、源頼義を「将軍」と称することによる「将軍」の創出であったが、それを成り立たせているのも博士の漢学であった。

この一一世紀の博士の漢文・漢学によって成るテキスト、『陸奥話記』を、『今昔物語集』巻第二五第一三話「源頼義朝臣、罸安陪貞任語」(以後、随時、「『今昔』25―13」と略記する)が典拠としていることも注目される。この両者の記述の比較は、『陸奥話記』の記述の特質を際立たせ、その表現史上の位置づけを明確にするという意味で重要である。『今昔』25―13は、『陸奥話記』を典拠とし、その記述を抄出したダイジェストという性格を持ちながら、驚くべきことに、『陸奥話記』で六三例にも及んだ「将軍」という語を「守」に書き換えようと企てており、この「将軍」という語は唯一の例外を除いて徹底的に消去されるに至っている。『陸奥話記』で六三例にも及んだ「将軍」の用例がわずか一例になっているのだ。その一方で、『陸奥話記』では、頼義を陸奥の国守として呼ぶ事例が「大守」、「前司」の各一例、計二例に過ぎなかったものが、『今昔』25―13では五八にも及んでおり、そのすべてが「守」と称している(『陸奥話記』にはこの「守」一字の呼称は皆無である)。また、『今昔』25―13は、『陸奥話記』で三九例に及ぶ、安倍氏方に対する「賊」という呼称も「敵」などに改めてすべて消去し、『陸奥話記』で二五例を数えた、頼義方への「官軍」という語も、ことごとく「守の軍」、「軍」などのことばに変えている。さらに、『陸奥話記』が熱意を込めて繰り返し記した、頼義と清原武則の対話さえも削除するか簡略にし、『陸奥話記』の冒頭部の頼義への讃辞も、結尾部の頼義の「名世の殊功」への讃辞もまったく記していない。『今昔』25―13は、前九年合戦を、「将軍」が「官軍」を編成して「賊」を平定した稀代の非常事ではなく、「公」の通常の秩序維持機能の枠内で「守の軍」が「敵」を破って終熄させた一事件として記そうとしている。それは、前九年合戦の「私戦」性を隠蔽する試みでもあった。『今昔』25―13は、史実に即す形で「将軍」を「守」と書き換える一方で、さまざまな事実隠蔽や曲筆をなしている。『陸奥話記』が記す、二度にわたる頼義の任期満了の事実のうち、康平五年(一〇六二)の事態を天喜五年(一〇五七)の記事に組み入れて―康平五年の高階経重の新司補任を五年早めて天喜五年のこととする―、戦闘が終熄する康平五年には、頼義の任期切れ、新司の補任、「朝議、紛紜」等の諸事は何もなかったことにしている。また、天喜五年の頼義の軍事続行にかかわる「群卿の議同じくせず」という事態も記述から抹消し、頼義がこの事態の決着を待たずに黄海で戦ったとはせずに、安倍氏征討を命ずる「宣旨」に則って戦闘を行ったことにしている。頼義への協力を相次いで拒んだ出羽守、源兼長、源斉頼の名もどこにも現れない。このような『今昔物語集』の記述改変の検討を通して、逆に、『陸奥話記』の特質も浮かび上がる。『今昔』25―13の記述の偏向を鏡として、『陸奥話記』の偏向が浮かび上がるのだ。

『陸奥話記』の偏向は、博士の漢学によるものであり、このテキストの「将軍」による「鎮定」の「記」という虚構の枠組みも、その要となる「将軍」という概念も、博士の漢学が創出し、招来したものであるのだが、『今昔物語集』がこの「将軍」という概念とそれにもとづく虚構の枠組みを受容しなかったことは看過できない。『今昔物語集』は、『陸奥話記』の記述内容を受容するに際して、言わば、そこから博士の漢学の知とリテラシーを排斥する形で翻訳を行い、自らのことばのうちに取り込んだことになる。『陸奥話記』の記述内容を事件の記録として取り入れる一方で、その記述を支える文体とことばとリテラシーを受け入れることを峻拒しているのである。その意味はきわめて重大である。『今昔物語集』は、巻第二五第一三話「源頼義朝臣、罰安陪貞任語」で、博士の漢学のリテラシーを受容せずに、『陸奥話記』を翻訳しているだけではなく、巻第二五第一話「平将門、発謀反被誅語」では、『将門記』を翻訳し、そこでは、吏の漢学にとって特徴的な言葉を次々と排除して、平将門を好戦的な悪人に仕立て上げる記述を捏造している。『今昔物語集』巻第二五第一話にも、「跋扈」、「鰥寡孤独」、「不治」、「彫弊」、「五主」、「漆」、「烟」、「瓦」、「葦」、「薫蕕」、「涇渭」といった用語も、「掃底捜取」、「隠於巌後」、「留於館後」というような表現も現れない。これもまさに「吏」不在の文学である。

このような巻第二五第一話も褒められた記述ではないが、『今昔物語集』は、この巻第二五第一話では、吏の漢学・漢文を排して、『将門記』を翻訳し、巻第二五第一三話では、博士の漢学・漢文を排して、『陸奥話記』を翻訳し、さらに、たとえば、巻第三〇第九話「信濃国夷棄山語」等では、『大和物語』を原拠とする和文の記述を自らの文体に改めて、その内容を取り込んでいる。博士の漢学にもとづく記述と、吏の漢学にもとづく記述と、仮名の歌文の記述という、まったく異質な、表現、文体によって成り立っていた話がほぼ同質の文体、ことばによって翻訳され、まさに一堂に会しているのだ(5)。これは、驚くべきことであり、『今昔物語集』の特異性が際立つところである。それだけに、異質な知とリテラシーにもとづく表現を同質のことばで翻訳している、そのことばの特質を考える必要がある。この特質はにわかに規定しがたいものの、博士の漢文とも、吏の漢文とも、仮名の文とも異なる訓読的な文体に外ならず、吏の漢学とは別の方向で、知とリテラシーの脱領域を図るものと言ってよいだろう。律令制の崩壊により、吏が階層的基盤を失う中でも、吏の漢学の知は途絶えずに、『類聚名義抄』のような辞書等の中に沁み込んで、やがて往来物の漢学として広範な流通を見せるのに対し、『今昔物語集』自体は、欠巻、欠話、欠文、欠時を抱えた未完成の状態のまま、長く世に知られずにいるものの、その記述を支えた知とリテラシーは、別な方面において広範な展開を示すことになる。

三　中世軍記物語の表現の古態

一二・一三世紀は、従来の博士の漢文とも、吏の漢文とも、仮名の歌文とも異なる、新たな文体が模索され始めた時期であったようだ。形質の異なる多様な記述を自らの文体に置き換えて翻訳できた『今昔物語集』だけではなく、口語性を旺盛に取り入れた『大鏡』も、その模索の中で生まれたものと言えよう。大まかに言えば、それは、訓読化と口語化の指向を具えていたと考えられる。『愚管抄』も、まさにその指向の延長上に成立した歴史叙述である。『愚管抄』は、「ハタト、ムズト、シヤクト、ドウドナドイフコトバドモ」を「ヤマトコトバノ本体」と称し、その平易さと強度に依拠する姿勢を示している(巻第二結尾部)(6)。この「ハタト、ムズト、シヤクト、ドウド」という擬音語は、口語化の極致とも言うべき言葉であり、それを「ヤマトコトバノ本体」と見なすところに、音声表象を現前させることに対する『愚管抄』の強いこだわりがうかがわれる。考えるに、『大鏡』も、『今昔物語集』も、『愚管抄』と同様に、音声表象、聴覚表象を現前させることに執拗にこだわったテキストである。『大鏡』は、雲林院で菩提講を待つ場に音声として現前した大宅世継らの歴史語りを書記したという意匠に依拠して成り立った歴史叙述であり、『今昔物語集』も、各話の欠尾で「～トナム語リ伝ヘタルトヤ」と記し、口承の言説の採録という装いを記述の本源的な支えとしている。

『大鏡』、『今昔物語集』、『愚管抄』は、いずれも、訓読化と口語化を図る中で、従来にはない新たな強度を具えた平易な表現を求めて、音声表象、聴覚表象を現前させる指向を具えているのだが、そうした指向を、この三つのテキストよりも、はるかに尖鋭に、根源的に推し進め、実現させているのが、半井本『保元物語』である。

半井本『保元物語』の記述には、多くの登場人物の声が溢れており、登場人物の発話、対話の累加が、場面のリアリティー、臨場感を生成し、表現に強度をもたらすとともに、ストーリーの基軸を形成して、その展開を支えている。その特徴は、時に、きわめて特異に現れる(7)。

八月廿六日ニ、北ノ陣ヲ渡ス。白水干袴ニ赤帷ヲゾ着タリケル。額ニ疵有ケリ。合戦ノ日、正清ニ被レ射タルトゾ申ケル。周防判官季実預テ、推問ス。申延タル方モ無シ。首ヲ刎ヌベキカ、但、其庭ヲ免レタレバ、不レ可レ然。流スベシ。只息災ニテ流タラバ、末代ニモ、又朝敵ト成ナムトテ、腭ヲ抜トゾ被レ仰ケル。

潜伏の後に捕えられた為朝の処罰が決する場面の記述であるが、「～渡ス」「～着タリケル」「～有ケリ」「～トゾ申ケル」「～推問ス」「～モ無シ」という短文の累加の後に、突然、「首ヲ刎ヌベキカ」、「但、其庭ヲ免レタレバ、不レ可レ然。流スベシ」、「只息災ニテ流タラバ、末代ニモ、又朝敵ト成ナム」、「腭ヲ抜」と、文意も解し難くなるほど即発的に、発話の累加が起こっている。ここでは、何と、突如として、不特定の話者による為朝の処罰についての評議が始まり、即座に、腕の筋を切って流罪に処するという決定がなされているのだ。まさに特異な記述であるが、半井本『保元物語』にあっては、こうした記述こそがテキスト全体の記述の特質を際立たせるものとなっており、この記述に特徴的な、登場人物の発話の累加、さらには、地の文での発話の累加が、テキスト全体の記述を根源的に支えている。表現の累加という発想と形式が、半井本『保元物語』を成り立たせているのだ。次の地の文における記述の累加にも、それは顕著である(傍線は佐倉による)。

同日夕方、出納友兼ガ三条烏丸ノ焼残ノ御所、中御門東洞院ノ御所二ケ所ヲ実検スルニ、三条ノ焼残ノ御所ニ御文車一両アリ。其ニ御手箱アリ。御封ヲ被レ付タリ。被二秘蔵一タリ。内裏ヘ持テ参タリ。叡覧ヲフルニ、御夢ノ記也ケリ。毎度奇異ノ事ノ限リ注置セ給タリ。御夢ノ記ト申ハ、重祚ノ告也ケリ。重祚アル度ニ、御願ヲゾ御心ニアマタ立サセ給タル。

この記述は、崇徳院が讃岐に流された後に、院の「二ケ所」の御所のうちの、「三条ノ焼残ノ御所」の、一両の文車の、封ぜられた手箱の中から、重祚を予告する夢想を記した、院の夢の記が発見されたことを示しているが、九つもの短文を、各冒頭に接続詞等も置かずに即発的に累加した記述となっている。「アリ」「アリ」「タリ」「タリ」「タリ」「ケリ」「タリ」「ケリ」「タル」と、各末尾に同音、同語を連ねてもいる。発話の累加という素朴な発想、形式に素朴に依拠した記述であり、発話の一つ一つが即自的強度を具えている。半井本『保元物語』は、接続詞等を用いて発話と発話を関係づける前に、一つ一つの発話の即自的な勁さに依拠し、それを累加することに歴史叙述の新たな活路を見出そうとしている。半井本では、累加という発想、形式は単純素朴なものであるが、まさにそれゆえに、表現史上、画期的な意味を持つ。その表現の強度を求める新たな指向は、発話の聴覚表象としての現前を図る、執拗で強固なこだわりと連動している。そこでは、言葉の即自的な強度と、発話の聴覚表象としての現前を優先させるがあまり、心中思惟の表出さえも抑制されている。『保元物語』の他本と比較しても、それは明瞭である。記述の訓読化、口語化は、『大鏡』、『今昔物語集』、『愚管抄』等にも認められる指向であるが、その指向を、文体も決定づける、累加という形式、発想において強力に根源的に推し進めているところに、半井本『保元物語』の本源的な特質がある。そして、その特質にこそ、中世軍記物語の表現の古態を見たい。

ことばの即自性、実体性に本源的に依拠した累加という表現発想、表現形式が、半井本『保元物語』の記述を根源的に支えている。その表現世界には、多くの登場人物の声が溢れ、匿名の人のことばや対話的な地の文が即発的に現出する。これは、吏の漢文や博士の漢文はもとより、従来の仮名の文にもなかったものであり、『大鏡』、『今昔物語集』、『愚管抄』と指向を同じくしながらも、その発話の即自的な強度への徹底したこだわりは、この三つのテキストの域をはるかに超えている。そして、私は、このような発話の即時的な強度の現出を可能にした、累加という表現発想、表現形式に、中世軍記物語の表現の始発を認める。発話と発話の脈絡よりも、一つ一つの発話の即自的な強度を素朴に重んじ、素朴に累加を繰り返す、半井本『保元物語』の記述は、発話間の関係の綾を豊かに紡ぎ合わせる『源氏物語』等の平安時代の作り物語と比べると、表現の技量、達成度を大きく後退させているようにも見える。未だ『源氏物語』のような文章、文体を受容し消化するだけのリテラシーの蓄積がなかったとも評されかねない。金刀比羅本に『保元物語』の達成を認め、覚一本『平家物語』の記述に軍記物語の到達点を認めるような観点を尺度にすると、半井本の記述は未熟とも見なされよう。しかしながら、そもそも半井本に顕著な、累加という発想、形式は『源氏物語』に学んだものではない。半井本『保元物語』の記述は、接続詞等を用いて発話と発話を関係づける前に、一つ一つの発話の即自的な勁さに依拠し、それを累加することに歴史叙述の新たな活路を見出している。そこに、表現史上の画期的な意味がある。顧みるに、『愚管抄』の文体も決してこなれたものではない。素朴とも生硬とも言える記述である。が、歌の道に堪能で、多くのすぐれた和歌を詠んだ慈円が、『愚管抄』のような文章を綴ったのも後退や失敗ではない。和歌表現を支えるリテラシーと、『愚管抄』の記述を支えるリテラシーとは、まさに異質なのだ。和歌を詠み上げるための知とリテラシーを存分に学び、蓄えた慈円が、その知とリテラシーがほとんど通用しない記述にあえて挑んだところに、『愚管抄』は生まれたのである。その意味は重い。

半井本『保元物語』の記述は、この『愚管抄』の記述以上に、素朴で生硬である。その記述を支えた累加という表現発想、表現形式が、中世軍記物語の表現の古態となり、一つの基盤となって、他の『保元物語』諸本や、他の中世軍記物語のテキストは生成されるのであるが、『保元物語』の鎌倉本、京都大学図書館蔵本、金刀比羅本、流布本等の記述を、半井本の記述と比べてみてもわかるように、後出本は、累加という発想を素朴に反映している記述に、次々と仮名のリテラシーにもとづく意匠を加えて、それをこなれたものへと変貌させている。そうした意匠の付加が重ねられる中で、表現の様式化が推し進められ、その様式化のきわまった一つの形が、覚一本『平家物語』の記述となる。そこには、平安時代の歌文を淵源とする仮名文のリテラシーが調和的に満ち溢れ、漢学の知と訓読的文体のリテラシーもふんだんに取り込まれて、文体を異にした表現が整然と併存する表現世界が作り上げられている。覚一本『平家物語』は、中世軍記物語の表現の古態の本来のしくみを保ち、その強度を様式的力動性に移し変えながら、仮名と漢文のリテラシーを盛り込み、素朴さを糊塗する秩序とダイナミズムを獲得しているのである。ただし、この獲得が、本来の古態の強度を減殺させることによって成り立っていることも看過できない。覚一本『平家物語』の成立は、ある意味では進歩であり、達成であるが、別な意味では後退であり、喪失なのだ。

そのような表現史の様相を明らかにする意味でも、半井本『保元物語』に顕著な表現の古態が、他の中世軍記物語のテキストにどの程度認められるかということは重要な問題になる。その点で、慈光寺本『承久記』と延慶本『平家物語』は注目される。半井本『保元物語』、慈光寺本『承久記』、延慶本『平家物語』という、この三つのテキストの文体が、累加という発想、形式への依存度の問題を含めて、いかに近似しているかについては、今後さらに丹念に考察を重ねる必要があるが、この三つテキストの記述の間には、ある共通する素朴さ、野放図さが認められる。しかも、そうした素朴で野放図な記述の中に、王権を憚らぬ発話が現れることも、この三つのテキストに共通する表現状況である。半井本『保元物語』では、崇徳院方の軍評定で、源為朝が内裏の高松殿への夜討ち、火攻めを主張し、「其時、鳳輦ノ御輿ニ、為朝、矢ヲ進セバ、ハウ〳〵駕与丁御輿ヲ捨テ進テ逃候ハン時、此御所へ行幸成進セテ、位スベラセ進テ、只今君ヲ御位ニ付ケマイラセン事、御疑アルベカラズ」と語り、物語の大尾も、「保元ノ乱ニコソ、親ノ頸ヲ切ケル子モ有ケレ、伯父ガ頸切甥モアレ、兄ヲ流ス弟モアレ、思ニ身ヲ投ル女性モアレ、是コソ日本ノ不思儀也シ事共ナリ」という記述で結ばれている。為朝が言う「鳳輦ノ御輿」に乗る主も、物語の結尾で言われる「兄ヲ流ス弟」も、後白河天皇に外ならない。慈光寺本『承久記』では、幕府方の市川新五郎が「誰カ昔ノ王孫ナラヌ。武田・小笠原殿モ、清和天皇ノ末孫ナリ。権太夫モ桓武天皇ノ後胤ナリ。誰カ昔ノ王孫ナラヌ」と発言し、北条義時も、「王」である後鳥羽院との戦いに勝ったことについて、「義時ハ、果報ハ、王ノ果報ニハ猶マサリマイラセタリケレ。義時ガ昔報行、今一足ラズシテ、下﨟ノ報ト生レタリケル」と述べて、手放しで喜びを表している。延慶本『平家物語』では、寿永二年（一一八三）一一月の法住寺合戦の前のこととして、平家に替わり入京した源義仲が後白河法皇の命令も意に介さずにいる状況について、奈良法師が法皇を「白サヒテ赤タナゴヒニ取替テカシラニ巻ケル小入道カナ」という歌に詠んで笑ったことや、法住寺合戦の無惨な結末について、「貴賤上下、遠近親疎」が、「体（つまはじき）」をして、「法皇ハ古ニモコリサセ給ワズ、又カヽル云甲斐無事引出サセ給テ、万人ノ命ヲ失ハセ給、我御身モ禁獄セラレサセ給ヘル事、責ノ御罪ノフカサ、先ノ世マデモウタテクナム」と、後白河院を批判したことまでも記されている。

このように、「四部之合戦書」（『蔗軒日録』文明一七年〈一四八五〉二月七日条）とも、「四部ノ合戦状」（『平家勘文録』）とも称される『保元物語』、『平治物語』、『平家物語』、『承久記』のうち、『保元物語』、『平家物語』、『承久記』が、記述内容と表現の面で、共通した素朴さ、野放図さを具えたテキストを現存させる中で、『平治物語』については、諸本の中で古態を保つとされる第一類本の記述にも同様の特質を見出せない。その点で、『平治物語』は、中世軍記物語として、きわめて異質である。日下力氏が指摘するとおり、『平治物語』、とりわけ第一類本には、王朝体制の維持を重んずる意識（王朝体制帰属意識）が強く現れている(8)が、これは、むしろ、『平治物語』に、中世軍記物語としての表現の古態がないことを示しているのではないだろうか。累加という発想、形式が認められる表現も、王朝体制の維持を重んずる意識が現れる場面には認められず、むしろ、後補的と見なされてきた、源頼朝の伊豆配流以降の記述の方に、累加という表現発想、表現形式が留められているように思われる。『平治物語』の記述全体を支える、王朝体制の維持を重んずる意識も、藤原信頼を批判、非難の的にして過剰に徹底的に貶めた結果、現れ、際立っているものと考えられる。『平治物語』は、本来、平治の乱という不可解きわまりない事件の〈事実〉を説き明かすためにではなく、源平の歴史、とりわけ、源氏の歴史を述べるために書かれたのではなかったか。平治の乱は、源氏と平家の歴史を語る上で欠かせない事件であるが、『平治物語』は、この事件において、決して肯定的に記すことのできない、源義朝たち源氏の人々をいかに肯定的に描くかという課題を担う中で、藤原信頼の虚像を捏造し、平治の乱の責任のほとんどすべてを信頼に負わせる明快なストーリーを作り上げたものと考えられる。そのストーリーの明快さは、平治の乱の〈事実〉を隠蔽するものとなっており、そこにうかがわれる不自然さは、源氏の人々の動静を肯定的に示しながら平治の乱を記すことの困難さをもの語っている。『平治物語』は、そのような困難な課題を担って、他の「四部合戦状」よりも比較的おくれて成立したのではなかったか。中世軍記物語の表現の古態ということに注目すると、表現史上の『平治物語』の特異な位相が浮かび上がる。

この『平治物語』と同様の意味で、表現史という展望に立つ時に特異な位相を呈するのが『奥州後三年記』である。『奥州後三年記』は、かつて、『後三年合戦絵詞』の詞書として、室町時代初めのその絵詞の成立と同時に記されたものと考えられていたが、野中哲照氏の考察によって、その本文が平安時代に成立したことが指摘され(9)、「初期軍記」として広く認められるに至っている。ただし、記述の焦点が定まらぬことなど、未だ不明な点も少なくない。とりわけ、現存本文が真名表記ではなく、漢字平仮名交じりの表記であることをどう考えるかということが問題の核心となるものと思われる。『奥州後三年記』が、そもそも、現存するように、漢字平仮名交じりの表記で成立したのか、あるいは、漢文として成立したのかということを問うてみる必要もあるかも知れない。それ以上に、現存テキストの本文が、いかなるリテラシーを基盤とするものなのか、広い展望を持ちつつ丹念に検討する必要があるように思う。その文体、用語は、半井本『保元物語』や慈光寺本『承久記』の文体、用語とは明らかに異質である。『奥州後三年記』は、漢字仮名交じりの表記でありながら、中世軍記物語とは異なる特徴的な記述を持つ。それだけに、『奥州後三年記』の表現、文体が、軍記物語以外のいかなるテキストに近似するのかという問いかけと検討は、一二世紀という日本の表現史の画期を考察する上でもきわめて重要な意味を持つ。

おわりに

以上、述べてきたことは、実に大雑把な見取り図に過ぎない。一〇世紀から一六世紀の表現をめぐるリテラシーを展望するために、吏の漢学・漢文（往来物の知とリテラシー）、博士の漢学・漢文、仮名の歌文、訓読化・口語化の指向を支える知とリテラシーの四つを大まかに提示したが、実際は、これらが相互にきわめて複雑にかかわり合いながら、さまざまな表現を作り出し、展開したものと考えられる。たとえば、訓読化・口語化の指向と一言で称しても、その指向の内実は多岐にわたる重層的なものであるはずだ。より微視的な視点に立って、個別のテキストの用字、用語、表現を丁寧に捉え出し、比較し検討する中で、軍記物語をめぐる表現史、文化史、学問史を展望する必要があることは言うまでもない。軍記物語の表現の古態、初期形態というものも、軍記物語という枠組みを自明化しない幅広い展望と丹念な考究の中で明らかにして行く必要がある。そこでは、古態、初期形態と考えられる記述が、いかなる表現と知とリテラシーの系脈に位置づけられるのかということが、重視され、問われなければならない。

本稿は、そのような展望と考究を始めるための仮説と構想を提起したものである。

注

（1）「物語」の無署名性を重視する発想は、神田龍身『偽装の言説—平安朝のエクリチュール』（森話社、一九九九年七月）の第Ⅰ章「偽の口承物語＝無署名仮名書テクスト—『竹取物語』と『無名草子』」（初出は、三谷邦明編『源氏物語の〈かたり〉と〈言説〉』［有精堂出版、一九九四年一〇月］）に学んだ。「物語」は、無署名性を本質とし、誰のものでもなく、また誰のものでもある。この問題を広げ、深めて行く上で、神田氏が、無署名仮名書テクストを、口承物語を装うものと捉えていることは、重要であると思う。

（2）本稿で論及する、『将門記』、『陸奥話記』、『保元物語』、『平治物語』、『平家物語』、『承久記』、『太平記』、『曾我物語』、『大塔物語』、『義経記』の特質については、いずれも、小著『軍記物語の機構』（汲古書院、二〇一一年二月）の各章で詳しく論じている。本稿は、この小著での考察をふまえ、総合して、軍記物語をめぐる表現史の展望を新たに提起するものである。

（3）本文は、新編日本古典文学全集（小学館。②三八〇頁）に拠る。

（4）こうした『将門記』をめぐる作者説については、小稿「戦後『将門記』研究の考察と課題」（栃木孝惟編、軍記文学研究叢書第二巻『軍記文学の始発―初期軍記』［汲古書院、二〇〇〇年五月］所収）において言及したことがある。

（5）そもそも、これは、蔦尾和宏氏の御教示によって得られた着想である。二〇〇七年七月二一日に、法政大学で開催された、軍記・語り物研究会第三七四回例会における共同討議「「初期軍記」研究の検証と展開―新たな「状況」と「変容」を探る―」の場で、私は、蔦尾氏とともに報告者を務めたが、討議後の歓談の中で、『今昔物語集』が『将門記』と『陸奥話記』という異質な記述の内容を二つながら自らの内に取り込んでいることを、蔦尾氏が指摘された。『今昔物語集』の記述の意義を考える上で貴重でありがたい御教示であった。ここに改めて、蔦尾氏に御礼申し上げたい。

（6）本文は、日本古典文学大系（岩波書店。一二七頁）に拠る。

（7）半井本『保元物語』の本文は、新日本古典文学大系（岩波書店）に拠る。

（8）新日本古典文学大系『保元物語　平治物語　承久記』（岩波書店、一九九二年七月）の「平治物語解説」、『古典講読シリーズ　平治物語』（岩波書店、一九九二年一二月）、『平治物語の成立と展開』（汲古書院、一九九七年六月）等における、日下力氏の論及を参照。

（9）『奥州後三年記』本文の時代相―作品成立の時代をさぐる（3）、敬語の用法をめぐって―」（『鹿児島短期大学研究紀要』第五二号、一九九三年一〇月）、「『奥州後三年記』の古相―作品成立の時代をさぐる（4）―」（『鹿児島短期大学研究紀要』第五三号、一九九四年三月）等の、野中哲照氏の一連の論考を参照。

I

屋代本平家物語の新研究

「屋代本平家物語」の書誌学的再検討

佐々木孝浩

はじめに

「屋代本平家物語」の名が、幕府御家人の国学者にして大蔵書家としても著明であった屋代弘賢(一七五八―一八四一)の旧蔵に由来することは、説明するまでもないことであろう。この本は語り本系の古本、八坂流最古態本として尊重され、少なからぬ研究の蓄積が存している。近時はその年代記的巻構成と編年体叙述に古態性を認める研究(1)や、特定の章段の本文の特性などから古態性を疑う研究(2)もあり、その位置付けについては学界全体の共通理解を得てはいないように思われる。そうした状況にあって、国語学的見地から同本に見られる語法に着目して、書写年代の推定を試みられた吉田永弘氏の論考は、同本の素性を考える上で大変画期的なものであったといえる(3)。

稿者はもとより『平家物語』の専門家ではなく、内容的な検討は行えないのはいうまでもないが、専門とする書誌学研究の立場から改めて屋代本の検討を行い、吉田氏の業績に幾分かの補足を行って、同本の今後の研究の為の基礎的情報提供を試みてみたいと考える。

一　書誌事項の再確認

それでは最初に書誌事項の再確認を行っておきたい。國學院大学図書館に所蔵されるこの「屋代本平家物語」（以下「屋代本」と略称）の書誌について最も詳しい先行研究は、『屋代本平家物語』（昭和四一年、角川書店・國學院大学蔵版）の春田宣氏の「解題」である。大変詳細なものであるのだが、論述の都合上改めて書誌について一から説明し直すことにして、問題となりそうな個所のみを適宜引用させていただくことをお許しいただきたい。

國學院大学図書館における屋代本の函架番号は「貴・一・一四」で、一四冊が纏められている。良く知られているように、巻二の冊は京都府立総合資料館に蔵されている本来一具のものであった冊を大正時代に影写したものであり、巻四・九の二冊は真名本の伝本を補配して、一応本文を完備させたものであるので、以下の確認からはこの三冊を除いて、真に「屋代本」と呼びうる一一冊を考察の対照としたい。ただし巻二については、京都府立総合資料館で調査させていただいたので、『屋代本平家物語』の影印が同巻を加えて行われているように、國學院大学図書館蔵本と併せた一二冊のまとまりとして考えていくこととしたい。ちなみに、京都府立総合資料館本の函架番号は「貴・五〇〇」である。

それでは屋代本の書誌について、便宜的に考えた項目毎に説明を加えていくこととしたい。

箱・包み

屋代本は、上部が蒲鉾状になった、面取り部分を金泥で塗った朱漆の古い被蓋箱に収められている。身の両脇中央に取り付けられた紐を結び付ける為の金具は質素なもので、特別の装飾は施されていない。特別な高級感こそ感じられないものの、落ち着いて上品な箱である。

蓋を開けると、紺色地の毘沙門繫に大ぶりな黄丹色の十六弁八重菊文を織り出した金襴の古裂で作られた、緋色の綾の紐で縛る形式の芯のない布帙が現れる。古いものであるのは確かだが、何時誂えられたのかは判断できない。

装訂

本書で一番気になる書誌的な特徴はその装訂である。春田氏解題は「大和綴じ」とするが、この呼称は結び綴じか綴葉装を指すので適当とは言えないようである。本書は一見すると四つ目綴の袋綴であるように見えるのだが、料紙は袋になっておらず、袋綴とは異なり綴目側で折られたものが重ねられている。つまり折目近くを糊付けして重ねて行く「粘葉装」の仕立てになっているのである。粘葉装の糊代部分が虫損で痛んだり、糊が弱くなった為に、綴じがバラバラとなることを避けるために、表紙の上から袋綴のように糸綴じすることはままあることであるが、本書には糊を付けた痕跡は確認できないのである。しかも綴代部分の上端を指で挟んで、厚みを確認しながら手を下にずらしていくと、表紙の下は三個所の紙釘装となっていることが判る。巻十一は後述の様に表紙が失われているために三個所の紙釘の頭が確認でき、触診の判断が誤っていないことを証明している。

以上のような状態を整理して説明すると、本書は粘葉装用に用意した料紙を用いながらも糊付けはせずに、紙釘による下綴じを行い、表紙を加えてから袋綴の様に糸綴じをした装訂、といういささかややこしいものにならざるを得ないのである。

大きさ

装訂に続いて本書の書誌的に注目される点はその大きさである。巻一の大きさは縦三〇・八糎、横二〇・五糎で、かなり大ぶりであると言える。

表紙

表紙は縹色艶出のものを基本とする。一二冊の内この基本の表紙を有するものは九冊で、巻三・八・十一についてはそれぞれ異なる表紙を有している。巻三は薄茶色艶出で、巻八は巻三よりも薄い淡茶色で艶出ではない。巻十一は先述の様に右端の紙釘の頭が見えている。裏表紙の端に茶色表紙の痕跡が確認できるので、表紙が失われ共紙表紙の状態となっているものと判断できる。

縹色艶出のものには、巻子装の表紙の左端にある「八双」の名残と言える、表紙左端近くに縦に一本加えられた押界である「押八双」が確認できる。表紙の異なる三冊には、巻十一は当然のことだが巻三・八にもこれが認められない。

外題

左肩に朱筆の打ち付け書きで「平家　一(二・三四闕・五～七・八九闕・十～十二)」・「平家剱巻」・「平家抜書」とある。全て同筆であり、表紙の失われた巻十一にも存するので、勿論本文とは別筆である。巻三と巻八は朱色外題の下に摺り消しの痕跡があり、「平家物語□□」とあったと読めそうである。猶、巻八の綴代部分中央あたりより「□□□□天下一也　平家巻第八」と墨書があり、本文・外題とも別筆であると思われる。また巻十一の綴代部分の中央の紙釘上部に、墨書で「平家十一」とあるが、これもまた別筆であろう。

内題・目録題

全て表丁書き出しの位置に、「平家巻第一(二・三・五～八・十～十二)」・「平家剱巻上下」(「下」後筆カ)・「平家剱巻之下」(冊途中)・「平家抜書一巻之内」とある。剱巻を除いた各冊には目録があるが、抜書を除いて目録題はなく、抜書には「平家抽書七ヶ条」とある。

尾題

巻一・七・十二のみ「平家巻第一(七・十二)之終」の如くあり、他は「平家巻第幾」とある。その位置は基本的に本文末尾から一行空けて行頭から記されているが、巻一は空行なしの二字半下げで、巻六・十二は一行空き一字半下げ、巻十は二行空きで行頭から記されている。

剱巻は本文末尾一行空けて行頭から「平家剱巻之上終」・「平家剱巻之下」とあり、抜書は一行空き二字半下げの位置から「平家抜書七ヶ条之終」と記されている。

遊紙

各冊前後各一丁が基本だが、目録が丁の裏面から始まる場合には前遊紙なし。巻二・十・十一は後遊紙なし。

料紙・行数

厚手の楮打紙に胡粉を塗ったかのような質感の料紙。押界八行(高二二五・〇、幅二一・一糎、但し巻八・十一は高二四・九糎)。

墨付丁数

巻一・四四丁、巻二・五八丁、巻三・六九丁、巻五・四三丁、巻六・二七丁、巻七・四二丁、巻八・四二丁、巻十・四二丁、巻十一・五二丁、巻十二・六二丁、剣巻・三九丁、抽書・三三丁。

印記・蔵書標

印記には①「不忍文庫」(子持枠長方朱、屋代弘賢)、②「賜蘆文庫」(長方朱、新見正路)、③「斑山／文庫」(方朱、高野辰之)、④「高野蔵書／斑山文庫」(陰刻長方丹、同)、⑤「桂」(長方朱、印者不明)、⑥「小諸／蔵書」(陰刻方朱、小諸藩牧野家)の六種を確認できる。冊により捺される数と位置に違いがあるので、以下にやや詳しく説明する。

巻一、①目録丁オ右下、③前遊紙ウ中央下、④③の左、⑤裏表紙左下、その左に「桂文庫」と大きく墨書。その他にも表紙右下に「青〔木〕／印」との方朱印を捺し、印上部に「二千／百廿／一号」、「印」字下部に「十四冊」と墨書した、青木信寅の蔵書標を貼付する。

巻二、①目録丁オ(白紙)右下と目録丁ウ右下と本文第一丁オ右下、⑥目録丁オ(白紙)の①の上。他に見返し中央に「京都／圖書／館印」(大方朱)、その下に朱の花押(吉沢義則のものであろう)。

巻三、①表紙左下と目録丁オ右下、③目録丁オの①の左、⑤裏表紙左下、その左に「桂文庫」と大きく墨書。

巻五、①目録丁ウ右下(オは白紙)、③前遊紙オ右下、⑤裏表紙左下、その左に「桂文庫」と大きく墨書。

巻六、③前遊紙ウ左下、⑤裏表紙左下、その左に「桂文庫」と大きく墨書。

巻七、①前遊紙オ右下、②①の上、③①の左、⑤裏表紙左下、その左に「桂文庫」と大きく墨書。

巻八、①前遊紙オ右下、③①の左、⑤裏表紙左下、その左に「桂文庫」と大きく墨書。

巻十、①目録丁ウ右下（オは白紙）、③①の左、⑤裏表紙左下、その左に「桂文庫」と大きく墨書。

巻十一、①目録丁ウ右下（オは白紙）、③①の左、⑤裏表紙左下、その左に「桂文庫」と大きく墨書。

巻十二、①目録丁オ右下、③前遊紙ウ左下、⑤裏表紙左下、その左に「桂文庫」と大きく墨書。

剱巻、①本文初丁オ右下、③前遊紙ウ左下、⑤裏表紙左下、その左に「桂文庫」と大きく墨書。

抜書、②目録丁オ右下、③②の左、⑤裏表紙左下、その左に「桂文庫」と大きく墨書。

奥書・識語

古い奥書識語の類はないものの、巻一冊後遊紙裏の中央やや左より下半分に十字程度の文字の墨滅痕があり、同冊裏表紙見返しにも、中央やや右より下半分に七文字程度の文字の墨滅痕がある。巻五にも本文最終丁裏白紙中央やや左より下半分に五文字程度の文字の墨滅痕がある。

巻十二、本文最終丁裏白紙の右下に、右を上にして小字で数行の書入れあり。古書店が仕入れ値などの符丁を書き入れる場所である。

巻一見返しに旧蔵者高野辰之の長文識語を記した紙片を貼付する。その識語は以下の通り。

「大正四年六月本郷ノ書肆永盛堂頃日平家の古写ヲ得タリトテ示ス。トリテ一覧ス／ルニ巻二四九ノ三巻ヲ欠キ別ニ平家抜書、剱巻ノ二巻アリ。而シテ四九ノ二巻ヲ補フニ眞／名本ノ影写ヲ以テセリ。計十三冊。補足本二巻ヲ除ケバ他ハ予ガ二十年來マサニ此ノ／如キモノアルベシトテ百方捜索シタル所ノ書ナリ。字様古雅楮紙ニ白界線ヲ施シテ記セ／ル處頗古體ヲ存シ開巻一葉スデニ流布本ト異ルモノアリ。ヨリテ借覧讀過、國語調／査會編纂平家物語考ニイハユル鎌倉本ノ一種屋代本ト名ヅケタルモノナルコトヲ知レリ。／予時ニ東京音樂學校ニ平家ヲ講ズ。而シテ此ノ書ニヨリテ流布本ノ轉訛ト妄加トヲ訂ス／ヲ得ルヲ知リ直ニ求メテ架ニ藏スルコトトセリ。畏友山田孝雄君ハ永ク平家ノ研究ニ從事／シ平家物語考マタコノ人ニヨリテ成レリ。ヨリテ直ニ此ノ書ヲ同君ニ示シテ研鑽ノ資ニ供シ／又江湖ニ此ノ書ヲ紹介セラレンコトヲ乞ヒテ以テ殘闕ノ第四第九ガ何處ヨリカ現レンコトヲ切／望セリ。而シテ未ダ得ル所アラズ。第二巻ニ至リテハモト吉澤義則氏ノ許ニ藏セラレ後／京都図書館ノ有トナリシヲ聞キ借覧影写以テ之ヲ補足ス。山田君ハ此ノ書ノ年代ヲ大／槻文彦博士ニハカリテ凡ソ應永年中ノ書写ナラントイヘリ。蓋シ然ラン。然レドモ或ハソレヨ／リ數十年ヲ遡リタル世ノモノニハアラザルカ。此ノ書ニ何ノ奥書モナキヲ以テ定メ難シト雖モ予ハ／鎌倉中葉ノ書體ニ比シテ此ノ感ナキ能ハズ。記シテ以テ後考ヲ俟ツ。應永ノ書写ト仮／定スルモナホカツ現存平家第一ノ古写ナリ。大正四年十一月　高野辰之識」

巻八裏見返に「末の世の末の世までも／かくはしき香りは／うせじ萬世までも」と本文より後筆で和歌一首を書き入れる。

剱巻裏見返に「古剱巻上下二巻與印行太平記／所附本對校則文章大異不能／一々書寫僅正誤補脱畢源弘賢」との屋代弘賢の識語がある。また同巻前遊紙裏に二つ折りされた紙片が貼り付けられ、弘賢と思われる筆で太平記版本に存する剱巻の独自な記述の引用があるのは、この識語に対応するものであろう。

また箱内底に貼紙があり、「鎌倉時代写本平家十一冊／外に補写□鈔本壱冊／真名本二冊合壱拾四冊／原拾壱冊〔は〕現在平家中／最古のもの也予寶〔の〕／第一の書　斑山文庫主人／　高野辰之識」と墨書される。

備考

目録は三頁のものは表始まり（巻一・三・六・十二）が基本で、二頁のものは裏始まり（巻五・七・八・十）だが、巻二・十一は三頁ながら裏始まりである。剱巻には目録はなく、抜書は目録一頁で表始まりである。各巻の目録は一つ書きで、漢字のみで記される。本文は全て表始まりで、表記は漢字片仮名交じりだが、送り仮名や助詞は漢文文献のように、漢字の右下にやや小さく加えられることが多い。また返り点、句点、濁点、振り仮名、送り仮名の一部が朱で加えられており、朱引も認められる。巻十一は本文十四丁目表あたりで朱筆が途切れ、以下稀に確認できる程度である。剱巻には朱筆はない。これらの朱筆も片仮名の字体などで見ると基本的に本文と同筆であるように思われる。墨筆の見せ消ち・校異・補入・振り仮名等も存在し、そのかなりのものが弘賢のものと春田氏によって認定されている。

その他、各冊背の部分、上から約三・二糎のあたりに墨筆の横一線がある。これは粘葉装の高野版などにも見られる、貼り合わせる際の目印となるもので、各料紙のこの印を横一線になるように合わせると、書写・印刷面の高さを揃えることができるのである。

二　書誌事項の再検討

それでは以上のように確認できた書誌事項がどの様な意味を有しているのかを、幾つかの項目に注目して確認していきたい。

箱・包み

箱の大きさは、布で包んだ本書がすっぽりと収まる大きさであり、合わせ箱ではなく、本書のために誂えられたものと見て良さそうである。その作りは一見豪華ではないものの、上部の曲面や面取り部分の仕上げなど、丁寧な作りであると評することができ、箱を制作させた旧蔵者の身分や財力の程を窺わせるものがあると言えよう。また箱の上部が平らではないのは、上に重ね置きすることを拒否する形状であり、この本への思い入れの強さをも感じさせるものである。箱の時代判定は難しいが、近時の制作でないことは明らかなのではないだろうか。

その旧蔵者を考える上で気になるのは、布帙の文様である。江戸時代には特別に使用が制限されてはいなかったというものの、皇室に所縁の深い十六弁八重菊文を大胆に用いた、由緒ありげな高級織物で布帙を誂えた人物の素性は気になるところである。時代や雰囲気からしても箱と同時と考えてよいのではないだろうか。

表御右筆勘定格にまで出世して禄百俵になったとはいえ、屋代弘賢がこれらを誂えたとは考え難く、それ以前のものである可能性は高いのではないだろうか。ともかくも本書の出所の良さを伝えるものとして、箱と包みを見ておきたい。

装訂

粘葉装は平安期には文学作品も書写されたが、中世以降になると稀に漢籍で見かけるくらいで、その使用はほぼ寺院圏に限られる傾向があるようである。特に真言宗では空海が唐から持ち帰った所謂「三十帖冊子」がこの装訂であったこともあり、近世に至るまで使用頻度が高いようである。また中世期の粘葉装本には押界があるものが多いが、そういう点でも本書はそれと合致している。

こうしたことからすると、本書も寺院などで仏書用に用意されていたものを転用して『平家物語』を書写して、袋綴の如く仕上げたと考えるのが穏当であろう。また目録が漢文形式で、本文も片仮名混じりであるのもその推測を補強するものであろう。

大きさ

装訂の特異さもさることながら、本書でとても気になるのはその大きさである。粘葉装の四半本は、高野版に代表されるような二四×一四糎程度のものが普通であろう。それに比べると本書は縦横共に六糎程度大きいのである。稿者は仏書にも疎いので文字通りの管見となるが、同じような大きさの粘葉装はこれまで見たことがない。しかしながら、特別に小さいか特別に大きい本は、何らかの意図を持って制作されている可能性が高いのは書誌学の常識的なことであるので、本書も大きな立派な本の制作を考えていたか、その大きさにより制作者あるいは所蔵者の権威を示そうと考えていたということなのであろうか。

金沢文庫乃至は金沢北条氏の関与が考えられる、その大きさでも有名な尾州家本『源氏物語』は三二・〇×二五・五糎であるので、本書はほぼそれに匹敵する寸法であると共に、やや縦長であることが判るであろう。もっとも縦長なのは中世の四半粘葉装本に共通する特徴ではある。また『平家物語』の他伝本と比較するならば、鎌倉末頃の書写と考えられる巻子装であった「長門切」の高さが三〇・五糎程度(界高は約二七・三糎)、室町末頃写の斯道文庫蔵・平戸藩旧蔵の極めて特異な形状をした袋綴の「百二十句本」が二九・五×二六・四糎、同じく室町末頃写の高橋貞一旧蔵の八坂系巻六のみの残欠袋綴写本が三二・〇×二三・四糎である(4)。この他でも書写の古い袋綴の平家写本は大きなものが多いから、それらと比較すると特別な大きさではないが、粘葉装仕立てとしては異様な大きさと言えそうである。

表紙・外題

本書の基本の表紙である縹色艶出表紙は、近世初前期の版本などでは珍しいものではないが、中世以前の写本では色は特に問題ないとしても、艶出が施されているものは非常に珍しいようである。本書は古写本であることは疑いないので、表紙は後補のものであると考えざるをえなくなってしまう。表紙の異なるものにも同筆の外題が存しており、筆蹟からしても外題は書写よりもかなり後であると言える。縹色艶出表紙には題簽の剥落痕もないので、しばらくは外題がない状態であったことになるものと思われる。ただし同表紙には押八双がはっきりと確認できるので、それを付すのが一般的であった近世初期に近い頃に付けられたものと考えるべきなのであろうか。

これに対し色も異なる巻三と巻八の二冊は、縹色艶出のものよりもやや粗末であり、しかも後のものである印象がつよく、また押八双もないのである。そのようなもっと後補のものである印象が強いものであるにも拘わらず、墨書の外題が存していることは何を意味しているのであろうか。様々な可能性があると思われるが、文字がかなり小さめであることからすると、後に題簽を貼ることを想定して、仮に直書きしておいたものとも考えられようか。

巻三・八の両冊の他、裏共紙表紙右端に茶色表紙の剥落痕が確認できる巻十一を含めた三冊が、何故他と異なる表紙を有しているのかは今後明らかにする必要がある問題であろう。

内題・目録題・尾題

当たり前のことではあるが、『平家物語』の写本には基本的に内題がある。これは『源氏物語』や『伊勢物語』等の伝奇物語や歌物語などとは異なる特徴である。その『平家物語』にも内題に「平家物語」とあるものと「平家」とのみあるものがあり、それにどの様な意味や違いなどがあるのかは浅学にして知らない。また乏しい経験ではあるが、十本足らずの平家写本の書誌調査を行った経験から気になるのは、『平家物語』の目録題や尾題を含めた広義の内題の表記の不統一性である。

本書も内題こそ統一されているが、尾題については「之終」とあるものと無いものとに分かれるのである。またこれがあるもの(巻一・七・十二)は、巻七を除いて行頭から数文字下げて書かれるのに対し、無いものは行頭から書かれるという違い(但し巻六は下がっている)がある。ちなみに、抜書にも「之終」があり、やはり数文字下げて書かれている。また劔巻の上には「平家劔巻之上終」と「終」があるが、下にはこれが無く、共に行頭から書き出されている。

これらは些細なことのようであるが、山口県立図書館寄託右田毛利家(毛利祥充氏)蔵『平家物語』(5)の様に、目録題に「目録」の文字が無く、また尾題を有することが共通する巻六〜八・十二が、他の覚一本系統の本文(ただし巻九は八坂系本文)とは異なる独自本文を有しているというような例もあるのである。

ひるがえって屋代本に注目すると、書き出しの高さはともかくとして、問題の一・七・十二の各巻は、後述するようにやや問題のある巻十一を除いた他の本編の巻のように、文末を「(サル程ニ)…季(あるいは「稔」)ニ成(リ)ニケリ」と締めくくっていない点で共通するのである。この共通性は単なる偶然とは考えがたく、屋代本の現状の本文の成立過程を考察する上で注目すべき事柄なのではないだろうか。

印記・蔵書標

屋代弘賢の所蔵であることを示す「不忍文庫」の朱印は、巻六と抜書を除く全冊に捺されている。特に京都府立総合資料館現蔵の巻二にもあることは、弘賢以降に別れたことを示している。その経緯を推測する上で気になるのが他の巻にない「小諸／蔵書」印である。この印が小諸藩牧野家のものであることは先にも記した。根拠の無い憶測は避けるが、この巻が貸し出されてそのままとなり、牧野家の所蔵になったものかと考えられる。それが近代になり見返しに朱の花押を加えた吉澤義則の手を経て[6]京都図書館の所蔵となったのである。

　それでは「不忍文庫」の無い巻六と抜書はどう考えれば良いのであろうか。単純に押し忘れとも考えられるのであるが、抜書には新見正路（一七九一—一八四八）の「賜蘆文庫」印があるのも気になるところである。大坂町奉行をも勤めた五〇〇〇石の大身の旗本であるから、身分的には正路の方が格段に上ではあるが、蔵書家同士として交流があったことは著明である。抜書はたまたま新見正路が入手してこれを本体の所有者である弘賢に贈った等と想像もふくらむが、唯一両方の印がある巻七は位置的に正路の印の方が後であると思われる。借りて印を捺してまた返すというのも妙な話であるが、この巻七の存在からすると、巻六や抜書はたまたま弘賢が捺し忘れたと考えるのが自然なのであろうか。

　そして新見正路の手元にあったことのある冊も合体されて伝わったことは、正体不明な「桂」印の存在で明らかであろう。ただし「桂文庫」とある筆蹟からすると、巻一の蔵書標の主である青木信寅（一八三五—八六）よりも後のものであるようだ。巻二以外の冊は、弘賢（正路）・信寅・桂文庫等を経て高野辰之の所蔵となり、その後に國學院大学図書館に落ち着くことになった訳である。

奥書・識語

　巻一と五にある墨滅の下に何があるのか非常に気になるのだが、通常の方法では判読不能である。巻八巻末の和歌も筆蹟からすると屋代弘賢では無いように思われるが、誰の筆か不明である。和歌も古歌ではなさそうで、「世」が三つもありあまり上手いとも言い難いようである。剱巻の弘賢の識語と貼紙は剱の巻の問題であるので、結局この本については高野辰之の識語類くらいしか情報はないのである。それらによると、本郷の永盛堂から求めたもので、山田孝雄・大槻文彦両氏の鑑定で応永年間（一三九四—一四二七）頃の書写、つまり室町初期頃と鑑定されたが、高野氏自身はもう少し古いものと考えていることが判る。

　以上が屋代本の書誌事項を踏まえてその性格について検討した事柄である。確たる新見などは提示できないのであるが、ともかくも、その装訂・大きさ・箱や帙など、『平家物語』や軍記物語写本としてはもとより、ジャンルを限定しなくてもかなり特異な存在であることは一層明らかになったものと考える。

三　屋代本の書写時期の検討

前節までの確認や検討では意識的に避けてきたのだが、そうした作業の大きな目的の一つが、その書写年代を明らかにすることにあることは言うまでもない。しかしながら、稿者の力不足と、屋代本の形態面での特異さにより、説得力のある書写年代の説を提示できないままになってしまったのである。

この様な状況において注目したいのが、最初に言及した吉田永弘氏の論考である。氏は先ず屋代本の片仮名と漢字の右肩に存する濁点全三七七個所の内の三六九個所もが三点の濁点であることに注目された。この濁点は「声点として用いた圏点二つから、四点を経た次の段階として、二点に至る過渡のものと考えられている」もので、先学の報告を総合され、応永二一―四年(一四一四―七)頃の世阿弥自筆能本から近世初期に至るまでの事例を二〇点あまり列挙されている。山田忠雄の指摘として、伝今川了俊筆の古筆切資料を挙げておられるが、これは恐らく了俊真筆の源氏物語切である「伊予切」のことであろうと思われる(7)。夕顔巻はその奥書により応永一七年(一四一〇)の書写と知られているので、世阿弥の例より数年遡ることになる。やはり三点濁点のある了俊自筆資料には、センチュリー文化財団所蔵で現在慶應義塾大学附属研究所斯道文庫に寄託されている『厳島詣記』がある。足利義満に従って了俊が厳島詣でをした折の紀行文で、奥書に年紀はないものの、「伊予切」に特徴的な手の震えは確認できず、旅行時の康応元年(一三八九)を程経ない頃の書写と見て良いように思われる。この本が特に注目されるのは、三点濁点が自分の文章に対して付されているることであることは言うまでもない。ともかくも三点濁点は一四世紀末頃には遡りうると考えられるのである。

このことからすれば、屋代本は南北朝最末期頃の書写である可能性は有することにはなるが、それでもやはり旧蔵者高野氏が期待されたような、応永(一三九四―一四二七)を数十年も遡ることは難しいのである。また吉田氏も指摘されるように、三点濁点の使用は「十六世紀中頃から後半の資料が中心となっているので、現屋代本の書写年代ももう少し幅を持たせて考える必要がある」のである。

ここを起点としては吉田氏は、「する」意の敬語形として「メサル」を用いること、「連体形＋の＋名詞」の訓法が見られること、「コソ―シガ」と係り結びの破格が見られること、打消の「ん」が使用されていること、間投助詞「の」が見えること等に注目され、それぞれの使用時期を多くの先学の研究に拠りつつ具体的に確認されて、それらが重なる時期として、「屋代本の書写年代は、広く見ると、一六世紀前半から一七世紀前半の間」で、少し狭く見ると「室町時代後期、のものだと考えられる」との見解を示されたのである。

稿者が不勉強であるだけなのかも知れないが、こうした国語学の見地から古典籍の書写年代を析出する手法は、誠に斬新なものに思える。しかもその手堅さも十分に認められるのではないだろうか。例えば、下綴じが紙釘装になっていることや紙質などからしても、一七世紀に下げる必要はないと思われるので、やはり書誌学的な見解を加えても、「十六世紀中頃から後半にかけて」の書写とみることはかなり納得できるのである。

この推定をより確実なものとする為に、引き続いて書風の検討を行ってみたい。書風による書写年代の推定は、印象による憶測で説得力に欠けると非難されがちであるので、できるだけ具体的に考察してみたい。

屋代本の書写年代の推定が難しいのは、主としてその装訂と大きさに類例が見当たらないことにある。かろうじて紙釘で綴じられていることにより、袋綴が一般化して紙釘装が良く用いられた室町時代頃から江戸初期頃までの間と、一応限定できるのである。

こうした形態的な特徴で絞り込めないとなると、書風や筆蹟に目を向けざるをえないのはいうまでもない。まず屋代本の識語にあった応永頃という推定であるが、幸いにもというか、所謂「延慶本平家物語」が書写奥書にあるように応永二六、七年(一四一九、一四二〇)頃の書写であるのは、比較に便であると言える。両者を見比べると、「延慶本」が南北朝頃からの丸みを帯びた字様を示すのに対し、屋代本の書風は細身の尖った印象があり、かなり異なる様相を示しているのと言える。地域や書写者の身分の問題などは考慮すべきであるものの、両者に時代的な共通性を見出しがたいのである。また高野説は屋代本の尖った書風を鎌倉的と見ようとしたとも理解できるのだが、やはりそこには鎌倉にまで達する程の鋭さは認められないのではないだろうか。

こうして室町初前期を遡ることはなさそうだと絞り込めてきて、改めてその筆蹟を検討して共通性を見出せそうなのは、三条西公条の筆蹟であるように思われる。やや唐突であるようだが、そもそも屋代本の筆跡は『平家物語』の写本としては異常ともいえるくらいに能書なのである。世尊寺流の能筆の手になる所謂「長門切」本は例外中の例外として、袋綴の平家写本は一般的に非公家的な書風、いかにも武士階級に属する人間が書写したような印象が強いものが多いと言える。簡単に言えばそれほど上手の人の筆跡ではないのである。屋代本は単なる袋綴ではない点でも異なっているが、その筆蹟は端正で十分に能筆と評せるものであろう。そうした見地から短冊手鑑等と見比べつつ室町期の人物の筆跡を当たってみて、最も近い印象を受けるのが公条なのである。

言うまでもなく公条（一四八七—一五六三）は古典学者また歌人としても著明な三条西実隆の嫡男であり、その学問のみならず書流も継承したことは良く知られるところである。実隆は入木道逍遙院流の祖とされ、その書流は実隆の歌道の門弟の間でも広まったものである(8)。公条と実隆は判別が付かないと言われるほど筆跡が良く似ているのであるが、それぞれの真筆であることが確実な資料を比較していくと、やはりそれぞれの個性を認めることができ、実隆よりも公条の方が屋代本の筆蹟に近いように思われるのである。

具体的には、例えば、カラー画像がインターネット上で公開されている、早稲田大学図書館蔵三条西家旧蔵の天文二二年（一五五三）一二月二四日写の『古今和歌集』（ヘ04 06080）の真名序部分などと比較してみていただきたい。こちらは仮名文中の真名書部分であるので行書に近く、少しだけ崩しもきついが、一文字一文字の形や跳ね留め払いなどの共通性を認めることができるのではないだろうか。公条筆の漢籍や漢字片仮名交じりの作品の写本などと比較すれば、その共通性はよりはっきりするものと期待できるのである(9)。

改めてお断りしておくが、屋代本を三条西公条筆と断定している訳ではない。しかしながらその書風の共通性は見逃すことができないものと思われ、これをもって屋代本の書写年代を公条の生存年に近い頃、即ち室町時代の中後期頃と推定することは一応可能であるように考えるのである。

現時点では考証が十分ではないので、今後も三条西流を良くし、三点濁点を使用しそうな人物を求めて検討を続けていきたいと考える。

大変蕪雑な検討ではあったが、吉田氏の国語学的な見地からの推定を援用して、書風面からの屋代本の書写年代を推定した次第である。

四　屋代本の補写の問題

以上で屋代本の書誌学的な立場からの検討をほぼ終えた訳であるが、もう一点どうしても確認しておかなければならない問題がある。それは補写に関する問題である。

春田氏解題に、「字体については巻第十一に墨色、書き癖などのやや異なる点が考えられ疑念が残るが、その他各巻を通じて同筆と思われる」との一文があり、吉田氏も先の御論考で、「この巻だけは後の書写によるものという見方も否定できない点で、屋代本全巻の書写年代を推定する立場からはやや問題が残る」と留意しておられる。

先にも確認した様に、巻十一は表紙の色紙部分が失われて、共紙表紙の状態になっているのだが、その裏表紙に残る色紙の痕跡から、元は茶色の表紙を有していたことが明らかである。表紙の大きさも、高さは巻一などと等しいのだが、横が二〇・二糎と数粍ながら他より幅が狭いのである。また押界の高さも二四・九と僅か一粍の差だが他より短く、その線も他の冊よりもくっきりと深く刻まれている。背に施された高さを揃える為の墨線も、他が表紙の上端から三・二糎程の位置にあるのにこの巻は三・〇糎の所に存しているのである。紙質にも微妙な違いが感じられ、そしてなんと言ってもその筆蹟が、良く似てはいるもののやはり異なっているのである。全体的に文字が丸い印象があり、他冊よりも劣る手であると言えるのではないだろうか。先述の様に朱の書き入れも途中までしかなされていないのも不審なのである。

こうした諸点からしても、巻十一は何らかの理由で欠けてしまった巻を補写したものと考えて良さそうである。その補写の時期については推定が難しいが、他冊と大きく異なる印象は少ないことからもそれほど隔たったものには思えず、やはり紙釘装が用いられていた近世初期までのものと考えられるように思われるが、他冊に合わせた可能性もあり、猶今後の詳細な検討が必要であろう。

またこの巻十一を検討する過程で注意せざるをえなくなるのが、巻十一に存したと思われる表紙と同系色の表紙を有する巻三と巻八の二冊である。もっとも同じ茶色系でも濃さは異なっており同じ表紙ではないことは注意が必要であろう。この二冊は大きさも、高さは他と等しいのに、横がやはり二〇・三糎と僅かに他冊より幅が狭いのである。押界の高さも巻三は違いがないが、巻八は巻十一と同様に一粍短い。背の墨線は共に他とほぼ同じくらいで、巻十一ほどの異質性はない。ただし料紙についてはこの両冊は他冊よりも白さが薄い印象があるのである。しかしながら、両冊の筆蹟については、他冊と異筆だとはっきり断言するのは難しい。

結局現時点ではこの巻三・八については補写と断定できるわけではないのだが、何故表紙や料紙が他と異なり、また表紙が互いに違うのかといった問題を検討する必要はあるはずである。表紙の改装であれば大した問題ではないとも言えるが、表紙を付け替えると高さも若干低くなる傾向があるのに、この両冊にはそれがないのである。本体も表紙を改めた可能性があることからすると不思議ではないのかもしれないが、この両冊のあり様は謎である。今後細かな書式や書き入れの違い、本文の特徴や国語学的な諸問題などからの総合的な検討を行っていただけると幸いである。

稔の少ない検討と考証を長々と連ねてしまったが、屋代本の書写年代を従来よりもより確定に近づけるとともに、『平家物語』写本としての異質性を改めてはっきりさせることはできたものと考える。

おわりに

繰り返しになるが、屋代本の本文を研究する前提として、その書物としての特性に注目するならば、稿者の文字通りの管見の範疇において、平家写本に限らず、日本の写本中においても極めて特異であると断言できる、その装訂と大きさ、更には能筆であることの意味、即ちその制作の場や関与した人物の特定が重要であると思われる。

一つの仮説を提示しておくならば、その装訂や漢字片仮名交じりであることなどから、やはり僧侶あるいは寺院の関与を想定することができるのではないだろうか。しかも本来粘葉装であることに拘るならば、真言宗との関係が深いのかもしれない。またその類を見ない大きさや紙の上質さ、あるいは能筆であることからは、やはりこの本は献上や奉納等の特別な理由で制作された可能性が高いと考えられようか。箱や布帙は室町まで遡ることはないとも思われるが、大きな菊文は宮門跡あるいは親王家などの旧蔵を期待したくなるのである。ともかくも、そうした特別な本の制作目的と存在が極めて珍しい剱巻や抜書が付されている理由とは、関連を有する可能性が高いとは言えそうである。

また造本面から巻三・八・十一の、本文末尾のあり様と尾題から巻一・七・十二の異質性が明らかにもなったが、これらをどの様に考えるかも今後の課題であろう。

妙な先入観を持って見ることは決して勧められることではないが、屋代本の素性の良さはその造本や筆跡にあきらかであるので、その本文の素性や信頼性も一応そうした見地からの視線で扱う必要もあるのではないだろうか。

具体的な本文の検討の無い抽象的な想像は隔靴掻痒も甚だしいが、本稿で確認した事実を踏まえて更なる屋代本の本文研究が行われることを望む次第である。

注

（1）渡辺達郎「語り本系『平家物語』の成立と『平家勘文録』」（『国語と国文学』71―7、一九九四年七月）、同「屋代本『平家物語』の古態性―語り本系『平家物語』の原初的形姿」（『国語国文』70―2、二〇〇一年二月）等。
（2）千明守「屋代本平家物語の成立―屋代本の古態性の検証・巻三「小督局事」を中心として―」（『あなたが読む平家物語』1、有精堂、一九九三年）、同「『平家物語』巻七〈都落ち〉の考察―屋代本古態説の検証―」（『軍記と語り物』30、一九九四年三月）、同「屋代本『平家物語』の古態性」について―渡辺達郎氏の批判に反論する―」（『野州国文学』70、二〇〇二年一〇月）等。
（3）「屋代本平家物語の語法覚書―書写年代推定の試み―」（『鎌倉室町文学論纂』三弥井書店、二〇〇二年）。
（4）同本の大きさは、「八坂系平家物語書誌」（山下宏明氏編『平家物語八坂系諸本の研究』三弥井書店、一九九七年）に拠った。
（5）室町末頃の写で寄合書き。目録が独立した一三冊。函架番号は「五五〇〇・v918-k2」。同本についての詳細は、「右田毛利家本平家物語の本文」（『岐阜大学教育学部研究報告(人文科学)』40、一九九二年三月）以下の弓削繁の一連の研究に拠られたい。
（6）この巻が吉澤義則の所蔵であったことは、山田孝雄『平家物語考』（国語調査委員会、一九一一年）に指摘がある。
（7）「伊予切」については、新美哲彦『源氏物語の受容と生成』（武蔵野書院、二〇〇八年）を参照いただきたい。
（8）例えば、江戸期の古筆見が作成した『古筆流儀分』（静嘉堂文庫蔵）などには、「逍遙院流」として実隆以下百五名もが列挙されており、その中には公家は勿論のこと、守護大名大内氏の被官クラスの武士の名前も見える。また所謂「大島本源氏物語」の「宿木」冊は逍遙院流の書風を示している。このことについては拙稿「「大島本源氏物語」に関する書誌学的考察」（『大島本源氏物語の再検討』和泉書院、二〇〇九年）を参照いただきたい。
（9）例えば『弘文荘待賈古書目』31（一九五八年）掲載の「一四五　李嶠百二十詠」一冊は、奥書には「丙子六月十日書了」とのみあるが、解説にあるように三条西家旧蔵で公条二八歳時の永正一三年（一五一六）書写本と考えられるものである。仮に公条筆でないとしても、図版を見る限り逍遙院流の漢字の書き様を良く示しており、屋代本との書風の近さを確認できるように思われる。

《付記》原本調査に際して御高配を賜った、國學院大學図書館並びに京都府総合資料館の御関係の皆様に深謝申し上げます。

屋代本平家物語巻十一の性格
―字形と語句の観点から

吉田永弘

はじめに

過去の時代の言語を研究する場合には、その時代にその時代の言語で書かれた資料だけでなく、その時代以降に作られた本文を通して、その時代の言語の資料として扱うことが一般に行われている。こうした後代に作られた本文には後代の言語事象が含まれる可能性があり、それを排除することに努めながら研究が行われている。例えば源氏物語は、室町時代の本文をもとに他の本文との異同を考慮しながら平安時代の言語資料として扱っている。このような扱いは、最初に作られた時代が明確で諸伝本間に異なりが少ない場合には有効であるが、平家物語のように本文流動の激しい資料の場合には難しい。本稿で取り上げる屋代本平家物語は、古態を示すと言われることがあるが、奥書もなく、どこまで遡れるのかわからない。その上、現存する本文(現屋代本)も、山田孝雄氏による応永頃書写説があるものの、確かな書写年代もわからない。このような場合には、まずは現屋代本の書写年代の推定を行い、言語資料としての性格を探るのが妥当だろう。

右のように考えて、前稿では現屋代本を語法と表記の面から書写年代の推定を試み、室町時代後期の言語事象があることを指摘した(1)。この点から、例えば『日本国語大辞典 第二版』(小学館)のように、一三世紀前半の用例として屋代本の例を挙げることには問題があることがわかるだろう。諸本間の異同が大きい平家物語の場合は、安易に鎌倉時代の言語資料として扱うことができないのである。

したがって、平家物語は各テキストごとに資料性を見極めなければならない。その際に注意しなければならないことは、例えば延慶本には応永書写時に改変された箇所もあることが近年明らかにされたように(2)、或るテキストが均一の資料性を持っているわけではないことである。現屋代本についても、前稿で巻十一に他の巻に見られない語法があることを指摘したが、全巻を等し並みに扱ってよいのか、詳細に検討しなければならない。そこで本稿では、現屋代本の字形と語句に着目し、現屋代本の資料性を検証することを目的とする。その結果、巻十一が他の巻とは別筆であることを確認した上で、巻十一の後代性を指摘する。なお、字形に着目するのは、書体や字体に比べて元の写本の影響を被りにくいと考えてのことである。

屋代本の引用は角川書店刊行の影印本により、頁数を算用数字、行数を丸数字で示す。

一　字形の相違

屋代本の筆跡に関して、影印本解説に、「字体については巻第十一に墨色、書き癖などのやや異なる点が考えられ疑念が残るが、その他各巻を通じて同筆と思われる。」(解説11頁)とあり、断言されていないものの、巻十一の異質性が指摘されている。本稿では巻十一と他の巻(巻一~三、五~八、十、十二、剣巻、抜書〈四、九は欠巻〉)とで異なる特徴的な文字を示すことで、別筆であることを確認する。

一―一　「見」字の検討

まず、「見」字の書き方に着目したい。巻十一の「見」字は、最後の点画を明確にはねた形(これをA形とする)で書かれることが多く、はねない形(これをB形とする)で書かれることは少ない。それに対して他の巻では、B形を主に用い、A形を用いない巻もある。各巻ごとの使用数と所在をまとめると以下のようになる。

表1　「見」字形と使用数(頁数を算用数字、行数を丸数字で示す)

巻	字形	使用数	所在
11	A	108	746④748⑥⑦749③⑧750②754④⑦755④⑧756⑧757③758③⑥760⑦762⑦763⑦⑦764⑥765④⑥767②768①①②③④⑤⑤769⑤⑤770②771②772②④⑧773②774⑥775⑦776②777②778⑦779①786④⑥⑦788①⑦790⑧791④⑥⑥⑦⑧792⑦793⑥⑧797③④798④799①③800①④803③⑥⑦⑧807①808③809⑥813①814④815①②③④⑤816①817⑤⑥⑧⑧818①819③⑥⑦822②⑤⑤825②⑦828③⑧831①⑧832⑦⑦834④⑦835③836④⑥⑧837⑥839⑧840④⑧
	B	5	790①⑦798⑦825⑤826②
1	A	2	6⑤25⑥
	B	20	8⑥10⑥19③23③26③28⑤36⑤44③⑥51④52⑥53⑦57⑤58③71⑦75④78⑧84④⑥87③
2	A	4	152⑧195③204⑤⑦
	B	78	95②97④⑥⑦98①③99⑧⑧102⑧112①④⑦113⑤116②119①④121⑦127②128⑧129②④④132①133⑦136⑧137③139③141①143②149①⑤152②⑧153⑥154⑧157⑦160⑥⑦162②③163⑧165①⑧168⑤⑥169①①①⑦170⑤171①174⑥177④⑧180⑥⑧181⑧183⑥186②189⑤190⑥194①①③⑥195③197④200⑥202③⑥⑥⑧203③④204⑥⑥205④206②
3	A	0	

	5		6		7		8		10		12	
B	A	B	A	B	A	B	A	B	A	B	A	B
94	0	37	0	16	1	50	0	46	3	79	7	91
213 ⑥ 225 ⑦ 227 ⑤ 228 ① ⑤ ⑤ 232 ② ③ 233 ③ 235 ① ⑦ 237 ③ 249 ① 252 ⑤ 253 ⑦ 255 ⑥ ⑦ 256 ② ② ④ ⑤ ⑥ ⑧ 257 ⑥ 258 ⑦ 259 ⑧ 260 ① 263 ② ⑥ 264 ④ ⑦ ⑦ 265 ⑧ ⑧ 266 ⑦ 267 ① ⑧ 268 ① 269 ③ ⑤ ⑦ ⑧ 270 ① ⑦ 271 ① ④ ⑦ 276 ⑥ 277 ⑥ 278 ① ⑥ ⑥ 279 ② ④ ⑤ ⑤ 281 ③ 283 ⑤ 284 ⑧ 285 ① ④ ⑤ ⑥ 287 ④ ⑧ 290 ① 294 ⑤ 295 ⑤ 296 ② ③ ⑥ 300 ③ 301 ① ③ ③ 303 ⑦ 304 ① 308 ⑦ ⑧ 313 ⑦ 314 ④ 317 ③ 318 ⑦ 321 ⑧ 323 ⑥ 324 ① 330 ④ 335 ③ ⑧ 336 ② 338 ② 340 ⑥ 341 ① 342 ③		357 ⑤ 360 ⑥ 362 ⑥ ⑧ 363 ② ② 366 ④ ⑥ 369 ① ⑥ 371 ③ 378 ③ ⑥ 381 ① 383 ⑦ 384 ① ② ④ ⑥ ⑦ ⑦ 388 ⑥ 394 ② 395 ③ 397 ⑤ 400 ① ③ ④ 403 ⑧ 406 ⑤ 409 ③ 411 ② 414 ② ⑤ 418 ① 421 ② 426 ⑦		435 ⑧ 442 ② 450 ⑧ 456 ⑥ ⑧ 458 ⑤ 459 ③ 460 ② 463 ⑤ ⑦ 469 ④ 471 ⑤ 473 ⑤ ⑥ 479 ③ 484 ①	523 ②	494 ⑧ 495 ⑧ 497 ① 500 ② ③ 501 ⑤ 503 ① 504 ④ ⑧ 509 ⑥ 510 ② 512 ⑦ 513 ⑤ ⑥ ⑧ 514 ② ③ 515 ⑤ 522 ⑧ 527 ② 534 ③ 537 ⑤ ⑦ 538 ② 539 ④ 540 ② 541 ③ ④ ⑧ 542 ⑧ 543 ② 544 ⑦ ⑦ 545 ① ④ 547 ④ ⑦ ⑧ 548 ⑤ ⑦ 551 ① 552 ④ 554 ② ⑤ 558 ① 561 ⑧ 566 ⑧ 567 ① ⑧ 569 ①		577 ② ⑤ 579 ⑥ 580 ② ③ ③ 582 ⑧ 583 ⑥ 586 ⑧ 587 ⑤ ⑧ 588 ⑥ 590 ⑦ 591 ① ① ③ ⑦ 592 ⑧ 598 ③ ④ 599 ⑦ 601 ③ 603 ④ 604 ① 605 ① 611 ① ③ 615 ⑦ ⑧ 617 ① 622 ① 624 ⑤ ⑧ 625 ② 626 ④ ④ 631 ④ 634 ② 639 ⑦ 641 ③ ④ 643 ② ③ 645 ⑥ 646 ③ ④	683 ③ ⑧ 685 ③	659 ④ 661 ⑧ 662 ② ③ ④ ④ 664 ④ 665 ② ⑥ 667 ① ⑤ ⑤ ⑥ 668 ⑥ 669 ③ 671 ③ ④ 672 ⑦ ⑧ 673 ② 676 ⑤ ⑥ 680 ① ③ 681 ① ① 682 ④ 683 ⑦ 686 ⑦ ⑧ 687 ③ 688 ② ⑧ 689 ⑥ ⑦ 692 ④ ④ 693 ⑤ ⑧ 695 ④ ⑥ 696 ⑧ 697 ④ ⑤ 698 ① ⑥ ⑧ 700 ① ⑦ 702 ⑤ ⑥ ⑧ ⑧ 705 ⑥ 706 ① ③ ⑥ 708 ① ② ⑧ 711 ⑧ 712 ⑥ 714 ① 718 ③ ④ ⑦ 719 ② 720 ⑥ 722 ⑦ 730 ④ ⑦ 731 ⑥ 732 ④ ⑥ 733 ③ ④ 734 ④ ⑤ 736 ⑧	898 ⑤ 915 ① 936 ② 947 ⑧ 948 ① 951 ① 953 ⑤	848 ② 849 ⑦ 850 ③ 852 ① 856 ③ ⑤ 859 ① ⑥ ⑥ 860 ② 861 ⑥ 862 ② ⑤ ⑤ ⑧ 863 ② ⑤ ⑦ 865 ④ ⑥ 867 ① 868 ① 869 ② 871 ⑥ 872 ① ⑧ 876 ⑧ 877 ① ③ 878 ① ② 881 ⑤ ⑦ 887 ① ⑦ ⑧ ⑧ 888 ② ② 891 ② 901 ④ ⑦ 903 ⑥ ⑦ 907 ② 910 ② 912 ⑦ 916 ② ⑥ 919 ⑧ 921 ② ③ ⑥ ⑥ 923 ⑦ 924 ① ③ 925 ③ ⑥ ⑦ 926 ③ ④ ⑥ 927 ① ⑤ 929 ⑧ 931 ⑥ 932 ① 934 ③ ⑤ ⑤ 936 ③ 937 ③ 939 ③ ③ 940 ⑧ 942 ⑧ 945 ⑧ 946 ③ ⑤ 947 ⑥ ⑦ 951 ② ③ 952 ⑧ 954 ④ 957 ⑧ 958 ① 961 ② 962 ④ 963 ②

剣	A	1	977①
剣	B	61	967⑧ 968⑤ 969① 970④ 971②② 974⑥ 975①⑦ 977①① 979①④④⑤⑦⑦⑧ 981⑤⑥⑦⑦ 982①②②③④④ 984⑦⑦ 985③ 987⑧ 988① 995⑤ 997⑧ 998②③ 999④ 1004⑦ 1005⑦ 1015④ 1016② 1019③ 1020② 1022⑥⑦⑧ 1023③③④ 1025④④④⑦ 1030② 1035⑧ 1036②③ 1038⑥⑦ 1040②
抜	A	1	1089④
抜	B	41	1048⑧ 1049⑥ 1050① 1051⑥⑦⑧ 1052②⑥ 1053①④ 1054⑧ 1055③⑦ 1056⑤ 1057① 1060④⑤⑦ 1061② 1062①⑤ 1063⑧ 1064② 1065② 1066⑦⑧ 1067⑥ 1072⑥⑦ 1075⑧ 1082⑥ 1087⑧ 1088⑦ 1089③⑤ 1090⑦⑦ 1096⑦ 1097④ 1098② 1105⑦

こうした傾向の違いは、「覚」「覧」など「見」字を含む文字でも同様である。巻十一が他の巻とは異なり、別筆であることを示すものと言えるだろう。

一―二　「是」字の検討

次に「是」字に着目する。「是」字は最後の二画に着目することで三つの形に分類できる。活字と同じく最後の二画が「人」字のような形をA形、最後の二画が「乂」字のように交差した(はみ出た)形をB形、崩した形をC形と呼ぶ。B形の認定には微妙な例もあるが、少しでもはみ出たものをB形とした。前節と同様に、各巻ごとの使用数と所在をまとめると以下のようになる。

表2　「是」字形と使用数（頁数を算用数字、行数を丸数字で示す）

巻	字形	使用数	所在
11	A	62	744①②⑦ 748② 750⑥ 751③⑧ 752⑤ 753④⑥ 754⑦ 758①③⑥ 763⑧ 764① 765⑥ 767②⑥ 769② 770⑧ 771② 772⑧ 774⑦ 776④ 779⑥ 781⑦⑧ 784③ 785⑤ 789② 791⑦⑧ 794⑤ 795⑥ 798⑦ 800④ 801③ 808④ 809②④⑥ 812⑧ 813④ 816⑦ 817⑧ 819⑥ 820②④ 826③⑤ 827⑦ 828⑤⑧ 829② 833④ 835②③⑥⑧ 836① 839⑥
	B	1	831①
	C	5	818⑧ 835④④ 836⑥ 838②
1	A	1	21⑥
	B	42	7⑦ 15② 16③⑧ 22② 24⑥⑦ 25⑥ 27① 30⑤⑥ 31②⑧ 35⑦⑧ 40④ 41①⑤ 42⑤ 44① 45⑧ 49①③ 52⑤ 54⑧ 55③ 56①③ 57⑦ 59⑦ 63⑦⑧ 69⑤ 70④⑥ 72③ 78⑦ 82②④ 84⑥ 85⑥ 87①
	C	0	
2	A	9	93⑥ 101① 104② 106① 108⑤ 125④ 158⑥ 201⑤ 204⑦
	B	17	94③ 97⑤ 98② 99① 103⑥ 110⑦ 127③ 149⑥ 150⑦ 155⑧ 157⑤⑤ 161①④ 162① 195③ 203②
	C	49	99③ 100⑦ 111② 114⑥ 118② 120② 124① 129④ 131④⑤ 133④ 135⑤ 139⑥⑦ 140③ 146⑤ 148① 152⑧ 154②④ 155⑧ 156⑥⑧ 157⑤⑥ 159⑥ 162② 164②② 165⑧ 167⑦ 174⑧ 179⑧ 180① 190⑧ 191⑧ 194①③⑥⑦⑧ 198①④ 199②③③ 200⑤ 202② 205④
3	A	0	
	B	2	240⑤ 241③
	C	79	212④ 216① 222⑥ 227②⑤⑦ 228①⑥ 229⑦⑦ 230⑤ 232⑥⑦ 233② 241⑥⑧ 251⑥ 252③ 253② 254① 256⑤⑥ 257⑤⑦ 258⑦ 262①⑥ 264② 268③⑧ 270⑤ 271④⑤ 273⑤ 274① 275① 276③⑤ 277⑤⑥ 278② 279④ 282⑥⑧ 284②⑦ 285①④⑤ 289① 290④ 291⑥ 293② 294④ 301⑤ 302⑧ 303③ 306① 307② 310③ 311⑥ 313③ 314④ 315①⑥⑧ 318⑦ 320⑥ 321⑥ 322①③⑦ 330④ 332① 326⑥ 327④ 338④ 339⑤ 340③
5	A	2	374① 384②

章段	類	数	用例
（前頁より）	B	32	350④ 353② 354① 359⑥ 367①④ 371④ 374② 375⑦ 377④ 380①⑦ 381④⑥⑦ 382①⑦ 384⑥⑦ 386③③ 389③⑤ 390⑤ 395③ 397⑦ 403②⑤⑧ 408⑥ 412⑧ 427①
	C	11	369⑦⑧ 377② 379④ 383⑧ 388⑥ 400④ 414⑤ 418①③ 423⑤
6	A	0	
	B	26	439⑦ 443①② 444⑥ 445③ 447① 450④⑦ 452③ 453② 457③ 460①③ 461① 462⑦ 463⑦ 466⑥ 467④⑤ 468④ 469④ 470⑦ 473⑤ 474④ 481④ 483①
	C	10	442①⑧ 443④ 445⑤⑧ 446⑧ 447② 450⑧ 466③ 479⑦
7	A	6	525⑥ 530② 535② 536⑥ 551⑧ 556③
	B	26	489④ 495④⑦ 499⑥ 500③④⑤ 502⑧ 505④ 520② 522⑤ 532③ 533① 536① 540② 541④ 542①② 543② 545⑥ 550②⑤⑥ 557⑥ 560③ 567⑥
	C	7	496⑦ 504⑧ 512⑦ 513⑦ 527② 538⑤ 551③
8	A	1	638④
	B	2	589④ 593①
	C	37	579⑤⑦ 580②⑧ 583⑦⑦ 585③ 589① 590②⑥ 591⑤⑦ 592⑧ 598④⑤ 600① 602④ 607① 609② 611③ 614④ 620⑦ 624②⑥ 626②④ 631⑤ 634② 636②⑥ 637③ 638⑤ 644② 645① 647②④ 648⑧
10	A	5	680⑦ 681⑧ 698⑧ 699② 735⑤
	B	8	673③ 690③ 695③ 698② 705⑤ 725⑧ 727⑦ 735③
	C	26	660③ 667④ 669③⑦ 674① 676① 678⑥ 679① 681⑤ 682① 683⑧ 691⑧ 692③ 693③ 694① 695⑦ 696⑥ 698⑦ 705⑦⑧ 708③⑤ 719⑤ 720⑦ 726③ 736②
12	A	1	936④
	B	50	850④ 851② 852① 859⑧ 860④ 863①① 867⑤ 872② 879② 882④⑥ 883⑥ 896⑤ 901③ 903⑦⑦ 909③⑤⑦ 911①④ 915②⑧ 920⑥ 926①⑤ 929③ 931②⑥⑧ 932① 937②⑦ 946④ 947⑦ 950③⑦⑧ 951②③ 953④⑤ 960①⑤ 961②⑤ 962③④ 963②
	C	6	851⑥ 865⑥ 886① 887⑧ 950⑧ 955⑦

剣			抜		
A	B	C	A	B	C
6	5	42	0	26	5
1020②③ 1023③④ 1035⑤ 1038⑥	978⑤ 996⑥ 1018③ 1025② 1038⑤	967⑧ 971⑤ 972⑦ 973② 985⑤ 988④ 990⑤ 991① 993⑤ 995⑤⑦ 998②③ 999⑦ 1000④ 1001① 1003② 1004① 1006⑤⑥ 1008⑧ 1009⑥ 1015⑥⑧ 1016④ 1017③⑤ 1018① 1020④ 1021⑥ 1022⑧ 1024③③⑧ 1025⑦ 1027④⑦ 1028④ 1030⑦ 1036③ 1038② 1044②		1050⑥ 1052④ 1055⑦ 1057⑤ 1058② 1060⑤⑥ 1062⑧ 1066⑦ 1069④ 1080⑥ 1081④⑤⑦ 1082①① 1083⑦ 1085⑤⑤ 1086⑧ 1089⑤ 1090⑤⑦ 1097⑦ 1106⑥ 1107④	1064⑤ 1065⑦ 1093② 1094⑧ 1098⑥

巻十一はほぼA形を使用し、B形を使用した一例もわずかにはみ出した例である。それに対して他の巻ではA形を使用することは希である。こうした傾向の違いは最後の二画が共通する「定」字の場合にも言える。

右に示した通り、巻十一の異質性が指摘できると思われる。ただし、他の巻はA形を使用しにくい点では共通するが、B形を中心とした巻(一・五・六・七・十二・抜書)とC形を中心とした巻(二・三・八・十・剣巻)とに分かれる。この差が何を意味するのかについては何とも言えない。B形とC形の差は書体の違いであり、元の写本の影響や書写時の状況などにより個人の書き癖から離れた側面を持つので、字形の差とは分けて考えたほうがよいだろう。

二　巻十一の後代性

以上、「見」「是」の二字の字形に着目し、巻十一が別筆であることを確認した。それでは、巻十一はどのように位置づければよいのだろうか。書写年代について考えると、巻十一と他の巻で書写時を同じくする場合とそうでない場合があり、そうでない場合には、巻十一が先の場合と後の場合とがある。現屋代本には、一見すればわかるように、剣巻を除いた全巻に朱書きによる振り仮名や濁点などが施されている。しかし、巻十一は五十二丁のうち十五丁裏以降、朱書きが施されていない。元になった写本がそのような状態であったというよりも、巻十一の書写が未完成であることを示しているように思われる。そうした印象から、巻十一は他の巻よりも後の書写によるものではないかと疑われるが、本節では、既に指摘されている二つの語句を取り上げて、巻十一の位置づけを考察する。

二―一　「憎い奴の」という表現をめぐって

巻十一には他の巻には例のない文末の「―の。」を使用した例が二例見られることを前稿で指摘した。次に挙げるように、いずれも「憎い奴の」という例である。

1　判官、「憎奴ノ」トテ、太刀ニ手懸テ立アカラントシ給ヘハ、梶原モ少シモ不騒、太刀ニ手懸テ刷フ処ニ、三浦介土肥次郎ムンスト中ニ隔奉ル。（783⑤）

2　能登前司見之ヲ、真前ニ進ミタル郎等ヲ走向ヒ、「憎ヒ奴ノ」トテ裾ヲ合テチヤウトケ給ヘハ、海ヘタンフト蹴入ラル。（803③）

用例1について、他の平家諸本(3)における対応箇所を確認すると、次のようになる。

a　鎌倉本

判官、「憎ヒ奴ソ」トテ、判官太刀ニ手懸テ立アカラントシ給ヘハ、梶原モ少モ不騒太刀ニ手ヲ懸刷フ處ニ、三浦介土肥次郎ムスト中ニ隔タリ奉ル。（19オ）

b　竹柏園本

判官、「憎ヒ奴ソ」トテ、太刀ニ手ヲ掛テ立挙ラントシ給ヘハ、梶原少モ騒カス、太刀ニ手懸テ刷處、嫡子源太景季、次男平次景高、（15オ）

c　平松家本

判官、憎ィ奴ヤトテ、判官太刀ニ手ヲ懸テ立揚ラント為給ヘハ、梶原モ少モ不騒《サ》太刀ニ手ヲ懸テ刷《カイツクロウ》處ニ、三浦介土肥之次郎、梶原ニ無須ト取付キ、三浦ノ介、判官ニ申ケルハ、（19ウ）

d　斯道本

判官、「憎ヒ奴カナ」トテ、太刀ニ手ヲカケ立上ラントシ玉ヘハ、梶原モ太刀ニ手ヲ懸テ刷《ミツクロヒスル》所ニ、三浦介土肥次郎無手ト中ニ隔リ奉ル。（百三句、六五八②）

e　覚一本（高野本）

判官これをきいて、「日本一のおこの物かな」とて、太刀のつかに手をかけ給ふ。梶原「鎌倉殿の外に主をもたぬ物を」とて、これも太刀のつかに手をかけけり。さる程に、嫡子の源太景季、次男平次景高、（二八六⑤）

a〜dは「覚一系諸本周辺本文」と言われるテキストで、屋代本と覚一本の混態本であると考えられている(4)。このあたりは覚一本よりも屋代本の本文に近いことが明らかであるが、屋代本と同じ「憎い奴の」の表現を持つテキストはない。

同じく用例2について確認すると、用例1の結果と同様、eの覚一本より屋代本の本文に近いのだが、「憎い奴の」とするテキストはない。

a　鎌倉本

能登前司、是ヲ見テ真前キニ進タル郎等ヲ走向ヒ、「憎ヒ奴ソ」トテ、裾ヲ合テチヤウト蹴給ヘハ、海ヘタブト蹴入ラル。（27ウ）

b　竹柏園本
能登前司是ヲ見テ真前ニ進タル郎等ヲ走向テ「憎奴」トテ、裾ヲ合テ丁ト蹴玉ヘハ、海ヘ浅浮ト被蹴入。（23オ）

c　平松家本
能登ノ前司、是ヲ見テ真前ニ進タル、走向ヒ、憎イ奴ソトテ、足ヲ合テ丁ト蹴給ヘハ、海ヘ潭《タン》浮ト被ル蹴入。（28オ）

d　斯道本
能登前司、前ニ進タル郎等ヲ「憎ヒ奴カナ」トテ、海ヘサンブト蹴入レ被ル。（百五句、六六九④）

e　覚一本（高野本）
能登殿ちともさはき給はす、まさきにすゝんだる安芸太郎か郎等を、すそをあはせて海へどうどけいれ給ふ。（三〇〇④）

右の二箇所とも屋代本本来の姿が「憎ヒ奴ノ」だったと考えると、影響を受けたと考えられるa〜dのテキストにまったく反映されていない理由の説明が難しくなるのだが、屋代本の本来の姿は「憎ヒ奴ノ」ではなく、「憎ヒ奴ソ」または「憎ヒ奴」だったと考えると、その問題は解消する。現屋代本は、「憎ヒ奴ソ」から「ソ」を「ノ」に誤ったか、「憎ヒ奴」とだけあったところに「ノ」を加えたかして、現在の巻十一の成立時に「憎ヒ奴ノ」という姿になったのだと考えると、他の巻に「―の。」が現れない理由も説明できる。そして、巻十一の書写者の意識には、誤ったにせよ加えたにせよ、「憎い奴の」という常套句的な表現があったことになるが、実はこの表現は、次のように虎明本狂言や歌舞伎台本で常套句的に用いられるが、確実な中世の資料の中には見出せない表現なのである(5)。

（大名）「身共がとるものを。憎い奴の」　　　（雁盗人『大蔵虎明能狂言集』上181②）
「憎い奴の。侍を盗人にするか」　　　（歌舞伎、傾城壬生大念仏、日本古典文学大系97⑩）
「憎い奴の。途中の願は叶ぬといへ」　　　（歌舞伎、幼稚子敵討、日本古典文学大系109③）

この表現がいつ頃から用いられるのか明らかにできないが、現屋代本の巻十一は覚一系諸本周辺本文に影響を与えた後の成立で、他の巻に比べて一段階新しいものであると考えることで、諸本論の成果や語法史の流れに整合した解釈を与えることができるのである。

二―二　「後の祭り」という表現をめぐって

巻十一の後代性についてもう一例、大谷貞徳氏の指摘した(6)「後の祭」という表現に着目し、本稿の立場から解釈を与える。

3　六日ノ菖蒲、会ニアハヌ華ナ、後ノ祭カナナントソ申ケル。　　　（780⑧）

大谷氏は、右の傍線部が鎌倉本、竹柏園本、平仮名百二十句本、天草版平家物語で「後の葵」とあり、「後の祭り」の『日本国語大辞典』による初出は、『虚堂録臆断』（一五三四成）であることから「後の葵」より後出の表現と考えられることを指摘し、さらに、屋代本の「祭」字に草冠が付されていることから、「現存の屋代本と鎌倉本・竹柏園本等の共通祖本の段階では「後の葵」となっていたのを、現存屋代本の書写者がそれを書き写す際に、すでに人口に膾炙している「後の祭り」に引きずられて書写したか、あるいは「後の祭り」の方が正しいだろうという判断から訂正したのだろう。」と推測している。

先に用いた諸本で確認すると次のようになる。

a　鎌倉本
六日ノ菖蒲、会ニアハヌ花ノ後ノ葵カナムトソ申ケル。（17ウ）

b　竹柏園本
六日ノ菖蒲、会ニ合ヌ華、後ノ葵カナント、ソ笑イ合ケリ。（14オ）

c　平松家本
六日菖蒲、会逢ハム花ノ後ノ葵《アヲイカ》何度トソ申ケリ。（18ウ、「ム」「ケリ」元のママ）

d　斯道本
六日ノ菖蒲、会ニアハヌ花ノ後ノ葵カナンド、ソ申シケル。（百三句、六五六⑥）

e　覚一本（高野本）
会にあはぬ花、六日の菖蒲、いさかひはてゝのちぎりきかな、とぞわらひける。（二八三⑮）

この箇所のa～dは、「憎い奴の」の例と同じくeの覚一本より屋代本に近い箇所であるが、現屋代本と同じ「後の祭」とするテキストはない。したがって、大谷氏の言うように現屋代本とa～dの共通祖本の段階では「後の葵」だったのだろう。ただし、現屋代本とa～dの共通祖本の段階にまで遡る必要はなく、巻十一の元になった本文が「後の葵」であり、その本文は巻十一以外の現屋代本の本文と同じ段階の本文であるというように、巻十一の書写の問題として考えることが可能である。すなわち、現屋代本の他の巻に比べて一段階新しい本文を持っていることを示した例と解することができるのである。

二―三　まとめ

以上、巻十一の書写時に生じた変化と考えられる例を示した。巻十一の書写年代まで踏み込むことはできないが、他の巻で同様の事例を指摘できない現時点では、他の巻より一段階新しい本文であることは言えるだろう。

右に示した二つの例は、書写時の言語意識に基づく改変という点で共通する。この改変は自由な改変ではなく、元の本文を写していく過程で生じた改変である。ここから、言語意識に引かれた欠点はあるものの、現屋代本の巻十一の書写時点で大きな改変は行われていないと判断することができる。

おわりに

本稿では、現屋代本の巻十一が別筆であることを確認し、他の巻よりも後代的な要素を持った箇所があることを指摘した。そのなかで、覚一系諸本周辺本文に反映していない現象を巻十一の書写時の問題と見なしたが、最後に判断の下せない二つの例を示し、この方法の適用範囲を確認して結びとしたい。

まず、屋代本に見られる打消の「ん」の対応箇所の解釈である。

4　三位中将ノ露命、草葉ノ末ニスカリテ未タ消ヤラン卜聞ヘシカハ、哀レカハラヌ姿ヲ今一度見モシ見ヘモセハヤト、互ニ被思ケレ共、（832⑦）

a　鎌倉本
三位中将露ノ命、草葉ノ末ニスカツテ未消遺ヌト聞ヘシカハ、哀レ替ラヌ姿ヲ今一度見モシ見ヘモセハヤト、互ニ被思ケレ共、（40ウ）

b　竹柏園本
三位中将ノ露ノ命、草葉ノ末ニ扶ツテ未ト消遣ト听エシカハ、阿波礼替ラヌ資今一度見モシ見エモセハヤト互ニ思ハレケレ共、（34オ）

c　平松家本
三位ノ中将露ノ命、草葉ノ末ニ杖《スカリテ》　未スト消遣ラ聞シカハ、哀替ヌ姿ヲ今一度見モシ見得ハヤト互ニ思ハレケレトモ（41オ）

d　斯道本
中将露ノ命、消《未》ヤラヌト聞シカハ、今一度見モシ見ヘハヤト互ニ思ハレケレトモ、（百六句、六七九⑤）

e　覚一本（高野本）
中将の露の命、草葉の末にかゝてきえやらぬときゝ給へば、夢ならずして今一度、見もし見えもする事もやとおもはれけれども、（三三二⑩）

この対応箇所もa〜dの本文はeの覚一本よりも屋代本に近いが、屋代本の「ン」を反映したテキストはない。先と同様に考えれば、巻十一の書写時に「ン」になったと言うべきであるが、先と異なるのは、二節に示した例が巻十一特有の例であったのに対して、打消の「ン」は他の巻にも見られる点である。したがって、巻十一の元の本文も「ン」を使用していた可能性があり、巻十一だけの問題として扱えないのである。

次の例は、巻十一に特有の例であるが、他のテキストにも見られる場合である。

5　法王モ、六条東洞院ニ御車ヲ立テ、御叡覧有。公卿殿上人ノ車モ、同ク立並ヘタリ。人々是ヲ見テ、（817⑦）

a　鎌倉本
法王モ、六条東ノ洞院ニ御車立テ、御叡覧有。公卿殿上人ノ車モ、同ク被立並タリ。人々是ヲ見給テ、（33ウ）

b　竹柏園本
法王モ、六条東ノ洞院ニ御車ヲ立テ、叡覧アル。公卿殿上人ノ車モ、同ク被立並タリ。是ヲ各見テ、（28ウ）

c　平松家本
法王モ、六条東ノ洞院ニ御車ヲ立、御叡覧有。公卿殿上人ノ車モ、同立並ヘラレタリ。人々是ヲ見給イテ、（34ウ）

d　斯道本
法王モ、六条東ノ洞院ニ御車ヲ立テ、叡覧アリ。公卿殿上人ノ車モ、同立並ラレタリ。人々是ヲ見玉ヒテ、（百六句、六七四⑥）

e　覚一本（高野本）
法王は、六条東洞院に御車をたてゝ、叡覧あり。公卿・殿上人の車ども、おなじうたてならべたり。さしも御身ちかうめしつかはれしかば、（三一〇⑬）

屋代本の用例5の「御叡覧」という表現は、他の巻にはなく、延慶本や覚一本にも見られない。他資料の索引を調査しても見いだせず、この箇所は「叡覧」に「御」を冠した過剰な敬語のように見える[7]。しかし、鎌倉本、平松家本で「御叡覧」とあるので、巻十一の元になった本文でも「御叡覧」とあると考えることができ、巻十一の書写時の問題としては扱えないのである。

このように二節で示した方法は、巻十一以外の巻に例がなく、かつ、覚一系諸本周辺本文に一致していない場合にのみ適用でき、それ以外の場合には他の解釈を許容してしまうので、巻十一の後代性の問題とは別に考えなければならない問題である。言い換えれば、巻十一以外の巻と同様に扱ってよい問題ということになるのである。

注

（1）拙稿「屋代本平家物語の語法覚書」（『鎌倉室町文学論纂』三弥井書店、二〇〇二年）

（2）櫻井陽子「延慶本平家物語(応永書写本)本文再考―「咸陽宮」描写記事より―」（『国文』九五号、二〇〇一年）

（3）使用したテキストは以下の通りである。鎌倉本(『鎌倉本平家物語』汲古書院、一九七二年)、竹柏園本(『平家物語　竹柏園本』(上下)八木書店、一九七八年)、平松家本(『平松家本平家物語』清文堂、一九八八年)、斯道本(『百二十句本平家物語』汲古書院、一九七〇年)、高野本(『新日本古典文学大系　平家物語』(上・下)岩波書店、一九九一年・一九九三年)

（4）山下宏明『平家物語研究序説』（明治書院、一九七二年）、千明守「平家物語「覚一系諸本周辺本文」の成立過程」（『國學院雜誌』九一巻一二号、一九九〇年）など参照。

（5）他の平家諸本では、八坂系二類の本文に「憎い奴の」の例がある。奥村家本には「能登殿、此よしを見給ひて、「につくき奴の」とて、まつ真先にすゝむたる郎等のすそをあはせて海へたふと蹴入らる。」（『八坂本平家物語』大学堂書店、四〇八下右③）とあり、城方本(国民文庫、五一四⑭)も同様である。この箇所、八坂系四類で天正十六年書写の大前神社本は「能登殿、「憎ヒ奴」トテ先真先ニ進タル郎等ヲハ裾ヲ合テ海ヘタフト蹴入玉フ。」（『大前神社本平家物語』おうふう、37ウ）と「の」は見られない。八坂系一類の中院本(國學院大學図書館蔵本)も「にくいやつはらかな」（デジタルライブラリー46頁）と異なる。なお、奥村家本、城方本は巻十一にこの箇所の他にも「につくき奴の」の表現を持つが(奥村家本、三九一下左⑦、城方本、四九三⑬)、大前神社本の同じ箇所は「悪ヒヤツソ」（15オ）とあり、中院本は対応する表現がない。

（6）大谷貞徳「屋代本『平家物語』の「後の祭」について―現存屋代本の成立年代を考える―」（『國學院大學で中世文学を学ぶ』私家版、二〇〇八年）

（7）類似の表現では、「御叡感」が古今著聞集(日本古典集成、上302⑧)に、「御叡慮」が妻鏡(日本古典文学大系『仮名法語集』168⑥)に見られる。ともに成立は鎌倉時代だが、現存本文は中世後期以降のものである。

屋代本平家物語巻十一本文考

千明守

はじめに

本稿は、國學院大學図書館蔵『平家物語』屋代本の巻十一の本文の性格について考察するものである。書誌調査によって、国学院大学蔵屋代本巻十一は、他巻と比較して、表紙・料紙・書写等の諸点に於いて、何らかの差異がある可能性が確認された(1)。その点について、本文のあり方という側面から検証しようとするのが、本稿の狙いである。

まず第一に、巻十一の屋代本本文(2)と覚一本(高野本)本文(3)とを比較し、さらに読み本系諸本の本文も併せて比較し、屋代本の巻十一の本文のありようについて、他巻と異なる要素があるかどうかを検討する。

また、屋代本と近似する本文を持ち、なおかつ、屋代本と覚一本の両本を混態させて作られたと考えられる諸本群(所謂「覚一本系諸本周辺本文」)には、以下の諸本が現存する(4)。

A　斯道文庫蔵漢字片仮名交じり百二十句本(「斯道本」)

B　京都大学附属図書館蔵平松家本（「平松本」・巻十二欠）
C　彰考館蔵鎌倉本（「鎌倉本」）
D　歴史民俗博物館蔵享禄本（「享禄本」）
E　佐賀大学附属図書館蔵小城本（「小城本」・巻十一欠）
F　天理図書館蔵竹柏園本（「竹柏本」）
G　平仮名百二十句本（「百二十句本」・国会図書館等に蔵）

これらの諸本は、Gの平仮名百二十句本を除き、すべて、屋代本近接部分に関しては、かなり現存の屋代本に近似しているが、巻十一について、その近接のしかたが、他巻と較べて違いかあるのかどうかを、第二に検討する。

一　屋代本と覚一本と延慶本の関係その一——三本が非直線的関係であること

巻十一における屋代本と覚一本の記事配列については、両本はかなり近接する。大きな違いとしては、「女院関係記事（＝覚一本の灌頂巻に相当する本文）」のみである。

本文の詳細を見ていくと、他巻と同様に、両本は、同内容の記事でありながら、記述はかなり異なっている。延慶本(5)を合わせた三本間の近接関係を見ると、〈屋代本・覚一本〉間が近く、延慶本は若干離れている。しかし、延慶本と屋代本、あるいは延慶本と覚一本が近接し、他の一本が離れるという個所も少なからず見られる。

次に引用するのは、巻十一「逆櫓」(6)の一部である。

〈屋代本〉　①屋島ニハ隙行駒ノ足早クシテ、正月モ立、二月ニモ成ヌ。春ノ草暮テハ秋ノ風ニ驚キ、秋ノ風止ンテハ春ノ草ニ成ヌ。送迎テ三年ニモナリヌ。然ルヲ又Ａ東国ノ兵共、攻来ト聞ヘシカハ、男女ノ公達指シツトヒ、只泣ヨリ外ノ事ソナキ。

同二月十三日、都ニハ廿二社ノ官弊アリ。是ハ、「三種ノ神器、無二事故一都へ返リ入給へ」トノ御祈念ノタメトソ覚タル。

同十四日、参河ノ守範頼、平家追討ノタメニ七百余艘ノ舟ニ乗テ、（後略）

〈覚一本〉　さる程に、①八島にはひまゆく駒の足はやくして、正月もたち、二月にもなりぬ。春の草くれて、秋の風におどろき、秋の風やんで春の草になれり。をくりむかへてすでに、三とせになりにけり。B都には東国よりあら手の軍兵数万騎ついて、せめくだるともきこゆ、鎮西より臼杵《ウスキ》・戸次《ヘツギ》・松浦党、同心してをしわたるとも申あへり。かれをきゝ、これをきくも、たゞ耳を驚かし、きも魂をけすより外の事ぞなき。女房達は、女院、二位殿をはじめまいらせて、さしつどいて、又いかなるうきめをか見むずらん、いかなるうき事をかきかんずらんとなげきあひかなしみあへり。

ア新中納言知盛卿の給ひけるは、「東国北国の物共も随分重恩をかうむたりしかども、恩をわすれ契を変して、頼朝・義仲等にしたがひき。まして西国とても、さこそはあらんずらめとおもひしかば、都にていかにもならむと思ひし物を、わか身ひとつの事ならねば、心よはうあくがれ出て、けふはかゝるうき目をみる口惜さよ」とぞの給ひける。誠にことはりとおほえて哀なり。

同二月三日、九郎大夫判官義経都をたて、（後略）

〈延慶本〉　①屋島ニハ隙行駒ノ足早クシテ、正月モ立ヌ、二月ニモナリヌ。②春ハ花ニアクカル、昔ヲ思出シテ日ヲクラシ、秋ハ吹カワル風ノ音、夜寒ニヨハル虫ノ音ニ明シクラシツヽ、船中、波上、指テ何ヲ思定ル方ナケレトモ、カヤウニ春秋ヲ送リ迎、三年セニモ成ヌ。

A東国ノ軍兵来ト聞ヘケレハ、C又イカ、有ムスラントテ、国母ヲ奉始、北政所、女房達、賤キシツノメシツノヲニ至マテ、頭ラ指ツトヒテ、只泣ヨリ外ノ事ソナキ。

内大臣宣ケルハ、「都ヲ出テ三年セノ程、浦伝島伝シテ明シ晩スハ事ノ数ナラス。入道世ヲ譲テ福原ヘヲワシシ手合ニ、高倉宮ヲ取逃シ奉リタリシホト、心憂カリシ事コソ無リシカ」ト宣ケレハ、ア新中納言宣ケルハ、「都ヲ出シ日ヨリ、少モ足引ヘシトハ思ハサリキ。東国北国ノ奴原モ随分重恩ヲコソ蒙リタリシカトモ、恩ヲ忘、契ヲ変而、皆頼朝ニ語ハレテ、西国トテモサコソ有ムスラメト思シカハ、只都ニテ打死ニモシテ、館ニ火ヲ係テ塵灰トモナラント思シヲ、我身一ノ事ナラネハ、人並々ニ心弱クアクカレ出テ、カヽル憂目ヲミルコソ」トテ涙クミ給。ケニモト覚テ哀也。

十三日、九郎大夫判官ハ淀ヲ立テ渡辺ヘ向。（後略）

屋代本と覚一本は、屋島で三年の年月が過ぎたことをほぼ同文（傍線部①）で描く。延慶本は途中にやや詳細な描写（波線部②）が入る。続いて屋代本は、屋島の人々が東国兵士の襲来の噂を聞いて泣くさま（波線部A）を置く。延慶本は途中に詳細な説明（二重傍線部C）を含むが、文言は屋代本と重なる部分が多い。覚一本は、東国兵士の襲来の噂だけでなく鎮西からの襲来をも記し、女房達が嘆き悲しむさまを詳細に描く（波線部B）。屋代本はその後、「廿二社官幣」、「源範頼・義経の船揃え」と続くが、覚一本と延慶本は知盛の述懐記事（二重傍線部ア）を挟んでから、「源義経・範頼の船揃え」「伊勢大神宮等へ官幣」と続く。

本文記述の絶対量としては延慶本が最も豊富な本文を有し、覚一本と屋代本は、それぞれ異なる部分に於いて延慶本と近接した簡略な本文を持ち、同時に屋代本と覚一本は相互に共通の本文をも有している。つまりこの三本は、系譜的に一直線上に位置付けることはできない本文関係を持っているといえる。この点については、他巻と特に変わるところはない。

二　屋代本と覚一本と延慶本の関係その二―覚一本に後次性がみられる例

次に引用するのは、巻十一「勝浦付大坂越」の一部で、阿波勝浦に到着した源義経が讃岐へ越える山中で、平家の陣へ手紙を届けるために訪れた男と遭遇する場面である。

〈屋代本〉山中ニ蓑笠背負タル男一人行ツレタリ。①判官、「トコノ者ソ」ト問セラレケレハ、「京ノ者テ候」ト申ス。「トコヘ行ソ」。「屋島へ参ﾘ候」。「屋島ヘハトノ御方へ参ルソ」。「都ヨリ女房ノ御使ニ大臣殿ノ御方へ参リ候」。②「是モ阿波ﾉ国ノ御家人ニテ有カ、屋島へ被ﾚ召テ参ナリ。此路ﾊ始ニテ無案内ナルニ、和殿案内者セヨカシ」。「是ハ度々下テ候シ間、案内ハ知テ候」ト申ス。③「何事ノ御使ソ」。「下臈ハ御使仕ル計ニテコソ候へ、争カ何事トハ知候ヘキ」ト申セハ、「実ニモ」トテ、又暫ク有テ、糒クハセナントシテ、④「去ﾙニテモ何事ノ御使トカ聞」ト問ヘハ、「別ノ子細ヤ候ヘキ。当時河尻ニ源氏共多ク浮ヒテ候事ヲ被ﾚ申候コサンメレ」。⑤「サソ有覧。其ﾉ文トレ」トテ奪取ﾘ、「シヤツ縛レ」トテ縛ラセテ、路辺ナル木ニ結付テソ被ﾚ通ケル。⑥判官此文ヲ見給ヘハ、実ニモ女房ノ文ト覚シクテ、「九郎トカヤハ心ス丶トキ男ニテ侍フナレハ、大風大浪立トモヨモ嫌ﾋ侍ハシ。大風大波立トテモ打解サセ給ヘカラス。勢ヲチラサテ能々御用意サフラヘ」トソ被ﾚ書タル。⑦「是ハ義経ニ天ノ与ヘル文也。鎌倉殿ニ見セ申サン」トテ、深ク収テ置給フ。

義経が使いの男と行き連れて親しくなり、その男から目的地と用件を聞き出す（傍線部①）。次いで、自分も味方だと思わせて安心させ、不案内ゆえの道案内を乞う（傍線部②）。義経はその男の持っている手紙の内容を知ろうとするが、男は「知らない」と答え、一旦は引き下がるが、食事の提供をして懐柔した上でしつこく聞き出すと（二重傍線部③）、男はその内容を漏らしてしまう（傍線部④）。義経が、男を捕縛し、手紙を奪い取って見ると（傍線部⑤）、義経に対する悪口が書かれていた（傍線部⑥）。義経は、それを頼朝に見せるために保管する（傍線部⑦）。屋代本は、場面の構成も非常によく計算されており、ストーリー展開も不自然なところは全くない。

延慶本も、本文は重ならないながら、構成は屋代本に近い。

〈延慶本〉　彼堂ヨリ三丁計打出タリケル所ニテ、貲直《サヨミ》垂ニ立烏帽子キタル下種男ノ、京ヨリ下ルトヲホシクテ、立文一持テ判官ノ先ニ行ケルヲ、①判官彼ノ男ヲ呼留テ、「イツクヨリイツクヘ行人ソ」ト問給ケレハ、此男、判官トモシラテ、国人カト思テ、「是ハ京ヨリ屋島御所ヘ参候也」ト云ケレハ、②判官、「是モ屋島ノ御所ヘ参カ、道ノ案内モ不知」。「サラハツレ申サン」。①「京ヨリハ何ナル人ノ御許ヨリソ」ト重テ問給ヘハ、「六条摂政殿ノ北政所ノ御文ニテ、屋島ニ渡セ給大臣殿ヘ申サセ給ヘキ事候テ、進セサセ給御使ニテ候也」ト申セハ、④「其御文ニハ何事ヲ被仰タルヤラム」。「別ノ子細ニテ候ワス。『源氏九郎判官既ニ都ヲ立候。此波風シツマリ候ナハ、一定渡候ヌト覚候。御用意候ヘシ』ト、申サセ給御文ニテ候」ト、有ノマ、ニ申タリケレハ、⑤判官「其文進セヨ」ト宣フマ、ニ、文引チキリテ水ニ投入テ、男ヲハ「無慚ケニ命ヲハ、ナ殺シソ」トテ、山ノ中ナル木ニ縛付テ通リニケリ。

延慶本の、屋代本との違いは、以下の諸点である。

A　ストーリー展開において最も効果的な、手紙の内容を明かそうとしない男に食事を提供して懐柔するというプロット（二重傍線部③）を持たない。

B　屋代本では、最初に男から手紙の内容・目的を聞き出し（傍線部④）、さらにそれを奪い取って見て、そこに自分に対する悪口が記されていることを知る（傍線部⑥）、と二段階になっているところを、延慶本はすべて男の発言としてしまう（波線部④）。さらにそこには、義経の怒りを増幅させる「悪口」的要素がない。

C　屋代本では頼朝に見せるために保管した手紙を、延慶本では破り捨ててしまう（波線部⑤）。ここから本文の前後関係を想定することはできないが、どちらにも不自然な要素はないといえる。ところが、覚一本は、少々異なった構成になっている。

〈覚一本〉　夜半はかり、判官たてふみもたる男にゆきつれて、物語し給ふ。①この男よるの事てはあり、かたきとは夢にもしらす、みかたの兵共の八島へまいるとおもひけるやらん、うちとけてこまぐ〳〵と物語をそ申ける。「そのふみはいつくへそ」。「八島のおほい殿へまいり候」。「たかまいらせらるゝそ」。「京より女房のまいらせられ候」。④「なに事なるらん」との給へは、「別の事はよも候はし。源氏すてに淀河尻にいてうかうて候へは、それをこそつけ申され候らめ」。②「けにさそあるらん。是も八島へまいるか、いまた案内をしらぬに、しんしよせよ」との給へは、「是はたひ〳〵まいて候間、案内は存知して候。御共仕らん」と申せは、⑤判官、「そのふみとれ」とてふみはいとらせ、「しやつからめよ。罪つくりに、頸なきそ」とて、山なかの木にしはりつけてそとほられける。⑥さてふみをあけて見給へは、けにも女房のふみとおほしくて、「九郎はすゝときおのこにてさふらふなれは、大風大浪をもきらはす、よせさふらふらんとおほえさふらふ。勢ともちらさて用心せさせ給へ」とそかゝれたる。⑦判官、「是は義経に天のあたへ給ふ文なり。鎌倉殿に見せ申さん」とて、ふかうおさめてをかれけり。

覚一本では、使いの男はすぐに義経と打ち解け（二重傍線部①）、手紙の内容をばらしてしまう（傍線部④）。その後に、義経が男に道案内を頼み、男がそれに同意する（傍線部②）と、ここでいきなり男を捕縛し、手紙を取り上げる（傍線部⑤）、という展開である。その後の傍線部⑥⑦は、屋代本と同じである。

この展開は明らかに不自然である。本文改変（編集）上の何らかの不手際があったものと考えるべきだろう。この形が本来の形であったとは考えがたい。また、屋代本のような完成された形に改変の手を加えて覚一本のような形ができあがったとも考えにくい。もとになった形があって、そこに屋代本・覚一本それぞれが手を加えて、うまく成功した形（屋代本）と、何らかの不手際から失敗した形（覚一本）とができあがったと考える方が自然である。

ただ覚一本のこの形は、覚一本諸本にのみみえる形で、覚一本を除く一方系の諸本（葉子本・下村本・京師本・流布本等）では踏襲されていない。例えば、京師本(7)では、次のようになっている。

〈京師本〉其夜の夜半ばかりに、判官、たて文もッたる男に行逢たり。①此男、夜の事ではあり、敵とは夢にも知らず、御方の兵共の八嶋へ参ると思ひけん、打とけて物語をぞしゐたりける。②判官、「是も八嶋へ参るが、案内を知らぬぞ。じんじよせよ」と宣へば、この男、「度々参ッて案内よく存知して候」と申。①判官、「其文は何くより何方へまゐらせらるるぞ」と宣ば、「是は京より女房の八嶋の大臣殿へまゐらせられ候」と申。④「何事にや」と問給へば、「よも別の事にては候はじ。源氏既に淀河尻に出で浮うで候へば、其をこそつげ申され候らん」。⑤判官、「げにさぞあるらん。あの文ばへ」とて、もッたる文うばひとらせ、「しやつからめよ。罪作りに、頸なきつそ」とて、山中の木にしばり付てぞ通られける。⑥判官、さて此文を開けて見給へば、誠に女房の文とおぼしくて、「九郎はすすどきをのこにて侍へば、かかる大風・大浪をもきらはず、よせ侍ぬと覚侍ふ。相構御勢共ちらさせ給はで、よくよく御用心せさせ給へ」とぞかかれたる。⑦判官、「是は義経に天のあたへ給ふ文や。鎌倉殿に見せ申さん」とて、ふかうをさめてぞおかれける。

覚一本では傍線部④の後に置かれている傍線部②が、京師本では二重傍線部①の途中に移動している。そのために覚一本にあった不自然さは少し解消されている。一方系中後期諸本は、覚一本の不自然さに気付いていてそれを訂正したものと思われる(8)。

ちなみに、八坂系一類本・二類本は、基本的な構成は屋代本と同じだが、文の使いがその内容を暴露してしまう記事

（傍線部④）に続けて、義経が男に義経の容姿について尋ね、男がそれに答えて義経の怒りを買うという記事が挟まれている。中院本(9)の当該本文を引用しておく。

〈中院本〉「さてこんとの源氏の大しやうをは、たれとかきく」「一人は、三かわのかうのとの、一人は、九郎判官とのとこそうけたまはり候へ」「さてわとのは、はんくわんをは見しりたるか」「さ候。判官は、せいちいさきおとこの、いろしろきか、むかはのさしあらはれて、しるうましく候。とのこそはんくわんとのにまいらさせ給て候へ」と申せは、「とこなるやとの、みやうかはかさん」との給つゝ、其後、「そのふみはへ、しやつしはれ」とて、（後略）

義経の身長が「小さく」、色が「白く」、「向歯の差し表れて」、目立つという描写は、他本では壇之浦合戦の直前に置かれる。八坂系諸本も他本と同様に壇之浦合戦の直前にもそれを重複して置いている。これは、八坂系諸本の後次的操作とみて問題はないと思われる。

三　屋代本と覚一本と延慶本の関係その三―屋代本に後次性がみられる例

次に引用するのは、巻十一「勝浦付大坂越」の一部である。まず覚一本からみていく。義経一行が、大坂越を越えて讃岐国に到着した場面から始まる。

〈覚一本〉あくる十八日の寅の刻に、讃岐国ひけ田といふ処にうちおりて、人馬のいきをそやすめける。それより丹生屋、白鳥うちすき〳〵、八島の城へよせ給ふ。又近藤六親家をめして、「八島のたちのやうはいかに」ととひ給へは、「しろしめさねはこそ候へ。無下にあさまに候。塩のひて候時は、陸と島との間は馬の腹もつかり候はす」と申せは、「さらはやかてよせよや」とて、①高松の在家に火をかけて、八島の城へよせ給ふ。
八島には、阿波民部重能か嫡子田内左衛門教能、河野四郎かめせともまいらぬをせめんとて、三千余騎て伊予へこえたりけるか、河野をはうちもらして、家子郎等百五十余人か頸きて、八島の内裏へまいらせたり。内裏にて賊首の実検せられん事然るへからすとて、大臣殿の宿所にて実検せらる。百五十六人か首也。頸とも実検しける処に、物共、「②高松のかたに火いてきたり」とてひしめきあへり。「③ひるて候へは、手あやまちてはよも候はし。かたきのよせて火をかけたると覚候。さためて大せいてそ候らん。とりこめられてはかなうまし。とう〳〵めされ候へ」とて、惣門の前のなきさに船ともつけならへたりけれは、我も〳〵とのり給ふ。御所の御舟には女院、北の政所、二位殿以下の女房達めされけり。大臣殿父子は、ひとつ舟にのり給ふ。其外の人々思ひ〳〵にとりのて、或は一町はかり、或は七八段五六段なとこきいたしたる処に、源氏のつは物ともひた甲七八十騎、惣門のまへのなきさにつといてきたり。④塩ひかたの、おりふし塩ひるさかりなれは、馬のからすかしら、ふと腹にたつ処もあり、それよりあさき処もあり、けあくるしほのかすみとともにしくらうたるなかより、白旗さとさしあけたれは、平家は運つきて、大勢とこそ見てんけれ。判官かたきに小勢と見せしと、五六騎七八騎十騎はかりうちむれ〳〵いてきたり。

一八日の朝、讃岐国へ到着した義経は、近藤六親家から、屋島と陸との間が浅くて馬で渡れるという情報を得て、高松の在家に火を掛けて（傍線部①）、屋島を急襲する。折節屋島では宗盛の邸宅で頸実検の最中だったが、高松に出火あり（傍線部②）との報告を受け、敵が大勢であろうとの判断（傍線部③）から、一門は用意してあった船に乗り海に逃げた。そこへ源氏軍七〇～八〇騎が押し寄せたが、干潟を走る馬の蹴上げる潮のせいで、平家はその勢を大勢と見誤ってしまった、という展開である。

在家の出火から、「昼だから失火ではなく放火だろう」と判断するのは理解できるが、それゆえ、「敵が大勢である」とまで判断するのはやや不自然な感じもする。そしてさらに不自然なのは、平家が海上に逃げた後で干潟を騎馬で渡ってくる源氏の小勢を、蹴上げる潮と霞と白旗のせいで大勢と見誤ったことを、「平家の運」が尽きた故と説明する点である。

在家の出火を見たことが理由で平家は撤退を決定したとしているのだから、その後で「小勢」を「大勢」と見誤ったことは物語の展開には無関係なはずである。「平家の運」が尽きたこととも関係はない。

次に延慶本を見てみよう。三本の中では最も不自然な要素が少ないと言える。

〈延慶本〉次日ハ引浦、丹生社、高松郷打過テ、屋島ノ城へ押寄タリ。屋島ニハ阿波民部大夫成良カ子息、田内左衛門成直ヲ大将軍トシテ、三千余騎ニテ、河野四郎通信ヲ責ニ、伊与喜多郡ノ城エ向タリケルカ、河野ヲハ討逃シテ、河野カ伯父、福浦新三郎以下ノ輩百六十余人カ首ヲ取テ、屋島へ献リタリケルヲ、「内裏ニハ首ノ実検カハワシ」トテ、大臣殿御所ニテ実検有ケリ。A大臣殿ハ小博士清基ヲ召テ、御使ニテ能登守殿ノ方へ被仰タリケルハ、「源九郎義経、既ニ阿波ノ蜂間尼子浦ニ着タル由聞へ候。サル者ニテ候ナレハ、定終夜中山ヲハ越候ヌラント覚候。御用意アルヘシ」トソ有ケル。猿程ニ夜ノアケホノニ、塩干潟一ツヘタテ、②ムレ、高松ト云処ニ焼亡アリ。「アワヤ焼亡ヨ」ト云モハテネハ、成良申ケルハ、「③今ノ焼亡ハアヤマチニテハ候ワシ。源氏ノ勢、既ニ近付テ、所々ニ火係テ焼払ト覚候。定大勢ニテソ候ラン。イカサマニモ忩キ此御所ヲ出サセ給テ、御舟ニメサレ候へシ」ト申ケレハ、「尤サルヘシ」トテ、先帝ヲ初進セテ、女院、北政所、大臣殿以下ノ人々、屋島ノ御所ノ惣門ノ渚ヨリ御船ニメス。去年ノ春、一谷ニテ打漏サレシ人々、平中納言教盛、新中納言知盛、修理大夫経盛、新三位中将資盛、讃岐中将時実、小松新小将有盛、同侍従忠房、能登守教経、此人々ハ皆船ニ乗給フ。大臣殿父子ハ一ツ御船ニ乗給ヘリ。右衛門督モ鎧キテ打立タムトセラレケルヲ、大臣殿大ニセイシ給テ、手ヲ取テ、例ノ女房達ノ中ニオワシケルソ憑シケナク、大将軍カラモシタマワサル。残ノ人々モ、是ヲ見給テ、ナキサ〳〵ニヨセヲイタル儲舟共ニ、我先ニト諍乗テ、或ハ七八丁計、或一丁計息ヘ指出シテソオワシケル。B御舟ニメサレツル惣門ノ前ノ渚ニ武者七騎馳来ル。舟々ヨリ是ヲ見テ、「アワヤ敵ヨセタリ」ト訇ルメリ。

延慶本は、最初に宗盛邸での頸実検の記事を置き、それに続けて語り本系には見えない波線部Aの記事（宗盛が清基を使者として能登守教経のもとに遣わし、義経が近づいてきているから用心するようにと連絡をする）を置く。その後、「牟礼・高松」に「焼亡」があったとし（傍線部②）、それを受けた阿波民部成能の「失火ではなく放火と思われ、所々に火を懸けているようだから、恐らく大勢と思われるので、海上に避難すべき」（傍線部③）との判断により平家一門は戦わずに撤退する。そこに源氏軍の先遣隊七騎が馳せ来るのを船上から見て、平家の人々は「敵が来た」と慌て騒いだとする。

義経四国上陸の情報（波線部A）が先に記されているために、さらに「焼亡」が「牟礼・高松」と複数になっているために、「定めて大勢にてぞ候ふらん」という判断が不自然ではないものになっている。また、覚一本の傍線部④（馬の蹴上げる潮と霞）に相当する記事が、シンプルに「武者七騎馳せ来る」（波線部B）となっているために、ここにも不自然さは感じられない。

実は、この覚一本の傍線部④に類似する表現が、延慶本には別の箇所にあるのである。それは「継信最期」の後である。

〈延慶本〉　サルホトニ勝浦ニテ戦ツル源氏ノ軍兵共、ヲクレハセニ馳テ追付タリ。（中略。人名列挙）

土佐房昌俊等ヲ始トシテ四十余人ニテ馳加ル。此外ノ武者七騎馳来ル。判官「何者ソ」ト問レケレハ、「故八満太郎殿乳人子ニ、雲上ノ後藤内範朝カ三代孫、藤次兵衛尉範忠ト申者也。年来ハ山林ニ逃隠テ有ケルカ、源氏ノ方ツヨルト聞テ走参タリケリ。判官イト、力付テ、昔ノ好ミ被思遣テ、哀ニソ被思ケル。C塩干潰ノ塩、未タヒヌホトナレハ、馬ノカラスカシラ、太腹ナントニ立ケルニ、馬人ケチラサレテ霞ニ交リテ見ケレハ、平家ノ大勢ニモ不劣《ラ》ソミヘケル。

佐藤継信が義経の身代わりになって命を落とし、義経がその供養のために秘蔵の大夫黒を僧に与え、人々が「この殿の為には命を捨つること惜しからず」と涙を落とした、とする本文の後である。

藤次兵衛尉範忠が率いる武者七騎が馳せ参ずる際に蹴散らした干潟の潮が霞と交じって見え、わずかな小勢なのに平家の大勢にも劣らないように見えた、という記事である。

恐らく、覚一本は、この波線部Cの表現を前に移動させ、義経渡海の際の描写に置き換えたものと思われる。その際に、「平家の大勢にも劣らず」を、「平家が大勢と見誤る」に変えてしまい、不自然な描写にしてしまったのではないだろうか。

屋代本の記述は、この覚一本よりもさらに不自然な描写になっている。

〈屋代本〉明レハ讃岐国曳田ト云所に打下テ、入野、白鳥、高松郷、打過〳〵寄給ニ、（中略。「文の使いのこと」）近藤六ヲ召テ、「八島ノ城ノ様ハ如何ニ」ト問給ヘハ、「知食シメサレネハコソ候ヘ、城は無下ニ浅間ニ候。塩ノ干テ候時ハ馬ノ腹モツカリ候ハス」ト申ス。「サラハ寄ヨ」トテ、④源氏塩干堅ヨリ寄セケルニ、此ハ二月十八日ノ事ナレハ、蹴上ル塩ノ霞ト共ニシクラウタル中ヨリ打群テ寄ケレハ、平家運尽テ、大勢トコソ見テンケレ。

阿波ノ民部カ嫡子田内左衛門、河野ヲ責ニ伊与ノ国ヘ越タリケルカ、河野ヲハ討漏シ、家ノ子郎等百余人カ頸ヲ取テ、我身ハ伊与ニ在ナカラ、先立テ屋島ヘ奉リタリケルヲ、折節大臣殿ノ御宿所ニテ実検有。兵共、「②コハ何ニ、焼亡アリ」トソ騒キケル。能見テ、「焼亡《イ》ニテハ無リケリ。アハヤ、敵ノ既ニ寄候ソヤ」ト中程コソ有ケレ、白幡サト差揚タリ。「アハヤ源氏ヨ。定テ大勢ニテソ候覧。急キ御舟ニ可レ被レ召」トテ、渚々ニ挙置タル船共、俄ニ喚叫テ下シケリ。御所ノ御船ニハ、女院、北ノ政所、二位殿以下ノ女房達召レケリ。大臣殿父子一船ニソ乗給フ。平大納言、平中納言、修理大夫、新中納言以下人々、皆舟ニ取乗テ、或ハ渚ヨリ一町計リ、或ハ七八反推出シタル処ニ、B白録シ付タル武者六騎、惣門ノ前ニ歩セテ出来タリ。

屋代本が他の二本と大きく異なるところは、義経が実際に高松の在家に火を懸けたとする記述(傍線部①)を持たない点である。延慶本も直接的な記述はないが、傍線部③で実際の出火があったことが記されている。

そして覚一本では平家の撤退の後に置かれていた傍線部④の記事(延慶本では波線部Cの記事)が、屋代本では一番前に置かれている。その後に、「焼亡あり」との報告(傍線部②)があり、よく見たらそれは焼亡ではなく敵が大勢で寄せてきた来たのである(二重傍線部イ)ということになり、平家一門は船に乗って海上に避難するのである。蹴上げる潮と霞を焼亡と見誤ったとはっきりとは書いていないが、そのように理解できる記述になっている。しかし、水しぶきを火災と見誤るというのは現実的とは言えないだろう。恐らく、屋代本は、覚一本が遥か後方から持ってきた傍線部④の記事を、この位置に「平家が運尽きて小勢を大勢と見誤る」ものとして置くのは不自然だと考えて、さらに前方に移動させ、あわせて、平家がその水しぶきを「焼亡」と見誤るという設定に変えたのだろう。覚一本の犯した不自然さを解消しようとして、さらに不自然な構成にしてしまったものと考えられる。

四　屋代本と覚一本系諸本周辺本文との関係

「覚一本系諸本周辺本文」と呼ばれる諸本がある。これらの諸本は、いずれも、屋代本の本文と覚一本(一方系本)の本文とを混態させることによって成立してきたものと考えられる(10)。

当該諸本群(覚一本系諸本周辺本文)は、いずれも、屋代本的本文と覚一本的本文とを混態混態させて作られた本文と考えられるが、巻によって、屋代本に近接するか、覚一本に近接するかは一様ではない。また、当該諸本群は、相互に誤脱や特殊な文字遣いを共有しており、書写的に極めて近い関係にあることがわかる。

当該諸本群の本文と屋代本の本文とを比較すると、現存の当該諸本のいずれも、屋代本を遡ることはできず、当該諸本群の編者達が参照した屋代本は、現存の屋代本とほぼ同等のものであったろうことが推測される。つまり、現存の屋代本は、当該諸本群の編者達が利用した段階の屋代本とさほど隔たっていない物であろうということである。現存屋代本独自の誤脱は多くはない。

それでは、巻十一はどうか。巻十一は、現存の他巻とは成立年代が異なる(下る)ことが予想される。そうすると、巻十一と他の巻との関係にはさまざまな関係が想定される。

例えば、現屋代本の親本が存在し、その親本を忠実に書写する形で現屋代本が制作され、何らかの原因で巻十一が失われ、それを補填するために、同一の料紙を求め、再び屋代本親本から書写された、という可能性も考えられる。もしもそうだとすれば、遅れて制作された新巻十一は、成立は下るが、本文としては旧巻十一とほぼ同質と考えることができるということになる。

あるいは、いったん成立した現屋代本から、何らかの理由で巻十一が失われ、その時点ですでに屋代本親本は手に入れることができない状況にあり、近接する本文に拠りながら新巻十一を作成した、という可能性も考えられる。この場合には、原屋代本巻十一と、現屋代本巻十一とでは本文が異なるということになる。

そのあたりの問題を、「覚一本系諸本周辺本文」との比較から考察してみよう。

まず当該諸本群の本文は、巻十一については、すべて屋代本にほとんど一致する。ただし、鎌倉本のみは、巻末の「女院出家」「副将」のみが覚一本に近い。これは、鎌倉本が、覚一本の灌頂巻から女院記事を取り込んで巻十一の編年体的位置に入れ込んだが、その際に、巻末の「副将」記事もそのまま覚一本系の本文を取り込んだためと考えられる。

当該諸本群の本文は、屋代本に見える特殊な宛字等もかなり共通している。これは、他巻と大きな相違はない。例えば、「矢竹に羽をつける」意の「矧《は》ぐ」という動詞の表記は、以下のようである(巻十一「那須与一」)。

〈屋代本〉　中黒矢ノ其日ノ軍ニ射捨テ少々残タルヲ、薄切文ニ鷹羽矯交タルヌタ目ノ鏑ソ差副タル。
〈覚一本〉　きりふの矢の其日のいくさにゐて少々のこりたりけるをかしらたかにおひなし、うすきりふに鷹の羽はきませたるぬた目のかぶらをそさしそへたる。
〈平松本〉　中黒ノ矢ノ其日ノ軍ニ射捨テ、少々残タルニ薄切文ニ鷹ノ羽矯交タル奴田目《ヌタメ》ノ鏑ソ差副タル
〈享禄本〉　中黒ノ矢ノ其日ノ軍ニ射捨テ少々残リタルニ薄切文ニ鷹羽矯交タルニヌタ目ノ鏑ヲソ差副タル(鎌倉本・竹柏本もほぼ同文)
〈斯道本〉　中黒ノ矢ノ其日ノ軍ニ射ノコシタルヰ《ニ》薄切文ニ鷹羽ハギ交タルニヌタ目ノ鏑サシソヱタリ

覚一本と斯道本が平仮名表記になっている他は、問題の諸本はすべて「矯交」と表記して「はぎまぜ」と読んでいる。なお、この部分、覚一本のみに波線部があり、恐らく屋代本はその波線部の記述を脱落したものと考えられる。「少々残りたる(矢)を」が受けるべき述語(波線部)がないと、下接する文にうまく繋がらない。平松本・享禄本・鎌倉本・竹柏本は「少々残りたる(矢)に」と訂正し、下接する「鏑をぞ差し副えたる」に正しく繋がるようにしたのだろう。斯道本は屋代本と同じ形であったが、不自然だということで平松本等と同じ形に訂したものであろう。

また、屋代本の本文の瑕疵を、当該諸本群の本文によって訂正しうる部分も少なからず見える。次に引用する部分は、「継信最期」の一節で、伊勢三郎と盛次の詞戦の部分である。

〈屋代本〉　伊勢三郎、「舌ノ和カナレハトテ、汝等左様ノ事ナ申ソ。知ヌ事カ、砥並山ノ軍ニ辛キ命生テ、乞食シテ

京へ登タリケルトコソキケ。其ヲハヨシ争ハシ物ヲ」ト申ケレハ、盛次、「幼少ヨリ君ノ御恩ニ飽満テ、何ノ不足ニ盛次カ乞食ヲハスヘキソ。和君ハ又知ヌ事カ、鈴鹿山ノ山賊シテ妻子ヲ養ケルト聞ハ何ニ。其ヲモヨシ諍ハシ物ヲ」トソ申ケル。

「よし争はじものを」という表現が二回繰り返されるが、これは明らかに「よも〜じ」の誤りと考えられる。当該諸本群は以下のようになっている。

〈平松本〉伊勢三郎、「舌和カナレハトテ、汝等左様ノ事ナ衣レソ申。知ヌ事カ、砥並山ノ軍ニ辛キ命ヲ生キテ、乞食ヲシテ京ヘ上タリケルトコソ聞。其ヲ与モ争ハシ物ヲ」ト申ケレハ、盛次、「幼少ヨリ君ノ御恩ニ飽満テ、何ノ不足ニ盛次カ乞食ヲハスヘキソ。和君ハ又知ヌ事カ、鈴鹿山之山賊シテ妻子ヲ養ケルト聞ハ如何ニ。其レモ争ハシ物ヲ」ト申ケレハ、（享禄本もほぼ同文）

〈鎌倉本〉伊勢三郎、「舌ノ和ラカナレハトテ、汝等左様ノ事ナ申ソ。左イフ和殿モ、砥並山ノ軍ニ辛命ヲ生テ、乞食ヲシテ京へ上タリケルト社キケ。夫ヲハヨモ争ハシ物ヲ」ト申ケレハ、盛次、「幼少ヨリ君ノ御恩ニ飽満テ、何ノ不足ニ盛次カ乞食ヲハスヘキソ。和君ハ知ヌ事カ、鈴鹿山ノ山賊シテ妻子ヲ養ケルト聞ハ如何ニ。其ヲ諍シ物ヲ」ト申ケレハ、

〈竹柏本〉伊勢三郎、「舌ノ和カナレハトテ、汝等左様ノ事ナ申ソ。知ヌ事カ。砥並山ノ軍ニ辛キ命ヲ生テ、乞食ヲメ京へ登リケルト社听。其ヲハ世モ争カハシ物ヲ」ト申ケレハ、盛継、「自レ幼少ニ君ノ御恩ニ飽満テ、何ノ不足ニ乞食ヲハスヘキ。和君者亦不知事カ、鈴鹿山ノ山賊シテ妻子ヲ養ケルト聞。夫ヲハ世モ諍ハシ物ヲ」ト申ケレハ、

〈斯道本〉伊勢三郎、「汝ハ砥並山ノ軍ニ辛キ命ヲ生キテ、乞食ノ身トナリ、京へ上リシハイカニ」ト申ス。盛次、「汝《ナンチ》モ《モ》鈴鹿山ノ山賊《カツ》ヨ」ト申ケリ。

このうち平松本・享禄本・鎌倉本が本来の形と思われ、伊勢三郎の発言が「よも争はじものを」、盛次の発言が「それも争はじものを」となっている。竹柏本は「よも〜じものを」を二回繰り返す形になっており、また伊勢三郎の発言中の「争ふ」を誤って「いかでか」と訓んでしまっている。斯道本は略筆が甚だしく、当該表現を持たない。引用はしないが覚一本も波線部の表現は有していない。

これはおそらく、平松本・享禄本・鎌倉本に見える形（「よも〜じ」＋「〜じ」）が本来のものであるだろう。それを屋代本は誤って「よし〜じ」を二回繰り返す形にしてしまったものと思われる。一箇所なら「モ」と「シ」の読み間違いということも考えられるが、二箇所とも同じ誤りを犯していることから考えると、それが現存屋代本巻十一の書写者の普通の言語感覚であったものと考えられる。

屋代本巻十一の書写者の言語感覚の後代性については、大谷貞徳氏(11)が指摘された「後の祭」についても同様のことが言えるだろう。

また、巻十一には、屋代本の脱文と思われる箇所も見受けられる。次に引用するのは、「継信最期」の最終部の一節である。

〈屋代本〉鵯越ヲ落シ給テ後、余リニ秘蔵シテ、「我五位尉ヲハ此馬ニ譲也」トテ、大輔黒ト名付ラレタル秘蔵ノ馬ヲ被レ引ケルヲ見テ、

〈平松本〉鴨越落シテ給テ後、余リニ此馬ヲ秘蔵シ給イテ、我五位ノ尉ニ衣レシ成時、「我五位ヲハ此馬ニ譲ルナリ」トテ大夫黒ト衣ニタル名付一秘蔵ノ御馬ヲ衣レケルヲ引見テ、（鎌倉本・享禄本・斯道本・竹柏本もほぼ同じ）

屋代本は、平松本の傍線部の表現を脱落したものと思われる。傍線部を持たなくても文章に破綻があるわけではないが、覚一本や延慶本にも同様の表現があること等から考えても、これは屋代本の誤脱と見てもよいだろう。同様の誤脱

は多数見ることができる。

現存の平松本・鎌倉本・享禄本・斯道本・竹柏本にもそれぞれ独自の誤脱は多々見られることや、鎌倉本には明らかにさらに一段後次的な現象(覚一本系本文の混入)が見られること等からも、現存屋代本巻十一の成立がそれら諸本(覚一本系諸本周辺本文)の成立よりも下るとは断定できないが、その可能性も排除することはできないと思われる。当該諸本(覚一本系諸本周辺本文)が巻十一に関して鎌倉本を除いてすべて屋代本に近接する本文を持っているという点や、屋代本のこの巻だけ朱の書き入れが途中で終わっているという点も、その(屋代本巻十一の)後次性と関係があるのかも知れない。

現存屋代本巻十一の本文が、すでに混態本である「覚一本系諸本周辺本文」からの再取込によって作られたものであって原屋代本とは異なる本文を持っているという可能性も含めて、屋代本巻十一の取り扱いには細心の注意を払う必要があることだけは言えるだろう。

注

(1)　科学研究費補助金による共同研究「平家物語の初期形態に関する多角的研究—屋代本を拠点として—」(課題番号20520199)の二〇〇九年二月二八日の調査による。詳細な報告は本書所載の佐々木論文を参照のこと。

(2)　使用したテキストは、『屋代本高野本対照平家物語(一〜三)』(新典社、一九九〇〜一九九三年)。

(3)　注3に同じ。

(4)　使用したテキストは以下の通りである。

A　斯道文庫本……『百二十句本平家物語』(汲古書院、一九七〇年)

B　平松家本……『平松家本平家物語』(清文堂、一九八八年)

C　鎌倉本……『鎌倉本平家物語』（汲古書院、一九七二年）
D　享禄本……『享禄書写鎌倉本平家物語（一～一二）』（雄松堂、一九八〇年）
E　小城本……『小城鍋島文庫本平家物語』（汲古書院、一九八二年）
F　竹柏園本……『平家物語竹柏園本（上下）』（八木書店、一九七八年）
G　百二十句本……『平家物語百二十句本（一～六）』（古典文庫、一九六八～一九六七年）

（5）使用したテキストは、『校訂延慶本平家物語（一～一二）』（汲古書院、二〇〇〇～二〇〇九年）。影印本を参照し、後補の濁点・返り点・振り仮名等は除いた。
（6）章段名は、便宜上高野本の章段名で表すことにする。
（7）使用したテキストは、『平家物語（上下）』（三弥井書店、一九九三～二〇〇〇年）。
（8）覚一本のこの部分の不自然さについては、岩波旧大系の「校異補記」に指摘がある。ただそれを、「増補系〔南〕ニナラッテノ改筆ト思ウ」とあるが、南都本は覚一本を除く一方系諸本と同じ構成になっており、南都本が覚一本に影響を与えたとは考えられない。
（9）使用したテキストは、『校訂中院本平家物語（上下）』（三弥井書店、二〇一〇～二〇一一年）により、句読点・カギ括弧を加えた。
（10）山下宏明「平家物語覚一系諸本周辺の本文に関する本文批判的研究―過渡本か混態本か―」（名古屋大学教養部紀要人文科学社会科学篇一四、一九七〇年二月。『平家物語研究序説』〔明治書院、一九七二年〕に再掲）、拙稿「平家物語「覚一系諸本周辺本文」の形成過程（上下）」（國學院雑誌、八七巻五号～六号、一九八六年五月～六月）、拙稿「平家物語「覚一系諸本周辺本文」の成立過程」（國學院雑誌、九一巻一二号、一九九〇年一二月）等。
（11）大谷貞徳「屋代本『平家物語』の「後の祭」について―現存屋代本の成立年代を考える―」（『國學院大學で中世文学を学ぶ』私家版、二〇〇八年）

『平家物語』巻一「二代后」の本文——一方系と八坂系の接近

伊藤悦子

はじめに

八坂系『平家物語』は、山下宏明氏によって大きく第一～五類本に分類(1)され、現在では、一・二類本が八坂系の本流であり、三・四・五類本は一方系との混態本・取り合わせ本で、より後次的なものと考えるのが通説となっている。しかし、八坂系一類本B種である中院本は、一方系諸本である下村本に近似する本文を補入しているという、山下氏や今井正之助氏(2)のご指摘もあり、八坂系一・二類本が、一方系と交渉を持たず独自の成長を遂げたとは言い切れない。中院本が下村本的本文を参照した形跡があるということは、中院本と下村本という特定の諸本間のみの問題ではなく、一方系と八坂系の接近として考えてみる必要があるだろう。中院本が独自に下村本的本文を参照したというだけではなく、それ以前から、つまり、一類本の成長過程において、何度かそうした行為が行われてきた可能性も皆無とは言えないのである。

本稿は、巻一「二代后」の本文を中心に、一方系の本文の影響が、中院本はもとより一・二類本全体にまで及んでいると考えられること、また、参照した一方系本文が下村本的本文のみとは言い切れないこと、そして八坂系諸本が一方系本文を取り込んだのは比較的後次の段階であると考えられること、などを指摘するものである。

「二代后」は、徳大寺公能の娘で近衛天皇の后であった藤原多子が主人公である。近衛天皇が若くして崩御した後、近衛河原の御所にひっそりと移り住んでいたが、二条天皇に求められて心ならずも再び入内することになる。しかし、わずかのうちに二条天皇も崩御してしまい、多子はついに出家する。

一部の諸本には多子の出家記事はない。また、諸本により章段名や章段の範囲等も異なるため、本稿ではいずれの諸本に関わらず、多子の入内騒動から出家までの範囲を「二代后」として扱うことにする。使用する諸本は、便宜上、以下のグループに分類しておく。

一方系：覚一本・下村本。
八坂系：文禄本・中院本・城方本・両足院本・城一本。
覚一系周辺諸本：百二十句本・平松家本・鎌倉本・屋代本。
読み本系：延慶本・長門本・四部合戦状本・源平盛衰記・源平闘諍録・南都本。

一　覚一本と中院本の本文比較

まず、一方系の代表的諸本である覚一本と、八坂系一類本B種である中院本の「二代后」を中心に本文比較を行う。「二代后」の諸本全体の大きな本文異同は、主に、章段の冒頭部の位置付け、則天皇后説話や紫宸殿の障子の記述が詳細であるか否か、大宮出家記事の有無、などである。しかし、それ以外は、細かい表現の差はあるものの、記事内容に大差はない。そこで、微妙な表現の差ではあるが、諸本間で異同の内容が二、三グループにしか分かれない箇所に注目してみたい。細かい表現だからこそ、諸本全体での異同が小さいものは、書写段階で底本の本文を引き継いでいると思われるからである。

たとえば、入内の日の多子の衣装について、今回対象とした諸本中、一方系を除くすべての諸本に「白き御衣」とあり、本来あった記述を一方系が削除したと考えられる。八坂系や読み本系では「しろき御衣十五はかり」（中院本）と、数値の記述（諸本によっては数値が異なる）があり、覚一本周辺諸本では「白き御衣」とだけある。つまり、この部分の異同については、読み本系→覚一本周辺諸本→一方系という流れがあり、八坂系は読み本系の記述をそのまま引き継いだと考えられ、一方系と八坂系が別系統であること、八坂系諸本の本文の方が一方系諸本の本文よりも古態を留めていることが想定できるのである。

同じような傾向は次の例にも見出せる。近衛院崩御の後、近衛河原の御所にひっそりと移り住んでいた多子の様子を、八坂系一類本では、「さきのきさきの宮にていつしかふるめかしく、かすかなる御すまゐにてそありける」（中院本）とするが、一方系では「さきのきさいの宮にて、幽なる御ありさまにてわたらせ給しかば」（覚一本）とあり、「ふるめかしく」の語がない。この「古めかしく」という意味の記述は、覚一本周辺諸本では、鎌倉本・百二十句本にあり、平松家本・屋代本にはない。読み本系はすべての諸本に記述があるので、やはり本来あった語句が削除されたと考えられ、この語を持たない一方系・平松家本・屋代本のような本文から、この語を持つ鎌倉本・百二十句本・八坂系諸本が作られる可能性は、複数の諸本を参照するとか、あるいはよほどの偶然がない限りは、極めて低いと言えよう。なお、例にあげた中院本の本文中の「いつしか」は、八坂系にしかなく、二類本の城方本が「いつしかさきのきさいの宮にてふるめかしうかすかなる御すかひにてぞわたらせ給ける」としており、一類本と二類本の間での異同があることが分かる。

二つの例はいずれも八坂系は読み本系に一致し、一方系との接近が見られないが、一類本のみが読み本と一致する箇所もある。二条天皇が、強引に多子入内の詔命を出したことに対し、こうなった上は「力及ばず」とする諸本と、「子細を申すに及ばず」とする諸本がある。「力及ばず」としているのは、延慶本・長門本・盛衰記・闘諍録・四部本であり、読み本系の共通表現であるのだが、語り本では一類本だけが同じ表現である。ただし、この本文の少し後、父の大臣が多子を説得する台詞の中でも「子細を申すにところなし」という表現があり（全諸本「子細」で一致）、一類本がこの記述と同じ表現に改編した可能性もないとはいえず、必ずしも読み本系の本文を引き継いだ証拠にはならない。ちなみに鎌倉本はこの箇所が脱落しており、前後の本文が一致する平松家本によって、鎌倉本の脱落部分の記述が想定できるのであり、やはりここでも、鎌倉本を親本として平松家本が書写されることはありえない。

他にも、異同が二グループに分かれる例をいくつかあげておく。

・たゞ深淵にのぞむで薄氷をふむに同じ　（一方系・二類本・平松家本・盛衰記、他）
・ふかきふちにのぞみ、うすきこほりをふむに同じ　（一類本・屋代本・延慶本、他）

・御入内の後は麗景殿にぞましましける　（一方系・延慶本）
・うち（稿者注　あるいは「内裏」）へまいらせ給ては、れいけいでんにすませ給ふ（八坂系・覚一本系周辺諸本、他）

・吾朝には、神武天皇より以降人皇七十余代に及まで　（一方系・城方本・闘諍録）
・ほんてうには神武天皇よりこのかた　（一類本、他）

・たいくわう大后くうと聞えさせ給しは　（一・二類本）
・太皇太后宮と申しは　（一方系、他）

これらの例でも一方系と一類本は共通性に乏しく、むしろ二類本の方が一方系と共通の表現が見られる。なお、共通点とは言い難いが、一方系と一類本に近似が見られるのが、「二代后」の冒頭に当たる箇所である。章段の冒頭は、覚一本では「昔より今に至るまで…」から始まり、この記述は本来「我身栄花」の章段に含まれるべきものであることは、これまでに指摘されてきた通り(3)である。多くの諸本は「鳥羽院御晏賀の後は…」から始まるが、覚一本は、前述した本文に続けるにあたり、「されども」という接続詞を挿入している(源平闘諍録が一致)。一類本は「昔より…」を前章段の末尾に置き、「二代后」の冒頭に「そも〳〵」という語を挿入している。一方系と同文ではないが、語り本でこの位置に接続詞的な語が入る諸本は他に無く、一方系本文を参考にした可能性も無いとは言えない。

もう一つ、後白河院と二条天皇の確執についての語り出しに記述される元号を確認する。覚一本は、①「就中に、永暦應保の比よりして」とし、続いて多子の話題に移る場面で、②「永暦のころほひは、御年廿二三にもやならせ給けむ」とする。この二箇所を諸本比較すると以下のようになる。

①　永暦・応保　一方系、一方系周辺諸本、読み本系、一類本、両足院本
　　応保・長寛　城方本、城一本
②　永暦・応保　読み本系、両足院本、
　　永暦　　　　一方系、鎌倉本
　　長寛　　　　城方本、城一本、屋代本、平松家本、百二十句本
　　応保・長寛　一類本

①に関しては、むしろ城方本が特殊である(城一本が覚一本と八坂系二類本の混態本であることは、千明守氏のご指摘(4)がある)。天皇方の近習である経宗・惟方、院方の近習である資賢・時忠らの流罪が起こるのは、永暦・応保年間であり、永暦・応保が正しいはずであるが、城方本は「応保長寛のころほひは、院の近習者をば内よりいましめられ、

内の近習者をば院よりいましめられしかば」としている。②では八坂系にばらつきがある。多子の入内は永暦元年であり、読み本系や一方系は、こうした永暦・応保年間の最中に起こった一つの出来事として二代后事件を取り上げている。それに対し、一・二類本などは、長寛を持ち出しているが、多子の年齢が二二、三歳の時期が、史実では長寛の頃であり、多子の物語として、多子の年齢に焦点を合わせたのだろう。

日時に関する記述は、六条天皇の受禅・即位、二条院の崩御の日付があるが、これは諸本間でかなりの異同があり、特に崩御の日付は一方系、一類本、二類本いずれも不一致である。

以上のように、細かい表現ではあるが、異同のパターンが少ない箇所を精査すると、一方系と一類本には接近がほとんど見られず、むしろ二類本に一方系と同表現が比較的多いこと、一類本は読み本系の表現をそのまま引き継いでいる箇所が見受けられることが分かる。

二　和歌による比較

次に和歌による比較を行う。「二代后」では、和歌は諸本によって二首、あるいは三首(南都本のみ四首)記されている。そのうちの二首は、多子が入内の前後に詠んだ歌である。なお、文禄本(一類本A種)、下村本は、それぞれ中院本、覚一本とほぼ同文である。

覚一本　うきふしにしづみもやらでかは竹の世にためしなき名をやながさむ
城方本　うきふしにしづみもやらで川竹の世にためしなきなをやながさむ
中院本　うきふしにしつみもはてぬかはたけの世にためしなきなをやなかさん

一首目の歌は、傍線部が「やらで」か「はてぬ」に大別できる。一類本は「はてぬ」だが、語り本では他に例がなく、延慶本・四部本・源平闘諍録・源平盛衰記が一致している。次の歌は、初句の異同となる。

屋代本　しらさりき憂身なからにめくり来てをなし雲井の月をみんとは
中院本　思ひきやうき身ながらにめぐりきておなじくもゐの月をみんとは
城方本　オモヒキヤウキ身ナガラニメグリキテオナジ雲井ノ月ヲ見ントハ
覚一本　おもひきやうき身ながらにめぐりきておなじ雲井の月をみむとは

一方系、八坂系ともに一致しており、屋代本と南都本のみが「しらさりき」として、『玉葉和歌集』に収載されている歌と同様なのだが、この場合は屋代本と南都本が特殊であって、一方系と八坂系の共通性は問えない。三首目は、諸本によっては歌の作者が異なるが、一方系、八坂系ともに澄憲で一致している。

覚一本　（つねに見し君が御幸を今日とへばかへらぬ旅ときくぞかなしき）
城方本　つねにみし君が御幸をけふとへばかへらぬたびと聞くぞかなしき
中院本　きのふみし君がみゆきをけふとへばかへらぬたびときくぞかなしき

初句の傍線部を「きのふみし」とするのは一類本のみで、和歌の内容が異なる源平闘諍録以外はすべて覚一本と同じであり、一類本独自の改編だと思われる。おそらくもう一箇所の傍線部「今日」に対応させて「昨日」としたのだろう。なお、覚一本の歌をカッコでくくったのは、和歌が詠まれた場面を、高倉天皇の葬送時（巻六）の事としているからである。このように、三首の和歌を比較しても、一方系と八坂系との間に、特に近似は見出せず、一首目の歌は一類本と読み本系に近似が見られるのである。

三　建礼門院出家記事との関連性

次は、八坂系が一方系本文を参照したと考えられる箇所を確認する。すでに中院本が下村本近似本文を取り込んでいるという指摘があることは前述したが、それ以外にも、一方系、特に覚一本的本文を取り込んでいると考えられる記述がある。しかし、それは「二代后」の章段同士を比較しても気付かない部分である。

「二代后」多子の運命は、建礼門院徳子とよく似ている。両者とも天皇を夫に持つが、夫と早く死別し、隠棲、出家の道をたどるのである。そのせいか、「二代后」と女院出家記事（本稿では便宜上「女院出家」と記す）は似通った表現が目につくが、その一例を中院本で引用する。

中院本・「二代后」

「せんていにをくれ奉りし久寿の秋のはしめ、おなし草はの露ともきえ、やかて家を出世をのかれたりせは、かくうき事はきかさらましとそ思召ける」

中院本・「女院出家」

「せんていの御おもかけ、今さら御こひしくや思召れけん、かくそあそはされける」

「せんていの御おもかけ、なしかはわすれ参らせさせたまふ、なにゝかゝりて御命けふにてもきへやらさるらんとおほしめすにつけてもつきせぬ御涙やむときなし」

必ずしも本文が一致しているとは言えないが、全体的に似通った表現であることは間違いない。次に、覚一本の同個所を引用する。

覚一本・「二代后」

「先帝にをくれまいらせにし久寿の秋のはじめ、同じ野の露ともきえ、家をもいで世をものがれたりせば、かかるうき耳をばきかざらましとぞ、御歎ありける。」

覚一本・「女院出家」

「先帝の昔もや御恋しくおぼしめされけん」

「先帝・二位殿の御面影、いかならん世までも忘がたくおぼしめすに、露の御命なにしに今までながらへて、かかるうき目を見るらんとおぼしめしつづけて、御涙せきあへさせ給はず」

覚一本も同様に、似通った表現であるが、本文をよく見ると、この二つの章段は、覚一本同士、中院本同士を比較するよりも、傍線部のごとく、中院本の「二代后」と覚一本の「女院出家」を比較する方が近似しているように思われる。下村本は、「かゝる憂目を見る覧とて御涙せきあへさせ給はす」とあり、下村本よりも覚一本の方が、中院本に近似している。文禄本は中院本と同表現である。

同じように、八坂系が一方系本文を参照したと考えられるのが、多子・徳子が共に和歌を詠む直前の記述である(源平闘諍録は「女院出家」記事が無いので、対象外とする)。

	二代后	女院出家
中院本	やゝ有ておとゝ御返事かとおほしくて御硯のふたにかくそ書すさませおはしける	女院ふるきことのはを思召て、
城方本	良あつて、父のおとゞの御返事かとおぼしくて、御硯のふたにかうぞあそばされける。	女院、
両足院本	其比大宮何ト無御手習ノ次、御硯ノ蓋ニ是ヲ父御返事ト覚テ、	女院古キ事ナレ共思召出サセ給テ、
城一本	何となき御手ならひのつゐてに、御すゝりのふたに、かうそあそはされける。	女院ふるき事なれとも思食出いて、御すゝりのふたにかうそあそはされける。
覚一本	大宮其比なにとなき御手習の次に、	女院ふるき事なれ共おぼしめし出て御硯のふたにかうぞあそばされける。
下村本	大宮其比なにとなき御ならひの次に、	女院故き事なれ共思召出て御硯の蓋にかうそあそはされける。
鎌倉本	其比御手習ノ次ニカウソ書荒セ給ケル。	女院御硯ノ蓋ニカウソ被遊ケル。
平松家本	其比御手習ノ次ニ此書荒セ給ケル。	女院御硯ノ蓋ニ古歌ヲ此ウソ被遊ケル
百二十句本	其比御手習ノ次ニカウソ書荒セ玉ヒケル。	女院御硯ノ蓋ニ古歌ヲカウソ遊レケル。
屋代本	其比、大宮何トナキ御手習ノ次ニカウソ思召ツヽケヽル。	女院御硯蓋ニ古歌ヲソ遊ハサレケル。
四部本	其の比、宮は何と無き御手間捜に、是くぞ書ばされける。	御涙を揮はせて御在しけり。
延慶本	只御泪ニノミ咽バセ給テ、カクゾスサマセ給ケル。	御涙ヲオシノゴワセ給テ、御硯ノ蓋ニカクゾ書スサマセ給ケル。
長門本	其頃、何となき御手習に、かくそ書すきませ給ける。	女院、御涙をさへつゝ、御硯のふたに、かくそすさませ給ふ。
盛衰記	何トナキ御手習ノ次ニカクゾ書スサマセ御座シケル。	御涙ヲ推拭ヒ給テ、御硯ノ蓋ニ角ソ書スサマセ給ケル。
南都本	其比大宮何トナキ御手スサミノ次ニカクソ食ツヽケヽル。	御硯ノ蓋ニカクソアソハシスサマセ給ケル。

表を見れば一目瞭然だが、四部本を除くと、傍線部「御硯の蓋に…」といった表現が、八坂系では「二代后」に記されているのに対し、他の諸本では「女院出家」に記されている(千明氏のご指摘(5)の通り、城一本は一方系に欠ける語句を八坂系二類本で補ったのだろう)。これは、本来いずれか一方の章段にあったものを、もう一方に移動させたと考えられるが、八坂系を除く全諸本が「女院出家」に置いており、本来「女院出家」にあったものを、八坂系が「二代后」に移したとみてよかろう。とすると、本文異同には、以下の過程が考えられる(無論これは諸本そのものの系統や古態性を示しているわけではない)。

延慶本　御涙をおしのごわせ給て、御硯の蓋にかくぞ書すさませ給ける。
↓
長門本　女院、御涙をさへつゝ、御硯のふたに、かくそすさませ給ふ。
↓
鎌倉本　女院御硯ノ蓋ニカウソ被遊ケル。
↓
覚一本　女院ふるき事なれ共おぼしめし出て御硯のふたにかうぞあそばされける。
↓
中院本　女院ふるきことのはを思召て、(女院出家)
父のおとゞの御返事かとおぼしくて、御硯のふたにかうぞあそばされける。(二代后)

延慶本や盛衰記の本文に、長門本が「女院」を増補し、覚一本周辺諸本が長門本の傍線部のみを採用するにあたり、「かくそ」をそのまま引用した鎌倉本のような諸本と、誤って、あるいは意図的に「古歌」に改編した屋代本のような諸本とに別れ、「かくそ(カウソ)」を引き継いだ本文から、一方系の本文が作られた(長門本的本文から直接という可能性もある)。そして、中院本は一方系の本文を参照する際、前半部を「女院出家」に残し、後半部を「二代后」に移動させたのである。しかも、文禄本は「女院出家」を記した巻十一が欠本だが、「二代后」の同個所は中院本とほぼ同文であり、これは中院本だけの問題ではないのである。二類本の城方本では、「女院出家」の該当箇所は、「女院」のみを取り込んで、「ふるき事なれ共…」を採用しなかったと考えられ、一類本の本文よりも後次的なのかもしれない。三・四・五類本を後出とみなすならば、「ふるき…」の語句を使用する諸本は他に無く、一類本が一方系本文を取り込んだと考えられるのである。

また、文禄本と城方本、つまり一類本A種と二類本の本文は一致するが、一類本B種である中院本には異同があり、その記述が覚一本と同文である箇所も存在する。それは今井氏も中院本が一方系本文を取り込んだ例の一つにあげられているが、二条院崩御から葬送に移る記述である。

文禄本　御年廿三ニナラセ給。御名残惜ミマイラセ、八月七日迄置マイラセタリケレ共、サテ有ヘキナラネハ、廣隆寺ノウシトラ、…

城方本　今年は廿三にならせおはします。つぼめる花のちれるがごとし。人々、御餘波を惜み奉て。八月七日まで置奉りたりしかども、扨しも渡らせ給ふべきならねば、廣隆寺の艮、…

中院本　御とし廿三にならせ給ふ、つほめる花のちれるかことし、玉のすたれ、にしきのちやうのうち、みな御涙にむせはせ給ふ、やかて其夜、かうりう寺のうしとら、…

覚一本　御歳廿三、つぼめる花のちれるがごとし。玉の簾、錦の帳のうち、皆御涙にむせばせ給ふ。やがて其夜、香隆寺のうしとら、…

文禄本と城方本の傍線部は、八月七日まで葬送が行われなかったことが記されているが、中院本と覚一本は、その日の夜に葬送を行ったことになっている。なお、下村本は、覚一本とほぼ同文だが、「御泪にむせはせおはします」とあり、ここでも覚一本の方が中院本の本文に近い。中院本が後次的に覚一本的本文を取り込んだと考えられるのだが、波線部分は城方本にも存在する。おそらく、前述した「女院出家」記事で、「女院ふるき事なれ共…」の本文から「女院」だけを取り込んだように、ここでも、波線部のみを取り込んだと考えてよいと思われる。

おわりに

以上、一類本が一方系本文を取り込んでいると考えられる箇所は、一類本全体におよんでいるケースと、一類本B種のみのケースがあり、そのいずれも二類本に影響を与えていることがわかった。このことにより、第一段階として、一類本がA種・B種に分かれる以前での取り込みがあり、第二段階としてB種のみでの取り込みがあり、こうした最低二度による取り込みが行われたB種の本文を、さらに二類本が取り込んだと考えられるのである。だが、細かい表現や和歌を比較しても、一類本と覚一本が決して近しい関係とは言えず、一類本が一方系本文を取り込んだのは、かなり後次的と見るべきである。

今回は、B種本では中院本のみを調査対象にしたため、第二段階での取り込みが中院本のみの問題なのか、B種全体の問題なのかの調査は行っていない。そもそも参照した諸本が下村本と覚一本の両方なのか、あるいはその中間本文を持つ諸本なのかという問題もあるし、場合によっては、第三、第四の段階も想定されるのである。また、二類本のみに一方系との近似が見られる箇所があることも気になる点である。今回はわずかな事例しか提示出来なかったが、同様の事例を更に見つけ出すことにより、これらの問題を明確にしていくことを今後の課題としたい。

注

（1）山下宏明『平家物語研究序説』（明治書院、一九七二年）。
（2）今井正之助「中院本『平家物語』本文考―一方系補入詞章を中心に―」（山下宏明編『平家物語八坂系諸本の研究』所収、三弥井書店、一九九七年）。
（3）富倉徳次郎『平家物語全注釈』上巻（角川書店、一九六六年）、杉本圭三郎全訳注『平家物語（一）』（講談社、一九七九年）など。
（4）千明守「國學院大學図書館蔵『城一本平家物語』の紹介」（『國學院大學図書館紀要』7号、一九九五年）。
（5）注4に同じ。

引用テキスト（一部句読点等を改めた）

文禄本　『平家物語 文禄本』（日本古典文学会編、日本古典文学刊行会、一九七三年）。
中院本　『國學院大学蔵本 中院本平家物語』（國學院大学図書館デジタルライブラリ）。
城方本　『平家物語 附・承久記』（古谷知新校訂、国民文庫刊行会、一九一一年）。
両足院本　『平家物語 両足院本』（伊藤東慎・大塚光信・安田章共編、臨川書店、一九八五年）。
城一本　『國學院大学蔵本 城一本平家物語』（國學院大学図書館デジタルライブラリ）。
覚一本　『日本古典文学大系 平家物語』上・下（岩波書店、一九五九―一九六〇年）。
下村本　『國學院大学蔵本 下村本平家物語』（國學院大学図書館デジタルライブラリ）。
斯道文庫本　『平家物語 百二十句本』（慶應義塾大学附属研究所斯道文庫編、汲古書院、一九七〇年）。
鎌倉本　『平家物語 鎌倉本』（古典研究会、一九七二年）。
平松家本　『平家物語 平松家本』（京都大学文学部国語学国文学研究室編、清文堂出版、一九八八年）。
屋代本　『屋代本・高野本対照 平家物語』（麻原美子・春田宣・松尾葦江編、新典社、一九九〇―一九九三年）。
四部本　『訓読四部合戦状本平家物語』（高山利弘編、有精堂、一九九五年）。

延慶本　『延慶本平家物語　本文篇』（北原保雄・小川栄一編、勉誠出版、一九九九年）。
長門本　『長門本平家物語』（麻原美子・小井土守敏・佐藤智広編、勉誠出版、二〇〇四―二〇〇六年）。
源平盛衰記　『源平盛衰記 慶長古活字版』（勉誠社、一九七七―一九七八年）。
南都本　『平家物語 南都本南都異本』（古典研究会、一九七一―一九七二年）。

屋島合戦記事の形成

松尾葦江

はじめに

流動する文芸と呼ばれる『平家物語』の中でも、合戦記事の異同の差は殊に激しい。大筋において諸本に相違がないと言えるのは壇浦合戦だけである、と言ってもいいのではないか。創作性がつよいと考えられそうな恋愛譚や人物説話は、工夫すれば本文対照が可能であり、しばしば『平家物語』の論はそのような作業によって進められてきたが、合戦記事においては諸本対照表が作りにくいほどの異同があり、合戦の勝敗を除いて、記事の構成や配列、日時、人名、地名、数量など、歴史文学としての記述の根本にかかわる流動性が見られることが珍しくないのである。

その理由はなぜかと考えてみると、①戦場の混乱のなかで、あるいは離れた地域からの断片的情報が、作者の手許に、どれだけ集まるかという問題、また②同時進行で起こっている多くの事象を、文章(一系統の流れ)で記述するための方法を選択する際の問題があったと予想される。合戦記事は従来挿話ごとに把握され、享受されることが多かったのだが、それはそもそも『平家物語』の合戦記述がそのような構成法に依っていたからである。ということは、挿話ごとに配置を換えたり、挿話の主人公を取り替えたりすることが容易だったともいえるが、裏を返せば、戦局の推移を時系列に沿って記録していくような構成法によらず、挿話の並列によって情勢の変化を表現するという方法を、『平家物語』が選んだのだということであろう。軍功談・武勲譚が軍記物語生成の根幹にあったとされる所以である。そのことを否定するわけではないが、いまは合戦記事の形成過程はどのようなものだったのか、という観点から考えてみたい。

『平家物語』において大きな合戦の記事としては北国合戦、一ノ谷、屋島、壇ノ浦の四つを挙げることができようが、中でも義仲が都へ入るまでの北国合戦と、壇ノ浦の前哨戦ともいうべき屋島の合戦記事には諸本間に異同が多く、そのゆれ方に不可解な点が少なくない。北国合戦については既に述べた(1)ことがあるので、ここでは屋島合戦記事をとりあげる。軍記物語を軍記物語たらしめているのは合戦記事だと言ってもいいだろうし、『平家物語』の初期形態を考える際に問題になる「治承物語」の内容を想定するためにも、合戦記事の形成過程を追究する必要がある。

屋島合戦の記事が諸本間で異同の多いことは夙に指摘され、在地資料や芸能との関係を想定する論考も、例えば北川忠彦氏(2)・麻原美子氏(3)・佐伯真一氏(4)らなどいくつかある。それらを一々引くことはしないが、屋島合戦記事が諸本間できわめて不安定な様相を示すこと、『平家物語』の流動の過程で様々な芸能との交流があったことについては研究の蓄積があることをふまえておく。但し、在地資料の多くは『平家物語』以前のかたちを想定するのが難しく、また折口信夫の「「八島」語りの研究」を初めとする、いわゆる「八島語り」の論については、本稿の扱う「平家物語の形成」とは段階を異にすると考えるので、敢えて言及しない。右の先行研究の中、北川忠彦氏の指摘する問題点のあたりまで立ち戻り、諸本間のゆれ方を通して、屋島合戦記事がどのように構成されてきたかを考察する。

一　屋島合戦記事の範囲と小規模な異同の様相

本稿で扱う屋島合戦記事の範囲を、覚一本によって粗描しておく。覚一本及び屋代本、延慶本など一二巻形態の諸本では巻十一冒頭、長門本では巻十八冒頭、源平盛衰記では巻四十一から四十三にかけてに該当する。@は覚一本にない記事、＊は特異な異同を示す。以下、何の注記もなくアラビア数字が付してあれば、この記事番号である。

1　平家追討軍の出発
2　屋島の平家
3　官幣使派遣
4　逆櫓
5　嵐の船出　＊屋代本・盛衰記には操船記事あり。
6　勝浦上陸・大坂越　＊盛衰記は義経の指示が詳細。
@　金仙寺観音講　＊延慶本・長門本・盛衰記のみ。笑話性（盛衰記は勝占《かちうら》とする）が濃い。
7　平家内裏脱出・開戦
8　詞戦　＊延慶本は畠山の名乗あり、配列も異なる（後述）。
9　継信最期　＊長門本に太宗の先例説話あり。盛衰記（長門本も？）は二名の供養。
10　扇の的　＊盛衰記は人選過程が複雑。
11　錣引
12　弓流
13　教能降参
14　源氏全軍屋島着・住吉の加護・範頼義経合流
15　熊野別当の去就

この部分の異同は、①記事の有無や配列の相違、②記事内容や表現の相違、の二つに分けて考える方がよいであろう。また、『平家物語』の初期形態を考える際は、覚一本や屋代本と読み本系諸本との関係を考えざるを得ないので、とりあげる本文は覚一本・屋代本・延慶本・長門本・源平盛衰記、さらに必要に応じて四部合戦状本、長門切をも参照する(5)ことにする。初めに、対照可能なレベルの異同(内容は殆ど同じといえるが、小さな入れ替えや説明の付加などがある場合)の様相がどのようなものかを示すために、覚一本・屋代本・延慶本を比較した例を挙げる。

【例1】　2屋島の平家・3官幣使派遣

〈覚一本〉さる程に、八島にはひまゆく駒の足はやくして、正月もたち、二月にもなりぬ。春の草くれて秋の風におどろき、秋の風やんで春の草になれり。をくりむかへてすでに、三とせになりにけり。都には東国よりあら手の軍兵数万騎ついて、せめくだるともきこゆ、鎮西より臼杵、戸次、松浦党、同心してをしわたるとも申あへり。かれをきゝ、これをきくも、たゞ耳を驚かし、きも魂をけすより外の事ぞなき。女房達は、女院、二位殿をはじめまいらせて、さしつどいて、又いかなるうき目をか見むずらん、いかなるうき事をかきかんずらんと、なげきかなしみあへり。新中納言知盛卿の給ひけるは、(以下、知盛の愚痴)とぞの給ひける。誠にことはりとおぼえて哀なり。

同二月三日、九郎大夫判官都をたて、摂津国渡辺よりふなぞろへして、八島へすでによせんとす。参川守範頼も同日に都をたて、摂津国神崎より兵船をそろへて、山陽道へおもむかむとす。

同十三日、伊勢大神宮、石清水、賀茂、春日へ官幣使をたてらる。「主上幷三種神器、ことゆへなうかへりいらせ給へ」と神祇官の官人、もろ〳〵の社司、本宮、本社にて祈誓申へきよし仰下さる。

〈屋代本〉屋島ニハ隙行駒ノ足早クシテ、正月モ立、二月ニモ成ヌ。春ノ草暮テハ秋ノ風ニ驚キ、秋ノ風止ンデハ春ノ草ニ成ヌ。送迎テ三年ニモナリヌ。然ルヲ又東国ノ兵共、攻来ト聞ヘシカバ、男女ノ公達指シツドヒ、只泣ヨリ外ノ事ゾナキ。

同二月十三日、都ニハ二十二社ノ官幣アリ。是ハ、「三種ノ神器、無事故《ことゆゑなく》都ヘ返リ入給ヘ」トノ御祈念ノタメトゾ覚タル。

同十四日、参河ノ守範頼、平家追討ノタメニ七百余艘ノ舟ニ乗テ、摂津国神崎ヨリ山陽道ヘ趣ク。


〈延慶本〉屋島ニハ隙行駒ノ足早クシテ、正月モ立ヌ、二月ニモナリヌ。春ハ花ニアクガル、昔ヲ思出シテ日ヲクラシ、秋ハ吹カワル風ノ音、夜寒ニヨハル虫ノ音ニ明シクラシツヽ、船中、波上、指テ何ヲ思定ル方ナケレドモ、カヤウニ春秋ヲ送リ迎、三年セニモ成ヌ。「東国ノ軍兵来」ト聞ヘケレバ、又イカヾ有ムズラントテ、国母ヲ奉《たてまつり》レ始《はじめ》、北政所、女房達、賤キシヅノメ、シヅノヲニ至マデ、頭ラ指ツドヒテ、只泣ヨリ外ノ事ゾナキ。内大臣宣ケルハ(以下、宗盛の後悔、知盛の愚痴)トテ涙グミ給。ゲニモト覚テ哀也。

十三日、九郎大夫判官ハ、淀ヲ立テ渡辺ヘ向。(以下、従う者の名寄せ)其勢五万余騎。参川守範頼ハ神崎ヘ向テ、長門国ヘ渡ラントス。(以下、従う者の名寄せ)其勢三万余騎。

十四日、伊勢大神宮、石清水、賀茂ニ院ヨリ奉幣使ヲ立ラル。平家追討并三種神器事故ナク都ヘ返入セ給ベキヨシヲ祈申サル。上卿ハ堀川ノ大納言忠親卿也。神祇官人、諸社々司、本宮本社ニテ調伏法ヲ行ベキヨシ、同被仰《おほせ》下《くださ》ル。


これらの例では、諸本間でかなり近接して本文が継承されているように見えるが、それでも、三本それぞれの特徴と、他の諸本との関係が推測される。まず、屋代本の簡潔さは、古態と判断されやすいが、抄略性本文だからなのではないかと考えてみる余地がありそうである。延慶本はここではやや覚一本寄りの本文になっているが、元来屋代本には抄略、延慶本には増補の志向があるので、単純に先後を決めず、他の箇所の異同をも見合わせていく必要があるであろう。本文はばらばらに動くのではなく、ブロック単位で入れ替わることも分かる。延慶本が定型表現を好み、奉幣使の上卿の固有名詞を明記することなどは、他の読み本系諸本にも共通する傾向である。日付や数詞が諸本によって異なるのは、『平家物語』を歴史文学と考える上では意外なようだが、じつは軍記物語にしばしば見られる現象である(後述)。

【例2】扇の的(与一の祈念)

〈覚一本〉南無八幡大菩薩、我国の神明日光権現、宇都宮那須のゆぜん大明神、願くはあの扇のまなかゐさせてたばせ給へ、これをゐそんずる物ならば、弓きりおり自害して、人に二たび面をむかふべからず、いま一度本国へむかへんとおぼしめさば、この矢はづさせ給ふなと、心のうちに祈念して、目を見ひらひたれば、風もすこし吹よはり、扇もゐよげにぞなたりける。

〈屋代本〉帰命頂来、御方ヲ護ラセ御坐ス正八幡大菩薩、殊ニハ我国ノ神明日光権現、宇都宮大明神、〳〵ハ氏子一人ヲバ千金ニモ不可替《かふべからず》トコソ御誓候ナレ、是ヲ射損候物ナラバ、弓切折テ海ニ沈メ、大龍の眷属ト成テ、永ク武士ノアタト成ンズル候、今一度本国へ迎ント被思食《おぼしめされ》候バ、扇ノマ中射サセ給ヘト、心中ニ祈請シテ、目ヲ見開ヒタレバ、風少シ止テ、扇射ヨゲニ見タリケリ。

〈延慶本〉願ハ西海ノ鎮守宇佐八幡大菩薩、殊ニハ氏ウブスナ日光権現、宇都宮大明神、今一度本国へ迎サセ給ベキナラバ、弓矢ニ立ソヒ守リ給へ。若此矢ヲ射ハヅシヌル物ナラバ、永ク本国へ不可返《かへるべからず》ル。腹カイキリテ此海ニ入テ、毒龍ノ眷属ト成ベシト祈念シテ、目ヲ見アケテ見ケレバ、風少シ静テ、扇座席ニ静リタリ。

この祈願の後、延慶本には長々と説明や故事があり、幸若「那須与一」に見える夏山の小鳥狩りの定型句が入っている(これは源平盛衰記にもある)。覚一本では緊張の高まった瞬間に矢が放たれ、夕陽の中にひらひらと舞い落ちる扇が印象的であるが、延慶本ではそれとは異質の記述法で緊迫感が構成されているのである。ここで注目したいのは、屋代本と延慶本の関係である。しくじったら龍となるという与一の誓い、また射落とされた扇が(屋代本では三つに、延慶本では二つに)裂けることなど、屋代本は延慶本のような本文との間に、直接の引用ではないが関係を持つと見ることができる。

二　記事配列の異同

ここでは記事がブロックとなって位置を変えたり、日付や移動経路の地名が変わっているなど、物語の構成に関わる異同がある場合をとりあげる。記事の有無や配列の相違、史料との不一致の問題についてはすでに島津忠夫(6)氏や北川前掲論文が考察しているが、本稿では諸本の関係に注目して、(一)5嵐の船出・志度合戦の日付、(二)6勝浦上陸・大坂越と@金仙寺観音講記事の関係、(三)8詞戦・9継信最期・15熊野別当の去就記事の位置の相違、の三項目を検討する。

二―一　義経船出の日付・志度合戦

義経が嵐を衝いて単独で屋島へ向け船出する記事は、諸本により日付が異なっている。この点について参照できる史料は基本的に『玉葉』、参考にできるのは『吾妻鏡』である。『玉葉』は元暦二年二月一六日条に大蔵卿泰経が義経の発向を止めに渡辺に向かったことを、同二七日条に、義経が「去る一六日に解纜、無事に阿波国に著」いた、と聞いたことを記す。三月四日条には「去る月の一六日解纜、一七日阿波国着、一八日に屋島」を攻めて平家を追い落としたという、義経からの申上状があったことを記している。

一方、『吾妻鏡』によれば、同二月一六日条に、大蔵卿泰経は義経から、命がけで必ず先陣をという決意を聞いたとあり、同一八日条に、一七日は暴風のため船出せず、一八日丑刻船出、卯刻桂浦着となっていて、上陸後、近藤七親家の案内で桜庭良遠を攻めて逃亡させ、終夜中山越えをしたとする。そして一九日に屋島合戦(継信死)、二一日に平家は志度道場へ退き、追ってきた義経に田内左衛門尉・河野四郎・熊野別当らが就いたという噂が京へも聞こえたという。二二日に梶原以下全軍が屋島に到着する。しかし船出が一八日の丑刻なら、勝浦上陸の卯刻は夜が明け、日付は一九日になっていたはずである。それから終夜中山越えをしたのなら、屋島攻めは二〇日ではないだろうか。このように『吾妻鏡』では、義経が船出を一日延期した記事があることは読み本系諸本と一致するが、船出の日付や勝浦合戦の内容は、四部本のみと一致(勝浦の合戦、大坂越えについては屋代本・覚一本とも一致)している。もし『玉葉』の日付が正しいとすると、これに一致するのは屋代本・覚一本である。

嵐を衝いて、梶原初め全軍を残したまま出帆する義経の姿は、一ノ谷から壇ノ浦へと平家を追いつめてゆくヒーローにふさわしいものである。一日風待ちをするほどの暴風にもかかわらず出帆を決意する義経像は、延慶本(四部本の底本も)などの『平家物語』の造型ではなかったろうか。それを『吾妻鏡』が取り込んだかもしれないのである。『玉葉』は大蔵卿泰経が京都の治安のため義経軍の発向を止めようとしたことを批判しているが、『吾妻鏡』では泰経が大将自ら出向かなくともと説得したのに対し、今回の平家追討への意気込みを熱っぽく語ったと、『平家物語』に登場する義経像にぴったり重なる造型を見せる。北条時代の編纂物である『吾妻鏡』が、しばしば延慶本など読み本系諸本と部分的に一致することはすでに指摘してきた(7)が、ここでも流動段階の『平家物語』本文と交流した経緯があったのではないか。

【例3】　義経一行の行動と日付　　＊は扇の的・弓流の記事のある箇所を示す。ここではアラビア数字は二月中の日付。2／16なら二月一六日の意。

〈屋代本・覚一本〉２／16丑刻船出、17勝浦合戦・中山越え、18屋島合戦＊、19平家志度へ敗走（覚一本合戦あり、
屋代本なし）。22全軍着。
〈延慶本〉２／16から三日間嵐（全軍は長門国へ）、18寅時船出、翌朝勝浦合戦、18？観音講、20屋島合戦＊、21寅刻
より再度合戦・巳刻平家敗走。
〈長門本〉２／17寅刻船出、18勝浦、19中山越え・観音講、20寅刻屋島合戦、屋島21再度合戦＊、22全軍着。
〈盛衰記〉２／17寅時船出（全軍は長門国へ）、17？勝浦合戦（錯簡あるか）、18？観音講、20卯時屋島合戦＊、21再度
合戦平家敗走、21全軍着、23梶原軍着。
〈四部本〉２／18丑刻船出、19勝浦合戦、20屋島合戦、21志度合戦＊、22全軍着。

延慶本では、合戦記事中には志度という地名は出て来ないが、平家は焼内裏の前で二日目の合戦を戦い、敗れて海上へ脱出、義経は屋島に三日間滞在したとあり、地の文で「判官ハ二月一九日勝浦ノ戦、二〇日屋島軍、二一日志度ノ軍ニ討勝テケレバ」と総括している（伊勢義盛が田内左衛門成直を謀る言葉にも、平家の余党は「志度浦ニテ皆討レヌ」と言っている）。それならば勝浦上陸、金仙寺観音講は一九日となるが、観音講は本来一八日であるはずなのに何の説明もない（長門本には嵐のため延期したという説明がある）。盛衰記は例によって編集に編集を重ねて自家撞着を引き起こしており、例えば梶原は逆櫓論争で義経と引き別れ、三河守範頼に合流すべく長門国へ向かったはずなのに、二三日に忽然と屋島へ現れる。合戦記事には志度という地名は出て来ないが、地の文に「二月一七日ハ、阿波勝浦ノ軍、二一日ニハ、屋島ヲ責落シ、二二日ニハ讃岐志度ヲ被攻《せめられ》ケリ」とある。しかし屋島再度合戦の後、源氏は三日間屋島に逗留したとあるが、その間平家との合戦の記述はない。

　いったい、志度合戦とはどの戦いを指すのだろうか。『吾妻鏡』には二月二一日条に志度道場の名が見えるが、合戦らしいものは記されていない。北川氏は志度合戦と呼べるほどの戦闘のあったこと自体を、疑っておられる(8)。大坂

越えについても不審が多い(次節で述べる)。

なお、源平盛衰記と近似する『平家物語』断簡、長門切の本文には、義経出航の日付のある箇所は未だ発見されていないが、「寅の一点」に大物が浦を出発したとある(9)ので、四部本や語り本の系列には属さないことがわかる。また他の部分では盛衰記にごく近い長門切だが、扇の的の記事の辺りは現存の『平家物語』諸本とは一致しない独自の行文(10)となっており、那須与一記事の流動のはげしさを推測させるのである。

二―二　大坂越

この記事に注目すると、諸本は①屋代本・覚一本、②延慶本の二系列に分けることができる。①屋代本・覚一本では、上陸した義経軍は、まず近藤六親家五〇騎の勢に遭遇、伊勢三郎が彼らを連行、道案内を務めさせる。その後桜場(間)能遠城を攻略し、大坂越え、屋島合戦へと進行していく。②延慶本では上陸後まず桜間良(義)遠三〇〇余騎を突破、浦の長に地名を聞き、近藤六親家(一〇〇騎)を伊勢三郎が連行、案内させる。大坂越えの途中で金仙寺に立ち寄り、その後に屋島へという展開である(但し、延慶本は阿波から讃岐へ中山を越える前に金仙寺へ寄ったように読め、記事の配置に疑点がある)。読み本系の四部本・長門本は①系列に属す(11)(但し長門本には金仙寺観音講あり)。源平盛衰記は②だが、義経は上陸後、桜間良連軍三〇〇余騎を突破(ここには児島城合戦、範頼が豊後国へ迎えられる記事の混入があるか)、さらに桜間良遠城の五〇騎を攻略、浦人に地名を問う。その後、近藤六親家五〇騎に遭遇、伊勢三郎が説得して降参させ、道案内をさせる。なおも勝宮で伝内成直の勢を突破、大坂越え、屋島へとなる。長門本はしばしば語り本系の本文と近いことがあるが、ここもその例であり、源平盛衰記には編集上の混乱があるらしい。

ここで地名に関する異同を見よう。義経上陸地点については、屋代本は阿波の勝浦(覚一本：阿波の地)とするが、読み本系では延慶本が阿波国蜂間尼子の浦(長門本：八間尼子の浦、盛衰記：はちまあまこの浦、四部本：阿波国鉢麻の浦)としており、読み本系が具体的記述を心がけるのに対し、語り本系がむしろストーリー展開に不要な具体性は省いていく傾向にあることを示す。

大坂越え（中山越え）の経路の地名を比較すると次のようになる。

【例4】　大坂越えの地名

屋代本　阿波国坂東・坂西―（大坂越え）―曳田―入野(12)・白鳥・高松

覚一本　（大坂越え）―ひけ田―丹生屋・白鳥―高松

延慶本　中山―金仙寺―阿波国坂東・坂西―引浦・丹生社・高松

長門本　阿波国坂東・坂西―中山南口―中山北口―金山寺―引田浦・白鳥・丹生社・牟礼・高松

盛衰記　勝社―中山―金仙寺―阿波国坂東西―中山南口―引田浦・入野・高松

四部本　一九日申酉頃勝浦出発、二〇日寅時中山南口布陣とあるのみ。

語り本系は観音講記事を持たないので、大坂越えは終夜馳せ続ける義経一行の動きだけで表現され、地名は讃岐国以降だけが記されるが、読み本系三本は中山越え（大坂越え）の途中で金仙寺へ立ち寄ったことになる。しかし、これらの諸本のルート記述には、いささか疑問がある。延慶本は義経一行が急ぎ屋島へ向かう途中で突然「中山ノ道ヨリ一丁計《ばかり》入タル竹ノ内ニ、栗守后ノ御願、金仙寺ト云堂アリ」として、観音講の騒ぎを敵と誤解して攻めたとする挿話の後、「彼堂ヨリ三丁計打出タリケル所ニテ」京都から屋島内裏へ行く使者を捕らえる記事があり（大坂越えの途中と見るべき記事(13)）、その後「サテ其日ハ阿波国坂東、坂西打過テ、阿波ト讃岐ノ境ナル中山ノコナタノ山口ニ陣ヲ取ル」と結ぶ。この一文だけ見れば、金仙寺は大坂越えの手前にあることになるだろう。長門本は、義経一行が急ぎ屋島へ向かって「阿波国坂東、坂西うち過て、阿波と讃岐のさかひなる、中山の南口にぞ陣をとる。翌日一九日に、夜だちして、中山をうちこえ給へば、中山の北口より、一町ばかり入たる竹内に、栗守庄御願に、金山寺といふ堂にて」とあり、観音講は大風のため一九日に延びていたと説明する。そして屋島内裏に義経上陸の報があったことをここに記し（延慶本・盛衰記では後出）、さらに義経が屋島内裏へ行く使者を捕らえる記事（使者を道の辻の卒塔婆に縛り付けたとあるから、山中ではない）があって讃岐の地名へ移る。金山寺はすでに中山を越えた後にあるように読める。盛衰記では、急ぎ屋島へ向かう義経一行が「中山ト云所ノ道ノハタヨリ、二町計右ニ引入テ、竹ノ林アリ、中ニ古キ寺アリ、栗守后ノ御願、金仙寺」に着くとし、その後、「中山路ノ道ノ末」で屋島内裏へ行く使者を捕らえ、「中山ノ大木ニ」吊して通り、「其日ハ阿波国坂東西打過テ、阿波ト讃岐ノ境ナル中山ノ山口ノ南ニ陣ヲ取」という。中山を越える前に金仙寺へ寄ったことになろうか。以上のような異同を見渡すと、金仙寺観音講の記事を挿入するための操作が、ひたすら屋島を目指す義経一行の取る経路を曖昧にしていることに気づく。何のためにこのような操作が行われたのだろうか。

盛衰記はこの挿話を勝占《かちうら》の一つと意味づけ、また弁慶を中心とするほがらかな義経主従のふるまいは、『義経記』を連想させたりもする。しかし『平家物語』が語ろうとしている神出鬼没、スピード感に満ちた義経一行の戦いぶりと、笑話性の濃いこの挿話との間には、やはり違和感がある。北川氏が前掲論文の中で、「お伽性」という用語を使って、『平家物語』の屋島合戦談と『義経記』や幸若の世界との共通性を指摘されたことが思い起こされる。さらに、以前から謎とされてきた問題に、芸能では、屋島合戦の日付を元暦元年三月一八日としている作品が多いことがある。「八島」などの能、幸若舞曲「那須与一」はそう明記しているし、縁起類にもそう記すものがあり、さらに元暦元年（寿永三年）三月下旬とするものもある。実際に義経が阿波国へ渡ったのは元暦二年二月であり、後述するように合戦の具体的な日付は史料・『平家物語』諸本ともまちまちではあるが、二月一八日の前後であった。屋島合戦を壇浦合戦（三月二四日）に一連の前哨戦と捉える見方から三月一八日という日付が生じ、さらに天下分け目の戦闘により天皇の代替わりがあったことを元年と称する意識（それは歴史文学でなくまさに「お伽文芸」の意識）に引きずられて、元暦元年三月一八日屋島合戦、という虚構の日付が成立した、と考えてみるのはどうだろうか。屋島合戦記事が芸能との交流を力源として成長を遂げたという見通しは恐らく正しい。その沸点に、我々の知る諸本の本文がどのように関わっているのか、それはおおよそいつ頃のことだったかを、これから考える必要があると思う。

二―三　8・9・15記事の位置

屋島開戦以降の記事構成が諸本により相違する原因として、8盛次(14)と伊勢三郎の詞戦、9継信最期、15熊野別当・河野四郎の去就記事の位置の相違がある。8詞戦が頭初に置かれるものが多数派で、合戦の次第からいっても自然であるが、延慶本はこれを屋島二日目の戦いの初めに置く。一日目は畠山重忠の名乗りから開戦となるのである（これは畠山記事の問題として見るべきなのかもしれない）。それゆえ、①屋代本・覚一本、②延慶本に分けて、四部本・長門本・盛衰記は①の変形と考えてみた。

【例5】　屋島戦闘開始以降の記事配列（傍線部は志度合戦記事と関連がありそうな箇所）

①屋代本・覚一本

教経が後方を引き受けて戦う。

8盛次と伊勢三郎の詞戦。9次（継）信最期。

那須与一・錣引・弓流・夜討不発（覚一本は志度合戦あり）。

伊勢三郎、田内教能を連行（屋代本は**15**及び平家志度落ちあり）。

二二日全軍屋島着、都では住吉の平家加護の兆、義経と範頼合流。

15熊野別当鶏合・河野四郎源氏に就く。

四部本：8、9、夜討不発、志度合戦。那須与一・錣引・弓流。伊勢三郎、田内則良を連行。15熊野別当も河野四郎も源氏に就く。

長門本：8、教経応戦。9、教経奮戦。夜討不発（斥候を出す）。後藤範忠参上。

那須与一・錣引・弓流。15熊野別当鶏合・河野四郎源氏に就く。平家志度道場へ。
伊勢三郎が田内成直を連行。平家志度落ち。
盛衰記：8（有国対伊勢三郎）、教経応戦。藤次範忠参上。
那須与一（射手の選考過程複雑。近代の人の歌あり）。丹生屋十郎を景清追う。
鞆六郎討たれ。弓流。錣引（小林宗行と盛嗣）。教経奮戦、名寄せ。
9、夜討不発、義経再戦。
15熊野別当鶏合・河野四郎源氏に就く。平家志度へ。
田内成直途次で夫男に遭い伊勢三郎に連行される。

②延慶本
教経が後方を引き受けて戦う。
畠山重忠名乗、9継信最期。源氏軍参上、名寄せ。藤次範忠参上。
那須与一・錣引・弓流・夜討不発。義経再戦。
8盛次と伊勢三郎の詞戦。
15熊野別当鶏合・河野四郎源氏に就く。平家屋島落ち。
伊勢三郎が田内成直を連行し成良も源氏に就く。
都では住吉の平家加護の兆、範頼の動静。

合戦記事で人名が諸本により入れ替わるのは、しばしば見られる現象である。有名な錣引の組み合わせは、屋代本・覚一本では「武蔵国住人みをのや十郎」と景清（四部本は「武蔵国住人見尾屋十郎」だが景清の名はない）であるが、長門本は「常陸国住人水保屋十郎」と景清、延慶本では「武蔵国住人丹生屋十郎」（ミヲノヤノ四郎は上野国住人で別人）と景清、盛衰記は小林宗行と盛嗣になっている（但し盛衰記には、他本の錣引に大半が一致する、丹生屋十郎を景清が追って取り逃がす記事があり、小林宗行と盛嗣の引き合いは弓流の挿話に付随した形になっている。あたかも他本の錣引を、二つの挿話に分けて増殖させたかのようだ）。十郎と四郎、音通による「みお（ほ）のや」と「にふのや」の混同はあり得たかもしれないが、出身国は便宜的に貼り付けた可能性が強いことになろう。義経が率いた精鋭の武士名にも異同が多いことは、次章で述べる。

盛衰記はいったいにどの記述にも具体的な人名を貼り付けたがる傾向があり、それらの人名がどこまで史実に即しているかは疑問とせざるを得ない。他本に比べて戦闘場面の描写が多く、合戦記をめざして編集された感がある。長門本のこの部分は、独自の行文が多く、盛衰記同様、編者が大いに筆をふるった箇所だったようである。

三　具体的記述の異同

歴史文学として見るならば、合戦記事はその勝敗のみならず、軍勢の数、活躍した人名、彼らの合戦装束なども軽視できない要素といえるだろう。しかし軍記物語の諸本間では、日付や地名と共にこれらの記述にはきわめて異同が多いのが通常なのである。ここでは人名、合戦装束、軍勢の数の記述を取り上げる。

三―一　人名

義経に特別な供をした場合の人名を二例、挙げる。諸本間でこれだけ散らばっているのを見ると、史実を反映しているのはどれかという議論は、あまり意味がない気がする。読み本系はしばしば名寄せを好む。例えば、延慶本巻十一―1「判官為平家追討西国へ下事」（盛衰記巻四十一「義経西国発向」）や巻十一―8「八島ニ押寄合戦スル事」、また盛衰記巻四十二「与一射扇」などでも人名が列記されるが、それらは果たして記録としての意味を担わされたものといえるのかどうか、検討の余地がある。

【例6】　四国へ船出する際に義経に同行した者

屋代本　田代冠者信綱・後藤兵衛実基・佐藤継信忠信兄弟・淀江内忠俊
覚一本　田代冠者・後藤兵衛父子・金子兄弟・淀江内忠俊
長門本　佐藤継信・同忠信・伊勢三郎義盛・淀江内忠俊
延慶本　畠山・土肥次郎・伊勢三郎・佐々木四郎
盛衰記　畠山・土肥次郎・和田小太郎・佐々木四郎

【例7】　屋島開戦時に義経が率いた勢

屋代本　田代冠者信綱・金子十郎家忠・同与一親則・伊勢三郎義盛・後藤兵衛実基＋佐藤次信・同忠信・渋谷右馬允重助
覚一本　金子十郎家忠・同与一親則・伊勢三郎義盛・後藤兵衛実基・子息新兵衛基清・佐藤継信・同忠信・江田源三・熊井太郎・武蔵坊弁慶
長門本　鹿島六郎惟明・金子十郎家貞・同与一家忠・伊勢三郎義盛
四部本　鹿島六郎家綱・金子十郎家忠・同与一近則・伊勢三郎義盛
延慶本　畠山重忠・熊谷直実・平山季重・佐藤継信・忠信・和田義盛・佐々木四郎
盛衰記　①土屋小次郎義清・後藤兵衛実基・子息基清・小河小次郎資能・諸身兵衛能行・椎名次郎胤平
②畠山重忠・熊谷直実・平山季重・土肥次郎・和田小太郎・佐々木四郎（盛衰記では義経が平家に討って

懸かる記述が二回ある）

人名の訛伝がかなりあると思われるが、同時によく知られた人名、セットになっている人名を貼り付けた場合もあるのではないだろうか。具体的な名前がないと動的な場面構成ができないからである。

三―二　主な人物の合戦装束

従来指摘されてきたように、物語内のキャラクター性により（年齢、身分も加味して）装束は決まるのだと思われる。若武者（例10）か、豪傑タイプ（例11）か、大将軍（例8）かなどのキャラクターによるのであって、史実を必ずしも反映しない。劇的場面のスター（例12）は殊に異同がはげしく、視覚的に印象づけようとする意図が濃厚である。

【例8】　義経（屋島開戦時）

屋代本　赤地錦直垂・紅裾濃鎧・金作太刀・切斑矢・塗籠籐弓・黒馬・金覆輪鞍
覚一本　赤地錦直垂・紫裾濃鎧・金作太刀・切斑矢・滋籐弓
延慶本　赤地錦直垂・紫裾濃鎧・鍬形白星兜・濃紅幌・小中黒矢・金作太刀・滋籐弓・黒馬・白覆輪鞍
長門本　赤地錦直垂・唐紅裾濃鎧・黒馬・金覆輪鞍
四部本　赤地錦直垂・紫裾濃鎧・鍬形兜・黒馬・黄覆輪鞍
盛衰記　紺地錦直垂・紫裾濃鎧・鍬形白星兜・濃紅幌・小中黒矢・金作太刀・滋籐弓・黒馬・白覆輪鞍
『吾妻鏡』　赤地錦直垂・紅下裾濃鎧・黒馬

【例9】　教経（屋島合戦）

屋代本　巻染小袖・黒糸威鎧・太中黒矢・重籐弓

覚一本　唐巻染小袖・唐綾威鎧・いか物作り太刀・たかうすべうの矢・滋籐弓
長門本　唐巻染小袖・たふさぎ・唐綾威鎧
四部本　俗衣・唐巻染小袖・唐綾威鎧・白星兜・たかうすべうの矢・滋籐弓

【例10】　菊王丸
屋代本　萌黄威腹巻・白柄長刀
覚一本　萌黄威腹巻・三枚兜・白柄長刀
延慶本　萌黄威腹巻・三枚兜・小手指
長門本　浅黄糸威腹巻・長刀
四部本　萌黄腹巻・三枚兜・大太刀
盛衰記　萌黄糸威腹巻・小手指・三枚兜・太刀

【例11】　佐藤嗣信
屋代本・四部本・盛衰記　黒革威鎧
延慶本　黒革綴鎧・黒づは征矢・黒月毛馬

【例12】　那須与一
屋代本　褐に赤地錦ではた袖いろえたる直垂・萌黄匂鎧・足白太刀・中黒矢・薄切斑に鷹羽はぎまぜたるぬた目矢・二所籐弓・月毛斑馬・黒鞍
覚一本　褐に赤地錦でおお首はた袖いろえたる直垂・萌黄威鎧・足白太刀・切斑矢
延慶本　褐衣鎧直垂・紫裾濃鎧・大切斑矢・二所籐弓・黒月毛馬・白覆輪鞍
長門本　褐衣鎧直垂・黒革威鎧・黄河原毛馬
盛衰記　紺村濃直垂・緋縅鎧・鷹角反り兜・小中黒矢・滋籐弓・赤銅作りの太刀・鍇月毛馬・洲崎に千鳥文の鞍

具体的装束に異同はあっても、教経・菊王丸・嗣信などはイメージつまりはキャラクターに大きな差異はない。義経は紫裾濃の鎧か、紅裾濃の鎧かで二系列に分けられるが、盛衰記だけはやや豪傑ふうの彩りになっている。那須与一の場合は語り本系が若武者、読み本系は豪傑タイプと分けることができるが、彼の身分から考えるとやや不相応に派手な造型ではないだろうか。物語上の必要があって特にスポットが当てられているのである。

三―二　軍勢の数

付表に、合戦記事中の軍勢の数値が異なる例を一二ほど挙げてみた。騎、艘、人などの単位が異なる例もあるが、数そのものがかなり活発に動いていることが分かる。該当箇所では史料を参照できる例が少ないが、他の箇所などで調べると、史実とは大きく異なることが多い。合戦記事の具体性を保証するはずの数詞による叙述は、軍記物語ではまったくと言っていいほど、正確ではないのである。物語の構想の上で、その合戦がどのように位置づけられているかを示すものとして読むべきである。

付表　屋島合戦の軍勢の数

軍勢の名／諸本	屋代本	覚一本	延慶本	長門本	盛衰記	四部本
発向時義経軍 範頼軍	二百余艘 七百余艘		五万余騎 三万余騎	六千余騎百五 十艘	十万余騎	百五十艘 数千艘
勝浦上陸人数 (『吾妻鏡』百五十余騎)	五十余騎	五十余騎	五十余騎		百五十余騎	五十騎
初遭遇戦	五十騎	百騎	三百余騎	*1	*2	*3
開戦時義経軍		八十余騎		四十余騎	五十余騎	四十～五十騎
決戦時平家軍 教経軍	二百余人 五百余騎	二百余人 五百余騎		二百～三百人	二百余人 三十余人	五百余騎 二百余人
志度義経軍 (『吾妻鏡』八十騎)		八十余騎			七十余騎	八十五騎
伊勢三郎手勢	十六騎	十六騎	十五騎	十五騎	十七騎	十五騎
熊野別当軍 (『吾妻鏡』三十艘)	五十余艘	二百余艘	三百余艘	二百余艘	二百余艘	五十艘
河野四郎軍	五百余騎	百五十艘	一千余艘	一千余騎	一千余騎	三十艘
全軍到着	二百余艘	二百余艘		五百余艘		

*1　長門本：桜間八十余騎、近藤五十騎。
*2　盛衰記：桜間良連三百余騎、同良遠五十余騎、近藤百余騎。
*3　四部本：桜間五十騎、近藤五十騎。

おわりに

都に作者（編者）がいたとすれば、彼は限られた情報（大きな戦闘の日時、勝敗、著しい勲功）などをもとに、地方での合戦記事を創出せねばならない。年代記的に、またその後の情勢の変化を説明できるように、入手情報をつなげ、隙間を埋めていったであろう。人名、地名、人数などの数字、装束（武具）の描写等々は記述の具象性をもたらし、事実性をよそおうのに便利であった。そこへ、いわゆる「いくさ語り」の挿話もかかわってくる（挿話として新たに入ってくる、逆に挿話が一人歩きして、合戦名や地名と結びついて知られていく）ようになる。合戦記事の見せ場はしばしば、現場の実践的な指示や父子・主従の挿話などによって彩られた。もし長門切の年代判定が信じられるならば、一四世紀半ば(15)には、すでに読み本系「平家物語」のかなり大部な本文が存在していて、それ以後、抄略・加筆を繰り返して八坂系諸本や覚一本周辺本文（屋代本も）ができたと考えられる。

一五世紀になれば、幸若、能など芸能との交流が影響を及ぼしてくる。この場合、従来のように『平家物語』をいわゆる「本説」、素材として見るだけでは不十分であろう。何層にもわたる本文流動を繰り返してきた『平家物語』諸本と芸能との関係は、詞章においても構想や話材においても、相互交流による本文形成という視点で見た方が、事実に近づくことができ、文学史の中で問題を考えていくことになるのではないか。

殊に『平家物語』屋島合戦記事は、諸本間のゆれがはげしく、叙述の流れに無理な挿入や配置換えが見られ、志度合戦の曖昧さや日付の異同など、疑点が多い。「屋島語り」との関係や、「合戦注文」に拠って合戦記事が書かれたとする成立論は、再検討が必要な時期に来ているといえよう。史実の記録が基底にある、もしくは鎮魂の語りが始発であるという前提ですべてを説明することはもはやできない。「平家物語」の初期形態のでこぼこした構成を、時間と形勢の変化に沿ってスムーズに流れるように仕組んでいった作者（編者）の苦心の痕が、諸本の異同から読みとれる。

一谷合戦と壇浦合戦とをつなぎ、平家滅亡への前哨戦で義経をつよく印象づけるために、屋島合戦記事は形成された。決定的な悲劇が訪れる前の、しかし確実に平家が追い込まれていく屋島合戦は、物語の上でしだいに重みを増していった。やがて平家滅亡の執行人となるヒーローの周囲に、いくつもの興味ある挿話が鏤められ、それらはまた芸能に演出され、さらに絵画にもなって屋島合戦を増幅し、ついには壇浦合戦と一対にみなされる合戦へと成長していったのではないだろうか。

注

（1）拙著『軍記物語論究』（若草書房、平成八年［一九九六］）四―2。
（2）北川忠彦「八嶋合戦の語りべ」（『軍記物論考』三弥井書店、平成元年［一九八九］、初出昭和五三年［一九七八］六月）。
（3）麻原美子「『平家物語』屋島合戦譚とその芸能空間をめぐって」（國學院雑誌、昭和五九年［一九八四］一一月）。
（4）佐伯真一「屋島合戦と「八島語り」についての覚書」（『ドラマツルギーの研究』青山学院大学総合研究所人文学系研究センター研究叢書一二、平成一〇年［一九九八］七月）。
（5）引用本文は以下の通り。一部表記を改めたところがある。覚一本・屋代本＝『高野本／屋代本／対照平家物語』（新典社）、延慶本＝『校訂延慶本平家物語』（汲古書院）、長門本＝『長門本平家物語の総合研究校注篇』（勉誠出版）、源平盛衰記＝『源平盛衰記』（三弥井書店。未刊部分は校正刷による）。
（6）島津忠夫「一谷・屋島・壇浦合戦をめぐって」（『平家物語試論』汲古書院、平成九年［一九九七］）。
（7）拙著『軍記物語論究』（若草書房、平成八年［一九九六］）二―4。
（8）北川忠彦「八嶋合戦の語りべ」（前掲注2）。
（9）長門切31（拙著『軍記物語論究』五一〇頁）。小松茂美氏は、長門切を弘安一一年（一二八八）～正和元年（一三一二）頃活躍した世尊寺定成周辺の人物の筆とする。

(10)　長門切32、33、34、35、36(拙著『軍記物語論究』五一三―五一六頁)。

(11)　但し、京からの使者が持っていた手紙を、語り本系(屋・覚)諸本は義経が頼朝に見せたいと収納するが、読み本系諸本(四・延・長・盛)は廃棄してしまう。この点は両系統の間で截然と分かれる。

(12)　「入野」(屋代本・盛衰記)、「丹生屋」は、音通による当て字。

(13)　屋代本は、「大坂越ト云山ヲ、明レバ讃岐国曳田ト云所ニ打下テ、入野、白鳥、高松郷、打過〳〵寄給ニ、山中ニ」としていて、あたかも大坂越えが済んだ後に再び山中へ入って使者を捕らえたかのように見えるが、覚一本では矛盾はない。

(14)　諸本「盛嗣(次・継)」とするが盛衰記は有国(対伊勢三郎)とする。

(15)　近時、炭素測定により鎌倉末期とする説も出ている(池田和臣氏の発言『リポート笠間』51　平成二二年一一月)。

屋代本『平家物語』における梶原景時の讒言をめぐって

大谷貞徳

はじめに

『平家物語』内で梶原景時は、摂津渡辺において、逆櫓を取り付けるべきと主張するが義経に反論されてしまう。その時の口論により、義経のことを頼朝に讒言したと『平家物語』では描かれる。景時は、巻十一、巻十二において義経と対立する人物として登場しているのだ。

『平家物語』諸本では、義経と景時の対立を、逆櫓を取り付けるか否かをめぐって言い争う(以下逆櫓事件と呼ぶ)、互いに刀に手をかけて同士討ちが起きそうになる(以下同士討ち未遂事件と呼ぶ)の二つの内容として描く。二人の対立を描く際に、摂津渡辺での争いのみとして描く諸本と、それぞれ別の時に起きた事件として描く諸本とに分けることができる。前者は読み本系諸本、後者は主に語り本系諸本である(1)。

そうした諸本の状況の中、屋代本に注目してみると、他の諸本に比べ記述に不自然さが確認できる。屋代本の当該箇所を挙げてみる(2)。

〈屋代本〉　梶原申ケルハ、「余リニ大将軍ノ、可レ懸処可レ引所ヲ知ラセ給ハヌヲバ、猪武者ト申テ、悪キ事ニテ候物ヲ」トゾ申ケル。「ヨシ〳〵義経ハ、猪鹿ハ不レ知。敵ヲバ只平攻ニ責テ勝タルゾ心地ヨウハ覚ル」ト宣ヘバ、梶原、「天性此殿ニ付テ軍セジ」トゾツブヤキケル。（巻十一・判官与梶原逆櫓相論事）

景時の進言が義経により却下された後、景時は大将軍が駆けるべき所と引くべき所を知らないのは「猪武者」といってよくないことであると主張する。それに対して義経は、敵を「只平攻ニ責テ勝タルゾ心地」がいいと反論する。これが屋代本における摂津渡辺での景時と義経の対立する箇所である。

次に巻十二において、頼朝と義経の仲が悪くなった原因を述べる箇所を挙げる。

〈屋代本〉　是ハ去年ノ春、渡部ニテ船揃ノ有シ時、梶原ト判官ト、逆櫓ヲ立テウ立ジノ論ヲシテ、大ニ咲ハレタリシ事ヲ、梶原無ニ本意一事ニシテ、讒言シテ終ニ失ヒケルトゾ聞ヘシ。（巻十二・為義顕討手土佐房昌俊上洛事）

頼朝と義経の仲が悪くなったのは、摂津渡辺で景時と義経が逆櫓を取り付けるべきか否かをめぐり争論をして、「大ニ咲ハレタ」（傍線部）ことを景時が不本意に思い讒言したためだとしている。初めに挙げた箇所と記述の上で不自然さが認められよう。つまり、讒言した理由として摂津渡辺で景時が「大キニ咲ハレタ」ことを挙げているが、屋代本中の逆櫓事件では「大キニ咲ハレタ」という記述はないのである。

屋代本のこの不自然さをどのように考えたらよいだろうか。そのことを考えるために、『平家物語』の各諸本が義経と景時との対立をどのように描き出そうとしているか詳細に検討していくことからはじめる。

一　義経と景時の対立

まず、読み本系諸本における義経と景時の対立の描き方を延慶本の本文で確認する。

〈延慶本〉判官大ニ咲テ宣ケルハ、「軍ト云ハ、『面ヲ返サジ、後ヲミセジ、一引モ引ジ』ト、人ゴトニ思タル上ニ、大将軍後ニ引ヘテ、『係ヨ、責ヨ』ト勧ルダニモ、時ニヨリ折ニ随テ引退ハ、軍兵ノ習也。マシテ兼テヨリ逃支度ヲシタラムニハ、ナニカヨカルベキ」ト宣ケレバ、梶原重テ申ケルハ、「軍ノ習、身ヲ全シテ敵ヲ亡ヲモテ、謀ヨキ大将軍トハ申也。①向敵ヲ皆打取テ、命ノ失ヲ不レ顧、当リヲ破ル兵ヲバ、猪武者トテ、アブナキ事ニテ候」。判官、「イサ猪ノ事ハ不レ知。ヤウモナク、義経ハ敵ニ打勝タルゾ心地ハヨキ。弓矢取者ノ習、後代ノ名モ惜ク、カタヘノ目モ恥シケレバ、一引モ引ジト思スラ、指当テハ時ニ臨テ、後ヲミスル習アリ。詮ハ、立タカラン船ニハ、逆櫓トカヤ、千帳万帳モ立ヨカシ。義経ハ一帳モ立マジ。名字ヲダニモ聞タカラズ。②抑又立テヨカラムズルカ、畠山殿イカニ」ト問給ケレバ、和田小太郎、平山ノ武者所、熊谷次郎、佐々木四郎、渋谷庄司、金子十郎、究竟ノ者共六十余人並居タルニ、畠山進出テ申ケルハ、「此レ承レ、侍共。大将軍ノ仰ハ今一重面白候物哉。誠ニ弓矢取者ノ習、一引モ引ジトハ、人ゴトニ思候。又引候マジ。後代ノ名モ惜ク、カタヘノ目モ恥ク候。恥ガ先ヲバ係ル習也。③梶原殿ガ支度ノ過テ申候コソ候メル。ナ、トノ、梶原殿」ト申ケレバ、若者共ハ片方ニ寄合テ、④目引鼻引咲ヒケリ。　（第六本・判官与梶原逆櫓立論事）

景時が逆櫓を船に取り付けるべきだと進言した後、義経は、「大ニ咲テ」引くまいと思っていても時折引き退いてしまうのは「軍兵ノ習」であり、初めから逃げ支度をしていてはよくないとする。景時は、無事に敵を打ち破るのがよい大将軍で、命を失うことを顧みず戦う武者を「猪武者」といって軽率であると主張する（傍線部①）。それに対し義経は、簡単に敵を打ち破るのが心地がよいとし、引くまいと決めていても「指当テハ時ニ臨テ、後ヲミスル習」があるから逆櫓は取り付けるべきではないとする。さらに逆櫓を取り付けたほうがよいか畠山に尋ねる（傍線部②）。すると畠山は、義経の主張を支持し、「支度ノ過テ申候コソ候メル」という（傍線部③）。その発言を聞き、若者達は「目引鼻引咲」った（傍線部④）。この後の本文も挙げる。

〈延慶本〉判官宣ケルハ、「⑤抑梶原ガ義経ヲ猪ニタトヘツルコソ奇怪ナレ。若党ハナキカ。景時取テ引落セ」ト宣ヘバ、伊勢三郎能盛、武蔵房弁慶、片岡八郎為春ナド云者共、判官ノ前ニ進ミ出テ、折塞テ、只今取テ引張ベキ気色ニナリタレバ、梶原申ケルハ、「軍ノ談義評定ノ時、軍兵等心々ニ存ズル所、一義ヲ申スハ兵ノ常ノ習也。何ニモシテ平家ヲ可レ亡謀ヲコソ申タルニ、還テ鎌倉殿ノ御為、不忠ノ御事ニコソ候ヘ。但シ主ハ一人トコソ思タルニ、又有ケル不思議サヨ」トテ、腰刀ニ手打カケテ、打シサリテ居タリケリ。梶原ガ嫡男源太景季、次男平次景高、三男三郎景茂、兄弟三人進出タリ。判官弥ヨ腹ヲ立テ、ナギナタヲ取テ向フ処ニ、三浦別当義澄是ヲミテ、判官ヲ懐止ム。梶原ヲバ畠山庄司次郎重忠懐タリ。源太ヲバ土肥次郎実平懐タリ。三郎ヲバ多々良五郎義春懐テ引居ヘタリ。殿原各申ケルハ、「御方軍セサセ給テ、平家ニ聞ヘ候ハム事、无レ詮御事ナリ。又鎌倉殿ノ聞食サレ候ハム事、其恐少ナカラズ。設ヒ日来ノ御意趣候トモ、此ノ御大事ヲ前ニアテヽ、返々シカラズ。何況当座ノ言失聞召シトガムルニ与ハズ」ト、面々ニ制シ申ケレバ、判官モ由ナシトヤ思給ケン、シヅマリ給ニケリ。⑥此ヲコソ梶原ガ深キ遺恨トハ思ケレ。

（第六本・判官与梶原逆櫓立論事）

義経は、景時が自分を猪に喩えたことを「奇怪」とし、景時を「取テ引落セ」と命じる（傍線部⑤）。すると「伊勢三郎能盛、武蔵坊弁慶、片岡八郎為春」等が「引張」ろうとする。梶原は評定をする際に「一義ヲ申スハ兵ノ常ノ習」であるといい、平家を亡ぼそうとする計略について進言したのにと反論し、腰刀に手をかける。義経はいよいよ腹を立て長刀を取り向かうが、三浦等に止められる。このことが「梶原ガ深キ遺恨トハ」思った(傍線部⑥)とする。

次に同じ箇所を語り本系諸本で確認する。初めに覚一本の本文を挙げる。

〈覚一本〉判官の給けるは、「いくさといふ物はひとひきもひかじとおもふだにも、あはひあしければひくはつねの習なり。もとよりにげまうけしてはなんのよかるぞ。まづ門でのあしさよ。さかろをたてうとも、かへさまろをたてうとも、殿原の船には百ちやう千ぢやうもたて給へ。義経はもとのろで候はん」との給へば、梶原申けるは、「よき大将軍と申は、かくべき所をばかけ、ひくべき処をばひいて、身をまたうして敵をほろぼすをもてよき大将軍とはする候。かたおもむきなるをば、猪のしゝ武者とてよきにはせず」と申せば、判官「猪のしゝ鹿のしゝはしらず、いくさはたゞひらぜめにせめてかたるぞ心地はよき」との給へば、侍ども梶原におそれてたかくはわらはねども、目ひきはなひききらめきあへり。判官と梶原と、すでにどしいくさあるべしとざゞめきあへり。

（巻十一・逆櫓）

義経は、引くまいと思っていても「あはひあしければ」引いてしまうものなのに、初めから逃げ支度をしていてはよくないとして、景時の意見を退ける。景時は、よい大将軍とは、駆けるべき所と引くべき所をわきまえ「身をまたうして敵をほろぼす」もので、「かたおもむきなるをば、猪のしゝ武者」というのだと反論した。義経は、軍は「たゞひらぜめにせめてかたるぞ心地」がよいとし、侍達は義経の発言を聞いて「梶原におそれてたかくはわらはねども、目ひきはなひききらめき」あった(傍線部イ)。

この直後、延慶本では、景時と義経の同士討ち未遂事件が描かれていたが、覚一本では描かれていない。ここで義経と景時の言い争いは一旦終わり、壇ノ浦合戦直前に再び争うことになる。次にその箇所の本文を挙げてみる。

〈覚一本〉梶原申けるは、「けふの先陣をば景時にたび候へ」。判官「義経がなくばこそ」。「まさなう候。殿は大将軍にてこそまし〳〵候へ」。判官「おもひもよらず。鎌倉殿こそ大将軍よ。義経は奉行をうけ給たる身なれば、たゞ殿原とおなじ事ぞ」との給へば、梶原、先陣を所望しかねて、「天性この殿は侍の主にはなり難し」とぞつぶやきける。判官これをきいて、「日本一のおこの物かな」とて、太刀のつかに手をかけ給ふ。梶原「鎌倉殿の外に主をもたぬ物を」とて、是も太刀のつかに手をかけけり。さる程に嫡子の源太景季、次男平次景高、同三郎景家、ちゝと一所によりあふたり。判官の景気を見て、奥州佐藤四郎兵衛忠信・伊勢三郎義盛・源八広綱・江田源三・熊井太郎・武蔵房弁慶などいふ一人当千のつは物ども、梶原をなかにとりこめて、われうとらんとぞすゝみける。されども判官には三浦介とりつきたてまつる。梶原には土肥次郎つかみつき、両人手をすて申けるは、「是程の大事をまへにかゝへながら、どしいくさ候者、平家ちからつき候なんず。就中鎌倉殿のかへりきかせ給はん処こそ穏便ならず候へ」と申せば、判官しづまり給ひぬ。梶原すゝむに及ばず。それよりして梶原、判官をにくみそめて、つゐに讒言してうしなひけるとぞきこえし。
（巻十一・鶏合壇浦合戦）

壇ノ浦合戦において、景時は、先陣を所望するが、義経に断られてしまう（傍線部ロ）。すると景時は「天性この殿は侍の主にはなり難し」とつぶやく。それを聞いた義経は景時を「日本一のおこの物」といい、景時は「鎌倉殿の外に主をもたぬ物を」と反論し互いに柄に手をかける。景時の子息等、義経の郎等等も進み出て同士軍が起きそうになった。そこを三浦等の説得により回避することができた。景時はこの後「判官をにくみそめて、つゐに讒言してうしな」った（傍線部ハ）。

延慶本では、逆櫓を取り付けるべきか否かということについて義経と景時との口論を描き、景時の意見は退けられ、義経だけではなく畠山にも反対されたとして描く。さらに義経は、景時が猪に喩えたことを「奇怪」とし同士討ちへと展開するように描いている。そしてこのことが景時の「深キ遺恨」となったとする。

一方、覚一本では、逆櫓事件と同士討ち未遂事件とが、同じ時に起きたのではなく、別々に起きた事件として描いている。覚一本によると、一度目の逆櫓を取り付けるか否かの口論により、侍達にばかにされ、「すでにどしいくさあるべし」とさわがれたとしている。そして二度目の同士討ち未遂事件により、景時は「判官をにくみそめて、つゐに讒言」したとする。つまり、覚一本は景時が讒言するまでには段階があったとして描き出しているのだ。このことは他の語り本系諸本でも同様であるが、屋代本、中院本、城方本は覚一本とは少々異なる展開となっている。屋代本の本文は先に挙げたので、まずは中院本と城方本の逆櫓事件の本文を挙げる。

〈中院本〉かぢはら申けるは、「よき大将と申は、身をまたうして、かたきをほろぼし候。さやうにかくべき所をも、ひくべきところをもしらぬをば、いのしゝむしやとこそ申候へ」といへば、「よしよしよしつねは、いのしゝかのしゝをばしらず、かたきをば、たゞひらぜめにせめて、うちたるぞこゝちよき」との給へば、かぢはら、「すべて此とのにつきて、いくさせじ」とぞつぶやきける。それよりして判官をそむき奉りけるとかや。

（巻十一・九郎大夫判官軍ひやうぢやうの事）

〈城方本〉梶原重て申けるは、「いや〱よき大将軍と申は、身をまたうして敵をほろぼす候。さやうに、かくべき所をも引べき所をもしらぬをば、唯猪武者とこそ申候へ」と申たりければ、判官、「よしよし、義経は猪鹿の例はしらず、只敵をばひらぜめに責て、かつたぞ心ちはよき」と宣へば、梶原、「天性此殿に付て軍せじ」とぞつぶやきける。それよりしてぞ梶原判官をにくみそめ奉つて、鎌倉殿に讒言して終に討せ奉りけるとぞ聞し。

（巻十一・逆櫓）

義経と景時が口論をした後に、景時は、中院本では「すべて此とのにつきて、いくさせじ」、城方本では「天性此殿に付て軍せじ」と発言する。屋代本で確認してみると、「天性此殿ニ付テ軍セジ」となっており、覚一本で確認できたような景時が笑われるという記述はない。さらに、中院本、城方本はそれぞれ独自の記述を有している。すなわち、中院本では、この事件によって景時は「判官をそむき奉りける」とし、城方本では「判官をにくみそめ奉つて、鎌倉殿に讒言して終に討せ奉りける」としている。

次に、壇ノ浦合戦直前に起きた同士討ち未遂事件の箇所も確認してみる。

〈屋代本〉三浦介判官ニ申ケルハ、「大事ヲ御目ノ前ニ当テサセ給ナガラ、加様ニ候バ、敵ノ力ニ成候ナンズ。就レ中鎌倉殿返聞セ給ン所ロ不二穏便一御事候」ト申セバ、判官静リ給フ上ハ、梶原進ニ不レ及。依レ是ニ梶原、判官ヲ憎ミソメ奉リ、終ニ讒言シテ失ケルトゾ聞ヘケル。（巻十一・長門国壇浦合戦事）

〈中院本〉判官の御馬には、三うらのすけよしずみとりつき、かぢはらが馬のくちには、どひの二郎とりつきて、「けふかく事いでき候なば、かたきのつよりにこそなり候はんずれ。かつはかまくらどのゝ、かへりきこしめされん所こそ、おんびんならず候へ」と申ければ、げにもとやおもはれけん、判官しづまり給ふ。かぢはらもすゝむにをよばず。それよりして、判官御中たがひ奉りて、つゐにかまくら殿にざんげんして、うたせ奉りけるとぞうけたまはる。（巻十一・ほうぐわんとかぢはらとこうろんの事）

〈城方本〉判官の御馬の口には三浦介取付奉つて、「懸る天下の御大事に、どし軍候ひては、いよ〳〵味方の御よわりなるべし。又鎌倉殿のかへりきこしめされむずる所も穏便ならず候」とやう〳〵に申ければ、判官、げにもとや思はれけむ、しづまり給へば、梶原すゝむに及ばず。それよりしてぞ梶原、判官をいよ〳〵にくみ奉つて、鎌倉殿に讒言して終に討せ奉りけるとぞ聞えし。（巻十一・壇の浦合戦）

ここでは、傍線部に注目する。屋代本では壇ノ浦合戦直前の口論により「判官ヲ憎ミソメ奉リ、終ニ讒言シテ失ケル」としている。中院本では、「判官御中たがひ奉りて、つゐにかまくら殿にざんげんして、うたせ奉りける」とし、城方本では、「判官をいよ〳〵にくみ奉つて、鎌倉殿に讒言して終に討せ奉りける」としている。

覚一本では、一度目の対立で、景時がばかにされることにより同士討ちが起きるのではないかとささやかれる形で事件を締めくくる。この記述は、壇ノ浦合戦直前に起きる対立の予告的記述であると捉えることができよう。そして壇ノ浦合戦直前の同士討ち未遂事件が起こり、景時はそれが原因で頼朝に讒言したとする。

屋代本、中院本、城方本は、摂津渡辺において延慶本や覚一本で確認できたような景時が笑われるという記述を有さない。景時が讒言に至るまでの過程を描く際に、讒言する決定打となったのは、壇ノ浦合戦直前に起きた同士討ち未遂事件であるとするためであろう。

巻十一に描かれる義経と景時との対立は、各諸本独自に描き出すことに成功しているといえよう。ところが、はじめに挙げたように屋代本においては、巻十一における逆櫓事件の記述内容と巻十二における景時讒言の理由を説明する記述内容には、不自然さがある。

二　頼朝と義経不仲

平家滅亡後、頼朝と義経が不仲になってしまった事に関して、人々が疑問に思う。その理由を物語中では景時の讒言に求めている。まずは延慶本の本文から挙げる。

〈延慶本〉此事ハ、去ジ春、渡辺、神崎両所ニテ、舟ゾロノ時、舟共ニ逆櫓ヲ立ム、タテジト、梶原ト判官ト口論セシ時、梶原ガ判官ニイハレタリシ事ヲ、梶原不レ安事ニ思テ、事ノ次毎ニハ、「判官殿ハオソロ敷人也。君ノ御敵ニ、一定可ニ成給一。打解サセ不レ可レ給」ト申ケレバ、「頼朝モ、サ思ヘリ」ト宣テ、常ニハ、隙モアラバ判官ヲ可レ被レ打謀ヲゾ心懸給ケル。

（第六末・判官与二位殿不快事）

渡辺・神崎で船揃えの時に船に逆櫓を取り付けか否かについて争論をした際に、義経に言われたことを「梶原不ㇾ安事」（傍線部）と思い頼朝に事あるごとに、「判官殿ハオソロ敷人也」「打解サセ不ㇾ可ㇾ給」といっていた。景時が讒言したのは摂津渡辺での出来事が原因であるとしている。同じ箇所を覚一本、中院本で確認してみる。

〈覚一本〉此事は、去春、摂津国渡辺よりふなぞろへして八嶋へわたり給ひしとき、逆櫓たてうたてじの論をして、大きにあざむかれたりしを、梶原遺恨におもひて常は讒言しけるによてなり。（巻十一・土佐房被斬）

〈中院本〉是は此春、わたなべにて、舟のさかろをたてんといふ事を、かぢ原とさうろんしたりしによて、かげとき判官をにくみ奉り、つゐにざんげんし、うしない奉りけるとかや（巻十二・鎌倉の右大将舎弟をちうせらるゝ事）

覚一本は、渡辺で逆櫓を取り付けるべきか否かと争論をして「大きにあざむかれたりし」ことを遺恨に思い讒言したためであったとする。中院本は、逆櫓を取り付けるべきか否かと争論したことにより「判官をにくみ奉り」讒言したとする。覚一本、中院本は、逆櫓事件の記述との関係性において矛盾はないが、壇ノ浦合戦の直前にある景時讒言の理由の記述とは矛盾があるようだ(3)。覚一本は壇ノ浦合戦の直前における先陣争いから「それよりして梶原、判官をにくみそめて、つゐに讒言してうしなひける」とし、中院本は「それよりして、判官御中たがひ奉りて、つゐにかまくら殿にざんげんして、うたせ奉りける」としていた。両本とも讒言するに至った原因は壇ノ浦合戦直前の言い争いのためとしている。城方本は、当該箇所がなく、整合性がとれている。

しかし、屋代本の記述は覚一本や中院本における矛盾以上に大きな問題があるだろう。なぜなら、覚一本も中院本も、摂津渡辺での事件と巻十二の景時讒言の理由を説明する記述とは一応の整合性はあるからだ。屋代本には巻十二で記されるような「大ニ咲ハレ」る記述が逆櫓事件に存在しない。次章では屋代本における不自然さがなぜ起きたのか、またそこから何がわかるか検討したい。

三　屋代本の記述の不自然さの理由

屋代本の記述には、不自然さが目立つわけであるが、その理由として真っ先に考えられるのが誤写の可能性であろう。誤写か否かを判定する際には、覚一系諸本周辺本文との対照から始める。覚一系諸本周辺本文は、屋代本的本文と覚一本的本文との混態本であるため、現存屋代本が誤写しているか否かを判定する際には適当な本文であるといえよう(4)。

〈鎌倉本〉此ハ今年ノ春、渡辺ニテ舟揃ヘ有シ時、梶原与判官逆櫓ヲ立フ立ジノ論ヲシテ、大ニ笑レタリシ事ヲ梶原無二本意一事ニシテ讒言シテ終ニ失ケルトゾ聞ヘシ。（巻十二・同合戦事昌俊誅伐事）

〈斯道文庫本〉是ハ今年ノ春、渡辺ニテ船整ノ有シ時、判官ト梶原ト逆櫓ヲ立ウ立テジノ論ヲシ、大ニ嗔ラレタリシ事ヲ梶原本意ナキ事ニシテ讒言シテ終ニ失ケルトゾ聞ヘシ。（巻十二・梶原讒訴）

鎌倉本は、表記は異なるが屋代本と同じく「笑」とし、斯道本は「嗔」となっている。ここから、「咲（笑）」が「嗔」であった可能性が出てくる。まずは、二つの文字に共通する読みはないか主要な古辞書で調べてみる。表記が異なっているだけで、同様の意として読むことができるかもしれないからだ。

咲　ワラフ・ヱ・ヱム・ヱワラフ（観智院本類聚名義抄）
　　ワラフ（前田本・黒川本色葉字類抄、運歩色葉集、撮壌集、易林本・黒本本節用集）
笑　メクル・ワラフ（観智院本類聚名義抄）

ワラフ（温故知新書、撮壌集、文明本・易林本・明応五年本・饅頭屋本・黒本本節用集）

嗔　イカル（観智院本類聚名義抄、前田本・黒川本色葉字類抄、運歩色葉集、文明本節用集）

管見の限りでは、互いに共通する読みは確認できないことがわかる(5)。ここから両者は、異なる意味の本文であるといえる。当該箇所が、誤写あるいは何らかの解釈により改めたのだとすると、どちらか一方が本来的であるといえよう。屋代本と斯道本の本文を比較しただけでは、どちらが本来的であるのか判断ができない。そこでもう一度、諸本間でこの箇所を比較してみると、屋代本と覚一本との記述が近似していることに気がつかされる。

〈覚一本〉此事は、去春、摂津国渡辺よりふなぞろへして八嶋へわたり給ひしとき、逆櫓たてうたてじの論をして、大きにあざむかれたりしを、梶原遺恨におもひて常は讒言しけるによてなり。（巻十一・土佐房被斬）

〈屋代本〉是ハ去年ノ春、渡部ニテ船揃ノ有シ時、梶原ト判官ト、逆櫓ヲ立テウ立ジノ論ヲシテ、大ニ咲ハレタリシ事ヲ、梶原無二本意一事ニシテ、讒言シテ終ニ失ヒケルトゾ聞ヘシ。（巻十二・為義顕討手土佐房昌俊上洛事）

傍線部の箇所に注目してみると、「あざむか」、「咲ハ」が異なるだけである。しかもこれまでに確認してきたとおり、この記述は覚一本と屋代本にしか確認することができないのである。屋代本の表記と斯道本の表記といずれが本来的かを考える際には、覚一本との比較から推定する事ができるであろう。なぜなら、この記述が屋代本と覚一本とにしかないことから、両本は同様の記述から派生したと考えられるからである。

ここで、「あざむく」と「わらふ」の辞書的な意味を確認しておくことにする。「あざむく」の意味であるが、ここでは「相手の言動などを劣ったものとみて、口に出してけなす。嘲笑する」（『時代別国語大辞典　室町編』）という意味で使用されていると思われる。「あざむく」は中世に入り、「あざける」と混同され、「あざける」の意味で使用されることが多くなった語である。

次に「わらふ」の意味であるが、「相手を軽蔑してその言動をおかしがる。嘲笑する」(『時代別国語大辞典　室町時代編』)という意味である。

ここで注目すべきは、「あざむく」という語には、「嘲笑する」という意味が含まれていることである。いずれの辞典類で確認してみても、同様の意味が掲載されている。「あざむく」一語で、ばかにして笑う行為を意味するのである。また、「わらふ」という語にも、「あざける。嘲笑する」という意味が含まれていることがわかる。

これらのことから、覚一本の記述と屋代本の記述には意味の上で共通性があることがわかる。それに対して、斯道本の「嗔」は覚一本・屋代本いずれとも共通性は見いだしがたく隔たりがある。屋代本と覚一本とは、共通祖本が想定できると指摘されている(6)。本文の派生を考える際に、全く異なる表現が突如生成されると考えるよりも、同様の意味を含む表現から派生していくと考えるほうが自然であろう。屋代本・覚一本の両本に共通性が指摘できるならば、隔たりがある斯道本の記述は、本来的でないと考えるのが妥当なのではないだろうか。また、傍証に過ぎないが、鎌倉本が「笑」としている点からも、斯道本よりも屋代本のほうが本来的といえると思われる(7)。斯道本は、屋代本の「咲」では巻十一との整合性が合わないと考えたせいか、「咲」を「嗔」としたと解釈できそうである。

そうすると、覚一本と屋代本のどちらが本来的であるか、あるいはどちらも共通している記述から派生し、それぞれに解釈をしたのかという問題が出てくる。仮に、この箇所で屋代本の記述が本来的であったとすると、覚一本は「あざむく」としたわけだが、その意図とは何か。おそらく「大に」笑われたと記述することにやや違和感があったためであろう。逆櫓事件で、景時が笑われる記述はあるが、確認したとおり、くすくすと笑われる程度である。

また、屋代本が「あざむく」から「咲」としたと考えるとどうであろうか。屋代本の記述としては、「咲」よりも「あざむく」の方が、逆櫓事件との整合性がとれており、「咲」よりもよいと思われる。もし、「咲」の方が「あざむく」よりもよいと判断したとするならば、それは、逆櫓事件で景時が笑われる記述がある『平家物語』を知っていたためではないだろうか。巻十一で笑われる記述がないにもかかわらず、巻十二において笑われる記述があるのは、そうした本文の影響下にあったということを示すのではないか。

覚一本、屋代本が共通している記述から派生していると考えるとどうであろうか。他に対照すべき適当な本文がないため、現存する屋代本と覚一本との記述から推定するしかないが、最も可能性が高いのは、共に共通する文字から派生しているということである。つまり、共通している読みを有する文字から、覚一本は平仮名に、屋代本は違う漢字を当てたということである。異なる漢字を当てることは諸本間でよく確認することができる。覚一本の「あざむく」と屋代本の「咲」の二つの共通する読みを有する文字を調べてみると、例えば「嗤」という文字がある(8)。もしそのように仮定するならば、やはり屋代本・覚一本のどちらか一方が「誤読」したと考えられる。もちろん、書承してきた者は正確に伝えている意識であろうが。

以上、三つの可能性について指摘したが、覚一本の「あざむく」と屋代本の「咲」の先後関係についてはいずれも可能性があり判断が難しいということがわかる。ただし、屋代本の本文が、梶原景時が笑われる記述を有した本文の影響下、あるいはその記述を持った本文から成り立っているということは指摘できるであろう。

今回注目した箇所からは、如何にして本文が派生するかその一端が明らかになったと思われる。覚一本と屋代本には共通祖本が想定されており、その本文は延慶本的性格であるとされている(9)。今回注目した箇所は、延慶本等読み本系諸本にはない記述であった。どのように現存本のような姿になったのか、その過程を知るためには、今回注目したような細かな語句の異同の検証も必要となってくるのではないだろうか。

おわりに

今回は、義経と景時の対立記事に注目し、屋代本の記述の不自然さの理由について考察した。今回指摘したことを箇単にまとめてみると以下の五点になる。

① 語り本系諸本は、義経と景時との対立を二度あったこととして讒言までの過程を描いていた。覚一本は摂津渡辺において、予告的な記載をし、壇ノ浦合戦直前に同士軍に発展しそうになったことを描いていた。中院本は景時が離反、仲違したとして、義経を讒言するまでの道程を記し、城方本は渡辺で憎み初め、壇ノ浦合戦直前ではとうとう憎んだとしていた。屋代本は、摂津渡辺においては景時の義経に付き従って軍はしないとつぶやくにとどまり、壇ノ浦合戦直前での対立により、憎み初め讒言するに至ったとしていた。それぞれ、頼朝に讒言する決定打となったのは壇ノ浦合戦直前に起きた同士討ち未遂事件としている。

② 語り本系諸本は、巻十一での景時讒言の原因と巻十二における讒言理由の記述とに矛盾がある。覚一本、中院本、屋代本は巻十一では壇ノ浦合戦直前での事件以降とするが、巻十二においては摂津渡辺での出来事のためとしていた。

③ そのなかでも屋代本は、巻十二では、摂津渡辺で「大ニ咲ハレ」たためとしているが、巻十一ではその記述は見あたらない。他の語り本系諸本とは異なり、不自然さがある。

④ 覚一系諸本周辺本文では斯道本が「嗔」としており、現存する屋代本の「咲」が「嗔」である可能性があったが、覚一本との対照により斯道本は「咲」を「嗔」と解釈したと考えるのが妥当である。

⑤ 覚一本の「あざむく」と屋代本の「咲」の先後関係は判断が難しいが、屋代本が、景時が笑われる記述の影響下、あるいは笑われる記述のある本文を基に成り立っているということは指摘できる。これらが屋代本の記述の不自然さにつながったのである。

注

（1）　読み本系諸本のうち、長門本は義経と景時との対立が二度あったこととして描いている。

（2）使用本文はそれぞれ、『屋代本高野本対照平家物語』三（麻原美子・春田宣・松尾葦江編、新典社、一九九三年）、『校訂延慶本平家物語』十一―十二（汲古書院、二〇〇八―二〇〇九年）、『平家物語』下（日本古典文学大系、岩波書店、一九六〇年）、『平家物語（中院本）と研究』（高橋貞一編著、未刊国文資料刊行会、一九六一―一九六二年）、『平家物語全附承久記』（国民文庫刊行会、一九一一年）に依りルビは適宜省略し、句読点も一部変更した。また、濁点等も補った。鎌倉本、斯道本は、『鎌倉本平家物語』（古典研究会、一九七二年）、『百二十句本平家物語』（慶応義塾大学附属研究所斯道文庫編、汲古書院、一九七〇年）に依り、私に翻刻し、濁点等を補った。

（3）『平家物語全注釈』下（一）では、この点を根拠として「本来は読みもの系に見えるような形において逆櫓の話が記されていたのであるが、後に語りもの系に見るように、それを逆櫓の話と、壇浦における先陣争いの話と二つに分けて、この物語に採り入れた」としている。

（4）覚一系諸本周辺本文中、竹柏園本は当該箇所が、覚一本的本文であるため対象から外した。平松家旧蔵本は巻十二が欠巻である。享禄本は、鎌倉本とほぼ同文であるため本文は挙げなかった。

（5）類聚名義抄、色葉字類抄、下学集、節用集、倭玉篇等を確認した。

（6）千明守は、屋代本と覚一本との共通祖本として延慶本的本文を想定しておられる（「屋代本平家物語の成立―屋代本の古態性の検証・巻三「小督局事」を中心として―」『平家物語の成立―あなたが読む平家物語1―』有精堂、一九九三年）。

（7）千明守によれば、覚一系諸本周辺本文の中で、平松家本、鎌倉本、享禄本について、「これら三本は、同類の「覚一系諸本周辺本文」の中では、比較的古い姿をとどめているものと思われる。「古い姿」というのは、〈古態〉を伝えている、ということではない。これら同類の諸本の祖先に、最初に覚一本の本文と屋代本の本文とを切り継いだ、一本の編集本があったはずであるが、その姿をより多くとどめているということである」と指摘されている。（「平家物語「覚一系諸本周辺本文」の成立過程」『國學院雑誌』九一巻一二号、一九九〇年一二月）。

（8）古辞書で確認してみると「アザムク・アザケル・ワラフ（観智院本類聚名義抄）、アサケル・ワラフ（弘治二年本倭玉篇）」が確認できた。

（9）注6に同じ。

屋代本『平家物語』〈大原御幸〉の生成

原田敦史

一　「御訪」の意味するもの

平家滅亡後、大原の寂光院に隠棲していた建礼門院のもとを、後白河法皇が訪れ、語り合う。『平家物語』の中でも著名な場面であるが、屋代本や八坂系の諸本は、この〈大原御幸〉の末尾、法皇の還御を記した後に、

法皇モ其《ノ》後ヨリハ、常《ネ》ニ御訪《ヒ》有《リ》ケルトカヤ(1)。（屋代本）

という特徴的な一文を置く。その後も法皇の「御訪」があったことを告げるこの一文はこれまで、法皇と女院との間に男女関係が続いたことを暗示するものとして解釈されることが多かった(2)。確かに、当時の二人の間にそのような噂が立つことはあり得たのかもしれない(3)。しかし、屋代本や八坂系の本文自体に即する限り、右の一文については、法皇が、女院と向き合って最初に言葉をかける、

法王御涙ヲ押《ヲサ》へ、「此《ノ》御有様トハ、ツヤ〳〵思《ヒ》進セ候ハス。誰《レ》カコト、ヒ進セ候」ト仰ケレハ、女院、「冷泉《ノ》大納言、七条《ノ》修理《ノ》大夫、此《ノ》人々ノ内ヨリ時々問レ候へ。其《ノ》昔《シ》ハアノ人々ニ可《シ》レ被《ル》レ訪《トフラ》トハ、露モ思《ヒ》寄ラス候シ事ヲ」トテ、御涙ニ咽《ムセ》ヒ給ケリ。

という場面との対応を見るべきだろう。ここで女院自らが語っているように、彼女は、「冷泉《ノ》大納言」「七条《ノ》修理《ノ》大夫」という、妹たちの嫁した先々から「訪」を受けていた。それらに加えて、御幸の後は法皇からも「御訪」を受けるようになったことを告げるのが、問題の一文ではなかっただろうか。屋代本のみの独自文だが、女院の往生を記したあとに続く

冷泉《ノ》大納言隆房ノ卿、七条《ノ》修理大夫信隆ノ卿、此人々ノ北方ソ、最後マテノ御訪《ヒ》ハ被《レ》レ申ケルトソ承ル。

という記述も、その裏付けとなるはずである(4)。だとすればその「御訪」の内実も、男女関係があったということではなく、女院の妹たちからの「訪」と同質のものだったということになる。女院は、法皇の問いかけに対して、妹たちが自分を訪ねてやってくるというだけのことを、かつては考えもしなかった事態として涙に咽んでいたわけではない。覚一本の同箇所に「その昔あの人どものはぐくみにてあるべしとは露も思より候はず(5)」とあり、また延慶本にも同様の記述があるように、女院が妹たちから受けていたのは、単なる訪問ではなく生活に対する援助だったのである。その女院と対面し、語り合ったことを経て、法皇も支援の手をさしのべるようになった。法皇の「御訪」は、以上のように理解すべきものであろう。

「法皇モ其《ノ》後ヨリハ、常《ネ》ニ御訪《ヒ》有《リ》ケルトカヤ」という一文は、それが覚一本や読み本系諸本には見えないものであるだけに、屋代本や八坂系諸本の特質を考える上で看過できないものである。女院と法皇の対話は、いかにして「御訪」

へと帰着するのか。以下、屋代本を主たる対象として読解を試みるとともに、その本文が他の諸本といかなる関係にあるのかという問題についても考えてみたい。

二　女院と法皇の対峙

「誰《レ》カコト、ヒ進セ候」という法皇の問いかけに、女院は、栄花を誇った「昔」から一転して、妹たちの援助にすがって生きなければならなくなった我が身の境遇を嘆き、涙を流した(6)。法皇が、初度の御幸以後も、「御訪」という形でたとえ一時にせよ手をさしのべたのは、多くの肉親と死別し落魄した女院に対する、法皇なりのせめてもの慰撫であったただろう。大津雄一は、平家滅亡にとって加害者である法皇が、女院と向かい合って繰り返し涙を流すところに、〈権力と戦う快楽〉があることを論じているが(7)、以後も続いた法皇の「御訪」は、このような涙の意味をさらに補強するものであったのではないだろうか。では、法皇を前にした女院の語りは、いかなる形で「御訪」へと繋がっているのか。その構造の中に、語り本系がいかなる物語として成立し、その中で屋代本がどのような位置にあるのかを読み取ろうとするのが、本稿の立場である。

如上の問題を考えるにあたり、まず以下のような記述に注目しておきたい。法皇と女院との対面に先立つ、阿波内侍の一連の言葉である。寂光院を訪れた法皇に最初に応対したのは、「信西カ娘《ムスメ》」であり、かつて法皇にも仕えた阿波内侍だった。女院の行方を尋ねる法皇に対し、阿波内侍は後ろの山に花摘みに行っていると答える。「何ニ、花抓《ツ》ンテ進スヘキ者モ付《キツ》奉ラヌニヤ。サコソ世ヲ遁《ノカ》レ給フトモ、今更習《ナラ》イ無キ御態《ワサ》ハ痛敷《イタハシク》コソ」と驚く法皇に対して、阿波内侍は釈迦如来の話を例に、「前世ノ宿習ヲモ後世ノ宿業ヲモ覚《サト》ラセ給テ、捨身ノ行ヲ修《シユ》シ坐《マシ》マサンハ、何ノ御憚《ハヽカリ》カ候ヘキ」ことを説く。「身ニ着《キ》タル物ハ絹《ケン》布ノ類《タクヒ》トモ不㆓見分《ヘカ》㆒、浅猿《アサマシ》ケ成ル作法也」という姿でありながら、その説法は、「此《ノ》有様ニテ加様ノ事申《ス》不思議サヨ」と、法皇を感ぜしめるほどのものであった。やがて女院が現れ、法皇の来訪を知って愕然とするのだが、その女院に対して、阿波内侍は次のように言葉をかける。

「是程ニ厭《イトヒ》㆓浮《キ》世ヲ㆒、入《リ》㆓菩提道《ノ》ニ㆒給上ハ、何ノ御憚《ハヽカリ》カ候ヘキ。早々《ハヤ〳〵》御見参《ン》有テ法王ヲ還《クワン》御成シ進セサセ坐々《セ》」

阿波内侍は、浮き世を厭い菩提の道に入った者にとって、捨身の行に身を投じることも、「浅猿《アサマシ》ケ成ル作法」の前に立つことも何の「憚」もないことだと言い放つのだが、問題は、一方の女院がそのような心境にはなかったことである。法皇の来訪を知って

サコソ世ヲ捨ル身ト成タリ共、此ノ有様ニテ見進《ヘセ》ン事、心憂《ロウ》ク悲クテ、只消《ヘ》モテハヤトソ被《レ》㆓思食《メサ》㆒ケル。

と、自らの「有様」を思って激しく動揺し、阿波内侍の勧めに従って法皇と対面してからも、「誰カコト、ヒ進セ候」という法皇の問いかけに対して、現在の我が身を嘆いて涙にむせんでしまう。

そこには、捨身の行という苛烈な修行を自らに課しながら、その一方で我が身の境遇を嘆く涙を止めることのできない女院の姿がある。女院の心は、「浮世を厭い菩提の道に入る」ことに徹しきれないまま揺れている。注意しなければならないのは、そんな女院の心境を浮き彫りにしてしまう阿波内侍の言葉が、語り本系諸本に独自のものだということである。読み本系諸本にはいずれも、女院の動揺は描かれていても、「是程ニ厭《イトヒ》㆓浮《キ》世ヲ㆒、入《リ》㆓菩提道《ノ》ニ㆒給上ハ、何ノ御憚《ハヽカリ》カ候ヘキ」と女院を後押しする、阿波内侍の言葉はない(8)。語り本系諸本は、あえてこのような記述によって、仏道への希求と、今の我が身に対する悲嘆との間で揺れる女院の姿を、より鮮明にしているのである。以下に続く六道語りについて考える上で、まずこのことに留意をしておきたい。

三　女院の語り（一）

揺れる心を抱えたまま、女院は自らの人生を六道に譬えて語り出す。屋代本では次のようにある。

「人々ニ後《ヲクレ》テ、中〳〵歎《ナケキ》ノ中ノ喜《ヨロコヒ》也。其故ハ、五障三従《シュ》ノ苦《ク》ヲ遁《ノカ》レ、釈迦ノ遺《ユイ》弟ニ連《ツラナ》テ、比丘ノ聖名ヲ穢《ケ》カス。三時六根ヲ懺悔シテ、人々ノ後生ヲ訪《ヒ》候。人ハ生《シヤウ》ヲ替《カヘ》テコソ六道ヲハ見候ナルニ、乍《ラ》レ生《イキ》六道ヲ見テ候」

これに対し、

「是コソ大《キ》ニ心得候ハネ。異《イ》国ノ玄奘《ジャウ》三蔵ハ悟《サト》リノ内ニ六道ヲ見、本朝ノ日蔵上人ハ象《サウ》王権現ノ力ニテ六道ヲ見タリトコソ承ルニ、正《マサ》シク女人ノ御身ニテ、即身ニ六道ヲ御覧《ン》セン事ハ、何カ候ヘカルラン」

と不審がる法皇に向かって、女院が自らの六道体験を語るのだが、屋代本や他の語り本系諸本の記述は、ここでも読み本系に相違する。右の傍線部の前後は、延慶本には

「カヽル身ニ罷成事、一旦ノ歎ハ申ニ及ネドモ、一ニハ来生不退ノ悦アリ。其故ハ、我五障三従ノ身ヲ乍レ受、已ニ釈迦之遺弟ニ烈リ、悲願証明ヲ憑テ、三時ニ六根ヲ懺悔シ、一筋ニ今生ノ名利ヲ思捨テ、九品ノ台ヲ願ヒ、一門之菩提ヲ祈ル。(中略)其中ニモ、此度生死ヲ可レ離事、思定テコソ候ヘ。其故ハ、此身ハ下界ニ乍レ住、六道ヲ経歴タル身ニ侍レバ、可レ歎ニモ非ズ。其ニ付テモ弥穢土ヲ厭フ志ノミ、日ニ随テ進候ニヤ(9)」

とあり、女院にとって六道を見た経験が、「生死を離」れ、「穢土を厭」う機縁であることが明示されているのである。類似の記述は長門本や四部合戦状本にもあり、『源平盛衰記』ではさらに詳細である。しかし、屋代本には該当する記事がない(10)。屋代本の女院は、六道を見た体験が、自らが宗教的に上昇していくための契機となるという認識を持っていないのである。果たして法皇は、女院の語りをいかなるものとして聞いたのか。延慶本では、女院の語りを聞き終えた人々の様子は、

　法皇ヲ奉レ始、供奉ノ人々是ヲ聞給テ涙ヲ流ツヽ、「昔釈迦如来ノ霊山浄土ニテ法ヲ説、伝教、智証ノ、四明、園城ニシテ被二経釈一ケムモ、是程ニヤハ哀ニ貴カリケム」ト、各思アワレケリ。

と記される。他の読み本系諸本にも、同様の記述を見いだせる。語り本系でも、灌頂巻という特殊な形態の中で〈大原御幸〉を語る覚一本は、前掲の傍線部は屋代本とほぼ同じくするものの、

　「異国の玄弉三蔵は、悟の前に六道を見、吾朝の日蔵上人は、蔵王権現の御力にて六道を見たりとこそうけ給はれ。是程まのあたりに御覧ぜられける御事、誠にありがたうこそ候へ」とて、御涙にむせばせ給へば、

という記述を六道語りの後へ回しており、法皇の言葉と涙によって、女院の体験が宗教的に貴重なものであったことを保証している。しかし屋代本では、女院の語りを聞いた法皇は、涙を流すのみで言葉を発していない。そして以後、法皇からの「御訪」が続いたという。女院の語りが法皇の涙とともに引き出したのは、宗教的な感動ではなく現実の生活に対する支援だったのである。

　屋代本においても、女院がやがて往生を遂げたことは記されている。しかし、六道体験が女院の往生にとっていかな

る意味を果たしていたのかは、最後まで明らかにされることはない。如上の叙述において六道語りは、女院の聖性を保証するものである以上に、法皇の涙と以後の「御訪」とを引き出すための、悲嘆の独白といった側面を、強く有していると見るべきだろう。以上の点もまた、屋代本のみならず八坂系などにもほぼあてはまることであるが、こうした諸本においては、女院の語りが「六道」であることの意味が、薄れてしまっているといわざるを得ない。『往生要集』や『六道講式』によって当時流布していた六道に対する認識を踏まえれば、女院自身が厭離穢土を志す契機となる貴重な宗教体験として六道経回を意義づける記述を欠く諸本は、それだけ女院の六道語りが成立した当初の地点から遠いところにあると見なすのが自然であろう(11)。仏道に徹しきれずに揺れ動く女院の心の強調と、六道語りに付与された新たな意味、そしてそんな女院の語りが法皇の「御訪」を引き出すという構造(12)。語り本とは本来、このような要素を備えて成立した物語ではなかったか。そして、語り本に内在する如上の性格に対して、最も意識的に物語を構築していると考えられるのが、屋代本なのである。

四　女院の語り(二)

屋代本の六道語りの内容自体は、記事の順序など、若干の相違を除いて八坂系と大きな相違はない。しかし、以下に見る、女院の語りの結びの部分における、八坂系などとも共通しない屋代本独自の特徴は、語り本の流動として有り得た方向性の一つを、端的に示していると思われる。取り上げるのは、次の箇所である。

「(畜生道の龍宮の夢語りの後)二位尼《ノ》、此様《ノ》ハ竜畜経ニ見ヘテ候ソ、其レヲ能々見給テ、①後世訪《ヒ》テタヒ給ヘト申ト思《ヒ》テ夢覚《サメ》ヌ。是ヲ以テコソ六道ヲ見タリトハ申候ヘ。我身ハ命惜《ヲシ》カラネハ、朝夕《アサナユウナ》是ヲ歎《ナケ》ク事モナシ。何ナ覧《ン》世ニモ難《カタキハ》レ忘《スレ》安徳天皇ノ御面影、心ノ終《ヲハ》リ乱《ミタレ》ヌ前ニト悲《カナシ》キハ、只臨終正念計也」ト申サセ給モ不レ敢《アヘ》、②御涙ニ咽ハセ給ヘハ、法王ヲ始進セテ供奉《グブ》ノ公卿殿上人、御袂《タモトヲ》洨《シヲ》リモ敢《アヘ》給ハス。（法皇の還御。中略）女院ハ法王ノ還御ヲ御覧シ送リ進セ給テ、御涙ニ咽ヒ立セ給フ処ニ、折《リ》節《シ》郭公音信《ツレ》テ過《キ》ケレハ、女院、

イサヽラハ涙クラヘム思帰鳥我モ浮世ニ音ヲノミソナク

この後に法皇の「御訪」を告げる一文を置き、女院の往生を記して〈大原御幸〉は結ばれるのだが、この記事を、対応する本文を持つ八坂系の中でも比較的屋代本と近いとされる第一類C種、相模女子大本の、

…あひかまへて後世とふらひてたはせたまへ」と申と覚て、夢さめて後、つねは提婆品をよみて人々の菩提をとふらひ侍也、さてはわか身の命おしからねは、朝夕これをいのる事もなし(13)。（以下は屋代本と略同）

と対比させてみれば、屋代本の特徴が明らかになるだろう。一つ目は傍線部①で、いわゆる「龍宮の夢」を通じて母二位尼から鎮魂依頼を託されていながら、それに応えて祈る女院の姿がないことである(14)。相模女子大本には波線部の記述があり、その他覚一本や、龍宮の夢を六道の内に含めない読み本系など、いずれの諸本にも、夢から覚めた女院が一門や安徳帝のために祈る様は描かれている。八坂系が、「六道を経巡った体験」を女院自身が厭離穢土を志す契機として意義づける記述を欠いていることは屋代本と同様だが、少なくとも六道の中の「畜生道」を経過したことで、一門のために仏に祈りを捧げるようになっていたことが、ここに明示されるのである。それは、人々に遅れたことを嘆きの中の悦びとして、彼らの後生を弔っていると告げた言葉とも対応する。しかし屋代本だけは、そんな女院の姿を描かない。傍線部①の「我身ハ命(15)…」が本来、相模女子大本のように、波線部の「人々の菩提…」と対句を成す表現であろうことを見れば、屋代本が波線部に相当する表現を欠落させたものであることは自ずと知られようが、本稿にとって

重要なのは、同様の傾向が屋代本の他の部分にも見られること、よって右の記述が単なる誤脱などの問題によって形成されたものではないということだ。例えば、女院の往生の場面、相模女子大本には、

女院はいよ〳〵御念仏をこたらせ給はすして、終に龍女か正覚の跡をおい…

とあって、龍宮の夢を見て以来、女院が絶えることなく祈りを続けていたことが示される。「龍宮の夢」を通じて、一門から鎮魂の依頼を受けていたことを踏まえれば、こうした祈りの果てに迎える女院の往生が、一門の救済にも繋がるという読解も成り立ちうるだろう。しかし屋代本はここでも、

女院遂《ツイ》ニ建久始《ノハシメ》ノ比、竜女カ正覚ノ跡《アト》ヲ追《ヲ》ヒ…

としか記していない。また、遡れば、女院が吉田の住居を去って寂光院に移り住む場面、覚一本でいうと「大原入」にあたる部分には、

女院、寂光院にまいらせ給て御覧すれは、本尊は弥陀の三尊にてそまし〳〵ける。「天子聖霊、頓証菩提、成等正覚」とこそ申させ給ひれ。（相模女子大本）

という記述がある。ここでも、安徳帝のために祈る女院の言葉を記した傍線部は、覚一本や読み本系など、いずれの諸本にも重なる表現が見られるのだが、屋代本のみがこれを欠いている。これらの例を踏まえれば、①の本文が、一門や安徳帝のために祈る女院の姿を覆い隠そうとする意図のもとに作られたことは明らかだろう。

代わりに、傍線部②で女院は、語り終えた途端に涙に咽ぶ。それはあたかも、女院が祈りの心境に達していないことと対応しているかのようである。他諸本には見えないこの記述もやはり、屋代本が独自に作り上げたものと判断してよいだろう。如上①②の二つの特徴を持つ記述は、六道体験が女院にとっていかなる意味を持つものであったかをよく示していると思われる。「人々の菩提」「わか身の命」という対句を崩し、「是ヲ以テコソ六道ヲ見タリトハ申候へ(16)」の一句を介在させた①の本文では、「我身ハ命惜《ヲシ》カラネハ、朝夕《アサナユウナ》 是ヲ嘆《ナケ》ク事モナシ」が指し示すものは、六道を見たことそのもの、あるいはそのような体験を経て今ある我が身へと変質することになる。そして、我が子安徳帝への尽きせぬ思いを吐露した後に、女院は自ら泣き崩れた(17)。彼らのために祈りを捧げていることはついに語らないまま②で流される涙は、「嘆《ナケ》ク事モナシ」という言葉に反して、女院の心が未だ深い嘆きの闇の中にあることを物語る。屋代本①②の本文は、六道語りに先立つ「人々ニ後《ヲクレ》テ、中〱嘆《ナケキ》ノ中ノ喜《ヨロコヒ》也」という女院の宣言が、法皇を前にした一種の虚勢でしかなかったことを暴いてしまうのである。その心は、帰洛して出家した際の、

浮世ヲ厭ヒ、実ノ道ニ入セ給ヘ共、御歎ハ更ニ尽サセ給ハス。人々ノ今ハカウトテ海ニ沈ミシ有様、先帝ノ御面影、何ノ世ニカハ忘サセ給ヘキ。露ノ御命何ニカ、リテ今マテ消ヤラサル覧ト、思食ニ付テモ、尽セヌ御涙ヤム時モナシ。

から変わらないまま、本心から仏道に向かって歩み出せてはいない。語り終えると同時に流される②の涙は、女院にとって六道を経巡った経験が、仏道に専心する契機ではなく、ただ「嘆《ナク》ク」べき辛い過去の記憶としかなっていないことを示しているに他ならないだろう。屋代本が描くのは、一門鎮魂の必要性を知ってその供養に生きようとし、また自らの「臨終正念」をも願いながら、未だ「歎」を超克できないまま苦悩している女院の姿なのである(18)。このような文脈において、法皇還御の後に記される「イサ、ラハ」の歌は、出家の後に口ずさんだ「郭公花橘ノ香ヲトメテ鳴ハム

カシノ人ヤ恋シキ」という歌とも呼応して、現在の女院の心境を過不足なく表明するものとなり得ている。

五　屋代本・覚一本の位相

屋代本は、六道体験を契機として仏道へと踏み出す女院の姿を剥ぎ取ることで、その語りを、出家後も尽きない嘆きの表明へと純化させたのである。その訴えこそが、法皇の涙と「御訪」を引き出してゆく。このような構図が鮮明に浮かび上がる一方で、それに反比例するように、平家一門と安徳帝の救済を語る文脈は後退する。いわば屋代本は、六道体験を契機とする宗教的な救済よりも、二人の対面が現世においていかなる意味を持っていたのかということに、焦点を合わせて叙述された物語なのである。それは、八坂系第一類などと共通する構想を、さらに推し進めたところに成立したと見るべきものであろう。屋代本が、此岸において恩讐を解決しようとしていることはすでに指摘されている(19)が、先行する『平家物語』の部分を削ぐことによって、叙述を一点に集約させてゆくという性格と方法は、屋代本の一面として認めてよいように思われる(20)。

同時にそれは、そうして形成された屋代本の本文が、八坂系第一類などに対して全面的に古態を主張できるものではないことをも、意味することになるだろう。屋代本は、女院の嘆きの告白と法皇の慰撫という枠組みを有しつつ、一方では六道体験を経て一門救済の心を抱き、その祈りの果てに往生する女院の描写をも併存させている八坂系第一類のような本文から、後者を削ぐことによって生まれてきたと見るべきであり、その逆に屋代本から八坂系へという方向は、本稿の観点からは想定しがたい。そして、そのように考えるならば、屋代本と覚一本との関係についても、付言しておかなければならないだろう。従来、覚一本の灌頂巻については漠然と、屋代本のような本文から作られたといわれることが多かった(21)。しかし、女院の長い語りを聞いた後の法皇の言葉によって六道体験の宗教的意義を保証した上で、女院の往生を屋代本などとは比較にならないほど荘厳なものとして飾り立て、全巻の結びとしてふわさしいものに仕立て上げている覚一本の叙述が、屋代本的なものを下敷きにして作られたと見るよりも、屋代本と覚一本とは、異なる物語であることを志向してそれぞれ別の方向に発展を遂げたものと理解すべきであるように思うのである。すでに指摘があるように、屋代本と覚一本の間に共通の段階があったとするならば(22)、本稿で見た範囲に関する限り、その姿は、現存本の中では八坂系第一類のような本文を通してイメージするのが妥当であろう。

覚一本が、灌頂巻特立という形態をとっていることについても言及をしておきたい。龍宮の夢や、地獄道の独自記事における二位尼からの鎮魂依頼との関連や、「雪山偈」を介して「諸行無常」の序章との対応を目論んだとすることは、すでに説かれている(23)が、本稿の立場から重視したいのは、覚一本が、法皇の「御訪」に一切言及していないということである。無論のこと、覚一本の女院に嘆きがなかったわけではない。覚一本も、一旦は屋代本などと同様に、妹たちの援助によって生きることを恥じる言葉を女院の口から語らせている。さらに、屋代本にも見られた「イサ、ラハ」」の歌の前に

このごろはいつならひてかわがこゝろ大みや人のこひしかるらむ
いにしへも夢になりにし事なれば柴のあみ戸もひさしからじな

の二首の女院詠を置き、また、御幸に供奉した後徳大寺実定が書き残した

いにしへは月にたとへし君なれどそのひかりなきみ山辺のさと

の歌を目にして「こしかた行末の事共おぼしめしつゞけて、御涙にむせばせ給ふ」女院の姿をも描き出してさえいる。昔を恋い、都人を懐かしむ心がなかったわけではないのである。それでも法皇は、女院に対して手をさしのべることの

ないまま退場してゆく。そうした覚一本の叙述において、次のような記事の意味は、極めて重いのではないだろうか。覚一本は、「いざさらば」の歌のあとに、

抑壇浦にていきながらとられし人々は、大路をわたして、かうべをはねられ、妻子にはなれて、遠流せらる。池の大納言の外は一人も命をいけられず、都にをかれず。されども四十余人の女房達の御事、沙汰にもをよばざりしかば、親類にしたがひ、所縁についてぞおはしける。上は玉の簾の内までも、風しづかなる家もなく、下は柴の樞のもとまでも、塵おさまれる宿もなし。枕をならべしいもせも、雲ゐのよそにぞなりはつる。やしなひたてしおや子も、ゆきがたしらず別けり。しのぶおもひはつきせねども、歎ながらさてこそすごされけれ。是はたゞ入道相国、一天四海を掌ににぎッて、上は一人をもおそれず、下は万民をも顧ず、死罪流刑、おもふさまに行ひ、世をも人をも憚かられざりしがいたす所なり。父祖の罪業は子孫にむくふといふ事疑なしとぞ見えたりける。

と言葉を連ねる。女院を初めとする女房達が生き残ったことを、父祖清盛の罪業の報いとしてとらえているのである。他の女房達には、「歎ながらさてこそすごされけれ」という道もあったかもしれない。しかし、六道語りにおいて「我平相国のむすめとして天子の国母となりしかば、一天四海みなたなごゝろのまゝなり」との自意識を吐露する女院が、そのような生き方をすることは許されなかったはずだ。女院の背には、一門の鎮魂だけでなく、清盛の暴政によって滅びた人々の存在までもが負わされているのである(24)。女院は、その罪業を受け止め、残りの生を全うしなければならないのだ。覚一本は女院を、平家滅亡という事件の単なる被害者として、法皇と向き合わせているわけではないのである。このような認識とともに灌頂巻を十二巻の外に特立した覚一本にとって、法皇に慰撫される女院の姿は、物語の大団円にふさわしいものではなかっただろう。必要なのは、六道体験を契機として往生へと飛翔していく女院の姿なのであり、繰り返して記される女院の「歎」は、法皇の「御訪」を引き出すためではなく、それを超克して「父祖の罪業」

の清算を果たし得た、女院の往生の重さと尊さを語るためにある。灌頂巻特立という形態の中で「父祖の罪業は子孫にむくふ」の言葉を追加し、女院の往生を荘厳に飾るという物語の成立は、法皇による「御訪」の削除と表裏のものであったと考えたい。

注

(1) 引用は『屋代本高野本対照平家物語』三(新典社、一九九三年)により、適宜影印(角川書店、一九七三年)を参照した。

(2) 水原一は、延慶本に、法皇が女院のことを「心苦しく」思って御幸を決意したとあることや、法皇の来訪を知って顔を赤らめて恥じらう女院の描写が見えること、あるいは四部合戦状本が、法皇が女院との「御同宿」を望んでいたと記していることなどを挙げ、右の一文もそれに通じるものとしている。(「六道の形成」『平家物語の形成』、加藤中道館、一九七一年。初出一九六〇年)。丸谷才一「女の救はれ」(『群像』51―2、一九九六年二月)も、二人の男女関係を示すものと読む。

(3) 佐伯真一「建礼門院をめぐる噂と物語」(『国文学』43―5、一九九八年四月)および『建礼門院という悲劇』(角川書店、二〇〇九年)。

(4) このような意味での「訪」の用法は、屋代本では六代助命譚の末尾に、「母御前ノ大覚寺ノ幽《カスカ》ナル栖居《スマイ》ヲモ常ニハ訪《トフライ》奉ル」という形で、文覚が六代の母に対して行ったものとしての例を見出すことができる。

(5) 引用は日本古典文学大系『平家物語』下(岩波書店、一九六〇年)による。

(6) 村上学「「大原御幸」をめぐるひとつの読み―『閑居友』の視座から―」(『中世宗教文学の構造と表現　佛と神の文学』、三弥井書店、二〇〇六年。初出二〇〇三年)は、延慶本の〈大原御幸〉のモチーフが、『閑居友』から継承した「女院の自己救済の努力と傷つく心との相克」であることを指摘し、法皇と女院の問答を、「世俗的価値観に浸りきった」法皇による女院への「揺さぶり」と見て、示唆に富む読解を提示している。延慶本を主たる対象とした考察だが、本稿の問題意識も、村上論に多くを拠っている。

(7) 「後白河法皇の涙」(『軍記と王権のイデオロギー』、翰林書房、二〇〇五年。初出一九九八年)

（8）村上学注6論文は、この阿波内侍の言葉を「語り本の基本モチーフの構造を考える上で無視できない」とする。なお、四部合戦状本は、

思ひの外の御幸成りければ、世を捨てたる身とは云ひ乍ら、此の有様を見え奉る事も心憂く悲しければ、御菴室へも入らたまはず、山の中へも皈らせたまはず、立ち煩はせ御在す。「只此にて消えも失せばや」と思食しけれども、霜雪ならねば其れも叶はず。（『訓読四部合戦状本平家物語』、有精堂、一九九五年）

と動揺しながらも、やむを得ず法皇と対面したとする。右の記述は、長門本が傍線部を欠くことを除けば、他の読み本系諸本もほぼ同様である。ただし延慶本や『源平盛衰記』は、

「コハ何事ゾ。今ハカク可ㇾ思身ニアラズ。猶モ此世ニ執心ノアレバコソ、カクハ覚ラメ。サテハ仏ノ道ヲ傾ヒテムヤ」（延慶本）

と思い返した上で、法皇の前に立ったとする。

（9）引用は『校訂延慶本平家物語』（十二）（汲古書院、二〇〇八年）による。

（10）村上学「「大原御幸」をめぐるひとつの読み　続―『閑居友』から語り本への変質まで―」（注6前掲書所収）に指摘がある。また、池田敬子「女院に課せられしもの―灌頂巻六道譚考―」（『軍記と室町物語』、清文堂、二〇〇一年。初出一九九四年）は、屋代本などが延慶本のような説明を持たないのは、六道の意味が『六道講式』などを通じて当時の共通理解としてあったからだとするが、本稿とは観点が異なる。

（11）『平家物語』の女院の語りには本来「六道語り」の他に「恨み言の語り」「安徳帝追憶の語り」があり、語り本はそれらを手際よく「六道語り」にまとめているとする佐伯真一の見解も注意される。「女院の三つの語り―建礼門院説話論―」（『古文学の流域』、新典社、一九九六年）および『建礼門院という悲劇』（角川書店、二〇〇九年）。

（12）その後も「御訪」があったことを語らない覚一本の場合、屋代本などとは問題を異にするが、覚一本については後述する。

（13）引用は古典文庫『平家物語』下（一九九八年）による。八坂系第一類C種では南都本が古態とされるが、特殊な巻編成と混態により、本稿で引用する部分について第一類C種の本文を完全には備えていないため、相模女子大本を用いる。

（14）すでに、村上学注10前掲論文に指摘がある。

（15）相模女子大本では「わか身の命おしからねは、朝夕これをいのる事もなし」だが、八坂系第一類B種中院本では、「なけく」となっている。

(16)「是ヲ以テコソ六道ヲ見タリトハ申候へ」の文言は八坂系には見えないが、覚一本には、

…其後はいよく経をよみ念仏して、彼御菩提をとぶらひ奉る。是皆六道にたがはじとこそおぼえ侍へ」と申させ給へば、法皇仰なりけるは、「異国の玄弉三蔵は…

という形で、該当する記述がある。この一点からも、八坂系第一類と屋代本との間に直接の書承関係を認めることは難しいだろうが、屋代本が「人々」「我が身」の対句を崩していることは、八坂系との対照から窺い知られよう。

(17)覚一本の女院もここで涙を見せるが、

「異国の玄弉三蔵は…誠にありがたうこそ候へ」とて、御涙にむせばせ給へば、供奉の公卿殿上人もみな袖をぞしぼられける。女院も御涙をながさせ給へば…

とあるように、過去の聖人たちにも匹敵する貴重な体験として六道を見たことの宗教的な意義を保証する、法皇の言葉と感涙とが先立っており、女院の方から泣き崩れるわけではない。

(18)尾崎勇「屋代本『平家物語』の建礼門院往生の本質―『徒然草』第二百二十六段の「扶持」する慈円から―」(『熊本学園大学文学・言語学論集』32、二〇〇九年一二月)は、屋代本に「生身を削って、いろいろ手間取りながら、かろうじて往生する女院」の姿を読み取っている。本稿とは異なる観点からの論述であり、「現存の屋代本にある女院徳子の往生の物語は、原態ないしは生成・流伝初期の女人往生譚の復活」とする点でも立場は異なるが、屋代本の読解として重要なものであろう。

(19)松尾葦江『軍記物語論究』第三章―三(若草書房、一九九六年。初出一九九五年)。なお、松尾はその例として「法皇モ其《ノ》後ヨリハ、常《ネ》ニ御訪《ヒ》有《リ》ケルトカヤ」の一文を挙げているが、「御訪」をどのように解釈しているかは示されていない。

(20)この問題について、拙稿「屋代本『平家物語』試論―前半部の物語構造をめぐって―」(『国語と国文学』82―10、二〇〇五年一〇月)では、「悪行」という言葉の使用例から考察している。

(21)渥美かをる「平家物語灌頂巻成立考」(『愛知県立女子大学紀要』8、一九五五年一二月)など。

(22)千明守「屋代本平家物語の成立―屋代本の古態性の検証・巻三「小督局事」を中心として―」(『あなたが読む平家物語1　平家物語の成立』、有精堂、一九九三年)。

(23)池田敬子注10前掲論文および「覚一本の選択―二位尼と二つの遺言―」(『軍記と室町物語』所収。初出一九九九・二〇〇〇年)

(24)佐伯真一は、ここでいう死罪・流刑の最たるものが、鹿谷事件の犠牲者達の描写であることを指摘している(「平家物語の因果観

的構想—覚一本の評価をめぐって—」『同志社国文学』12、一九七七年三月)が、灌頂巻の「しのぶおもひはつきせねども、歎ながらさてこそすごされけれ」は、巻三で死を決意した俊寛が娘を思って言う「いき身なれば、歎きながらもすごさむずらん」という言葉を想起させる。なお、佐伯は、「父祖の罪業は子孫にむくふ」という因果観が、「儒仏の論理に媒介されつつ成立していた日常的次元での常識的な認識」に依拠したものであることをも論じている(「平家物語の因果観」『日本文学』32—4、一九八三年四月)。

II　刀剣伝承の文学

アーサー王のエクスキャリバーと「剣の巻」

多ヶ谷有子

一　アーサー王文学と『平家物語』と「剣の巻」

一－一　アーサー王物語

アーサー王物語はヨーロッパ中世文学の代表的な作品群の一つであり、一二世紀から一五世紀という中世後期のヨーロッパで、盛んに享受されたロマンス群の一つである。現在知られている物語の舞台は一二世紀頃の宮廷だが、アーサーの歴史的実在性については必ずしも定かではない。歴史的アーサーについていえば、もし実在したとすればおそらく五世紀頃のローマン・ブリテン時代にブリトン人を率いてサクソン人たちと戦った英雄であろうといわれている。当時のイングランドはローマ帝国の属領であったが、ローマ軍は本国ローマ自体の存亡が危うくなり周辺の国から引き揚げる。その結果サクソン人などの異民族侵攻に苦慮していたブリテン自体は、守りの要となる軍隊を失った状態で異民族を相手に国の存亡をかけて戦わなければならなくなった。この時代にサクソン人相手に戦った英雄がアーサーではなかったかといわれている。

　ブリトンの勇士アーサーはまずいくつかの年代記に登場する。アーサーの名が記されているわけではないが、アーサーと思しき戦士の勲が記述されている。年代記には次第に多くの逸話が加えられていき、アーサーは伝説化され、英雄化されていく。伝説化されたアーサーは一二世紀頃ヨーロッパで好まれたジャンルであるロマンスで語られることになる。ロマンスという単語はラテン語で「ローマ風に」という意味である。ローマを征服した民族がローマの高い文化を吸収していったことを表す象徴的な言葉であるが、ロマンスはいつしかある特徴を持つ物語をさすようになった。その特徴を簡単に言えば、戦士的騎士ではなく宮廷的騎士の物語であり、英雄中心ではなく貴婦人が主要な役割を果たす物語である。宮廷の雅な世界が舞台になるという点で、ロマンスは一言でいえば宮廷風騎士物語のことである。その中でも非常に好まれたのがアーサー王の物語であった。

　アーサー王伝説が年代記からロマンスへと発展していく転機となる重要な作品が、一二世紀年代記作家であるジェフリー・オブ・モンマス(Geoffrey of Monmouth)の*Historia Regum Britanniae*(c. 1136、『ブリトン列王史』)である。この年代記は近代以降の歴史的視点から見れば、虚実入り乱れた物語を記す信頼できない資料である。年代記作家とは現代の歴史家であるが、当時の歴史の考え方は現代とは異なっていた。英語で歴史は〝history〟だが、頭の〝hi-〟を取れば〝story〟になる。当時の歴史家は〝history〟と〝story〟の区別を厳密にはつけなかった。ちなみに後期ラテン語では〝hi-storia〟の〝hi-〟は落ちる。現代イタリア語では歴史も物語も〝storia〟である。というわけで、ジェフリー・オブ・モンマスの年代記には史実にはない事跡が数多く記されている。その一つがアーサー王についての記述である。中世時代に物語られたアーサー王物語の骨格のほとんどは彼の手によるといわれている。これ以降アーサーの物語はさらに伝説化され、ロマンス化され、円卓、聖杯、円卓の騎士たちなど、現在アーサー王ロマンスの物語として知られている多くのエピソードが加えられていった。そして中世最後にサー・トマス・マロリー(Sir Thomas Malory)がアーサー王物語集大成ともいうべき散文ロマンス『アーサーの死』(*Le Morte Darthur*)を著した。アーサーの物語は中世後期を通して人々に人気を博し享受された。しかし近世になると騎士物語、ロマンスは人々を魅了することは叶わず、近代の小説にその寵愛を譲ることになった。

マロリーの物語はイギリス最初の印刷業者カクストン(Caxton)による版が知られていた。しかし一九三四年にウィンチェスター写本が発見された。ヴィナヴァー(E. Vinaver)がこれを校訂し、一九四七年に初版が出版された(1)。彼はその序文で、新しい写本によればマロリーの物語はこれまでよく知られてきたカクストン版とは異なる、ウィンチェスター版は首尾一貫した一つの物語ではなく独立した八つの物語集である、と主張した。その主張に基づき、第一版は『サー・トマス・マロリー物語集』(*The Works of Sir Thomas Malory*)というタイトルで出版された。出版と同時に一つの物語であるか物語集であるかについて大論争が起こった。次第に極端な主張は淘汰され、ヴィナヴァー自身も当初よりはトーンをやわらげた。筆者の見解では、中世の物語は現代の小説論でいう厳密な意味での首尾一貫性のもとに理路整然と論理的に語られていない、行きつ戻りつあれやこれやを取り留めなく語っているように見える、が、全体を見れば流れや方向があり、大らかで緩やかな始めと真ん中と終りをもつべく語られている。ちなみに、明治時代にイギリスに留学した夏目漱石もアーサー王物語を題材にした作品『薤露行』を書いたが、漱石が読んだ物語はカクストン版でウィンチェスター版は読んでいない。

一―二　『剣巻』の英語圏における受容

日本の中世英語研究者が『剣巻』に関心をもつに至ったのは、イギリス最古の叙事詩『ベーオウルフ』(*Beowulf*)の怪物グレンデルの片腕を英雄が引きちぎり後日それを怪物の母親が取り返しに来るという場面と、『剣巻』の中の渡辺綱の鬼の片腕斬りと女の姿に化けた鬼の腕の取り戻しの「綱伝説」の類似からであった。

「綱伝説」は、ヨーク・パウエル(Y. Powell)がベルタン(L. E. Bertin、一八八五―一八九〇年在日)の仏語文献を参考にしながら一九〇一年、『ベーオウルフ』の類話として紹介した(2)。その典拠が『剣巻』なり『平家物語』であるとの指摘はなかった。日本の「子ども用絵本」、黄表紙、黒本、赤本といわれる草子類を参照したようである。その後一九〇三年、キトリッジ(Kittledge)がアーサー王関係の論文において、幕末明治の在日英外交官ミットフォード(Mitford)の *Tales of Old Japan* の引用をもとに『ベーオウルフ』と並べて「綱伝説」を紹介した。パウエル論文は影響力の大きいチェンバーズ(Chambers)の著書などに引用され、ベーオウルフ学者に広く知られ、『ベーオウルフ』と「綱伝説」の類似を論ずるときの基本文献となった。小泉八雲はパウエル論文と同じころ帝大の講義で両者の類似を紹介した。これらを経て綱伝説は、特に研究がなされたわけではないが、西欧のベーオウルフ学者によって類話として意識された。外国人による指摘が先行した理由としては、『ベーオウルフ』の写本が知られるようになったのは一八世紀で『ベーオウルフ』研究はその後のことであるから、一般には欧米人でも『ベーオウルフ』を知る人は少なく、一方「綱伝説」は日本では誰でも知っていたので、日本人が『ベーオウルフ』を知るより、『ベーオウルフ』を知った外国人が来日して、あるいは来日外国人を介して日本の話を知った方が先だったと考えられる。外国に『剣巻』が知られるようになったのは、まずは『平家物語』の翻訳からであった。

『平家物語』の英語全訳は三種類ある。

1. Sadler, A. L. tr. *The Heike Monogatari*. 2 vols. Tokyo: Kimiwada shoten, 1941.
2. Kitagawa, Hiroshi & Bruce T. Tsuchida, trs. *The Tale of the Heike*. 2 vols. Tokyo: University of Tokyo Press, 1977.
3. McCullough, Helen Craig. tr. *The Tale of the Heike*. Stanford: Stanford University Press, 1988.

右記のサドラー訳に〝The Book of Swords〟が付いている。よくも訳されたとの感謝と感慨はあるが、サドラー訳にはいくつかの問題点がある。一九四一年の訳であり、現在の学問的状況にとっては古いということが一つである。また誤解からくる誤訳が散見する。貴坊《きはう》(殷の将軍)に〝Unknown,' One text has 貴防 perhaps read 鬼防 Demon-repelling, Dr. Okada〟との注をつける、表記の誤読であるが「三七日《みなのか》」を〝from the third to the seventh day〟と訳す、ということが間々見られる。しかしこうした誤解は外国人のみならず日本の中世英語研究者にも見られる。宇治の橋姫が松明《たいまつ》を咥《くわ》える場面である。両端が燃えている一本の松明を口に咥える図を、二本の松明を咥えてと訳したものがある。パウエルの指摘は必ずしも『剣巻』記載の筋に基づいたものではないが、『ベーオウルフ』の類話としての「綱伝説」のおおもとが「剣の巻」であることは確かであり、校訂された註釈付の「剣の巻」英訳が新たに出ることを期待したい。

一―三　日本の中世英語研究者における『剣巻』の受容

パウエルの指摘や小泉八雲の講義の後、日本の複数の英文学史の *Beowulf* の個所で「綱伝説」との類似が指摘された。ここ二〇年くらいのことで言えば、『ベーオウルフ』の翻訳で知られる忍足欣四郎氏は一九八八年、〝A Japanese Analogue of *Beowulf*〟で『太平記』巻第三十二の該当部分と謡曲『羅生門』を英訳し、パウエルが紹介した話は〝The Book of Swords〟にあると紹介した。日本のベーオウルフ学者はこの指摘で『剣巻』を意識するようになったと言ってよい。しかし『剣巻』を誠実に読んだかというと疑問がある。一九九八年、島津久基氏の『羅生門の鬼』の一部を引き写しただけの英語論文が出て内外で評価され、以後それに基づいた書評などが出たり、資料に当たっていない講演や指摘が出たり、といった事例もある。そのため筆者はまず島津著書を正しく評価し、その分野での更なる研究を進めるべきとの意図で考察を進め、二〇〇八年の著書で各種検討し、また『太平記』巻第三十二の「連れ去られる綱」とグレンデルの母妖怪に拉致されるアシュヘレとの対比、『日本霊異記』の道場法師の鬼退治との並行性などを検討し、そのテーマを継続している。

二　アーサー王物語のエクスキャリバーと『剣巻』の草薙剣

二―一　マロリーの『アーサー王の死』―二振りのエクスキャリバー

アーサーの剣で名高いエクスキャリバーは、現代英語でカリバーン(Caliburn)という名で、一二世紀前半ジェフリー・オブ・モンマスの年代記にはじめて登場する[3]。エクスキャリバーとは〝ex + caliburnus〟である。カリブルヌス(Caliburn-us)の原意は「鋼」で、剣が何からできているかを示唆している。ジェフリーはこれはアバロンで鍛えられ、ガウェインの騎士叙任式でアーサー王が与えた剣であると語る。つまり、本来はガウェインの剣であったが、後にアーサーの剣として描かれるようになったのである。

この剣は、中世ウェールズ伝承を集めた物語集『マビノギオン』(Y *Mabinogion*)中の『キルッフとオルウェン』(*Culhwch and Olwen*)に登場する。ここではカレトヴルッフ(Caletuwlch, Cledfwlch)の名を持つアーサーの剣である(〝calet〟「硬い」、〝bwlch〟「vの刻み目」＝硬い切先)。カレトヴルッフはアイルランド伝承ではカラドボルグ(Caladbolg)に相当し、「硬い剣」、「硬い鞘」、「硬い稲妻」の意味である。これはまたアイルランドの物語 *Tain bo Cualnge*(*The Cattle-Raid of Cooley*『クーリーの牛争い』)に登場するフェルガスの剣である。カラドボルグは妖精に鍛えられ、一振いすれば虹と同じ大きさになり、一振いで三つの山の頂きを切り落とすほど威力ある剣と語られている。

エクスキャリバーは、ヘンリー二世のお抱え詩人ロベール・ワース(Robert Wace)の『ブリュ物語』(*Le roman de Brut*)ではキャリボール(calibour)の名で登場する。その後マリ・ド・シャンパーニュとフランデル伯フィリップに仕えた一二世紀フランスのクレティアン・ド・トロワ(Chrétien de Troyes)の『ペルセヴァル』(*Perceval*)や一三世紀の『散文ランスロット』(Prose *Lancelot*)にも登場する。アーサーの剣はクレティアンの物語ではエスカリボール(Escalibor)である。アーサー王の剣はここではじめてキャリバヌスに〝Ex-〟の付いた形のエクスキャリバーという名で登場する。エクスキャリバーが湖の乙女から与えられ最後に再び返すという挿話は、物語が発達する段階で組み込まれ、中世最後のアーサー王物語の語り手であるマロリーもそれを継承した。

二―二　一振り目のエクスキャリバー

アーサー王の宝剣エクスキャリバーについて、具体的に登場する場面を取り上げながらどのように描かれているかをみていく。

エクスキャリバーが登場する最初の場面は、ウーサー・ペンドラゴン崩御に続く一齣である。新王決定に伴う混乱中に迎えたクリスマスの第一ミサの後、教会の庭に抜き身の剣が突き立てられた大きな石が現れ、この石から剣を抜いたものが新王になると記された文字が見えた。そこでイングランド王候補者を集めるために馬上槍試合が開催され、アーサーも養い親の騎士エクターとその息子ケイとともにやってきた。ケイの従者であったアーサーは試合当日剣を忘れたケイのために剣を取りに宿舎に戻った。しかし宿舎は鍵がかかり中に入れず、教会の庭にあった石から剣を抜きとりケイのもとに戻った。その後、ケイや他の騎士も石から剣を引き抜こうと試みたが果たせず、結局、アーサーだけが剣を引き抜くことができた。アーサーは誕生後すぐにマーリンによってエクターに養育を託された正統の王子だった。こうしてアーサーは王位に就いた。その後、彼を王と認めない敵を相手にアーサーはエクスキャリバーを振って戦う。この剣はアーサーの宮廷が隆盛に向かい始めた頃、ペリノールとの闘いのさなかに刃が折れる。

二―三　二振り目のエクスキャリバー

石から引き抜いた剣が折れたとき、魔法使いのマーリンは新しい剣がアーサーを待っていると告げた。アーサーはマーリンに導かれて湖に至り、湖の乙女から見事な剣を得た。そのときマーリンは、エクスキャリバーの鞘には持主の血を失わせない、つまり、死なせない効力があるゆえ、剣そのものよりも鞘の方が大切であると教えた。アーサーはそれを異父姉モルガン・ル・フェイに預けた。彼女は本物のエクスキャリバーを恋人アカロンに与え、偽のエクスキャリバーをアーサーに渡し、両者を闘わせた。アーサーは前半苦戦するが、途中で手にしている剣が偽者と気づき、本物のエクスキャリバーを奪い返し、結局アーサーが勝利をおさめる。モルガン・ル・フェイは再びエクスキャリバーを盗もうとアーサーの部屋に忍び込むが、アーサーの手中に剣があるのを見て鞘を盗む。彼女はアーサーに追跡され鞘を水中に投じた。鞘は水没して失せた。

最後の戦いでアーサーは瀕死の重傷を負いアバロンの島に渡る。直前にアーサーはベディベールにエクスキャリバーを水中に投じるよう命じた。彼は剣の価値を惜しみ、二度王の命令に背き隠し置いた。しかし王の憤りに意を決し、三度目に命じられたとおり水中に剣を投じた。すると水の中から手が現れ、剣を掴んで水中に消えた。

二-四　二振りのエクスキャリバー

マロリーの物語には二振りのエクスキャリバーが登場する。一振りはアーサーがイングランド王であることを証明した最初の剣である。もう一振りは湖の乙女から借り受け湖に戻した剣である。一般には、マロリーが下敷きにした物語との関わりから言えば、湖の乙女から借り受けた剣がエクスキャリバーである。マロリーの物語はそれまであった多くの物語をもとにつくりあげられたもので、複数の異なった剣の物語を複数ともに取り入れて再話されたためにこのようなことが起こったと思われる。しかしこれを混乱とみるのではなく、それぞれに役割を持つ二振りのエクスキャリバーと見ることができると考える。

マロリーは大きくはアーサー王の盛衰を描いており、この視点から見れば、二本の剣が王位の証明と武勇の証明として登場しており、剣が大きな役割を果たしているからである。アーサーが引き抜いた最初の剣は、彼が王位に相応しいことを証明している。石から剣を引き抜く行為は王位が神意によって決定されたことの象徴である。クリスマスがキリスト降誕の日であることを考慮に入れれば、王は神意によるという思想が強調されているととれる。アーサーは神意によって選ばれたことを表象する剣で、アーサーの王位の正当性が示唆される。この剣は役割を果たすと不用のものとなる。

一振り目のエクスキャリバーが折れたあとに得た二振り目のエクスキャリバーは、アーサー王の英雄としての資質を証明する。二振り目のエクスキャリバーには他のロマンスや武勲詩に描かれる英雄の剣同様、戦いで優れた働きをする剣はそれにふさわしい勇士を選ぶという思想が見られる。アーサー、ローラン、ベーオウルフなど、優れた勇士は、精神も強く剛毅で、怯惰や優柔不断とは無縁である。与えられた運命をまっすぐ受け入れ、ひたむきにその道筋を進む。ヨーロッパの剣と英雄にはそのような関りがある。

こう解釈すると、マロリーの物語の中で二本のエクスキャリバーが描かれるのはそれなりに理由がある。石から引き抜いたエクスキャリバーはアーサーの王の血筋と資質を証明する剣である。二本目は英雄の剣としてアーサー王一代のみに貸し与えられる。それゆえアーサーは舞台から退くとき元の持主に返す。二振りの剣は、剣をもつ者が王としてふさわしいことを証明すると同時に、戦いにおいての実際の武器としても有用であることを証明していることがわかる。

三　二振りのエクスキャリバーと草薙剣の運命の解釈二様

三―一　十柄剣・草薙剣

『剣巻』は草薙剣と内裏に伝わる宝剣及び源氏に伝わる名剣の物語であるが、ここではエクスキャリバーとの関わり、英文学との関わりから主に草薙剣を取り上げる。「草薙の篇」（水原一氏の用語）に登場するのは十柄剣《とつかのつるぎ》と草薙剣《くさなぎのつるぎ》である。素戔嗚尊《そさのおのみこと》は高天原を追放され出雲に降り立つ。そこで八岐大蛇《やまたのおろち》に捧げられることになっていた稲田姫《いなだひめ》を救い結婚して婿となる。そのとき草薙剣(天叢雲剣《あめのむらくものつるぎ》)が八岐大蛇の尾から見出され、天照大神に捧げられた。結婚の引出物は鏡(内侍所)である。剣鏡については、崇神天皇が元のものに似せて鏡剣を作らせ、元の剣鏡は伊勢神宮へ納めたということになっている。

天叢雲剣を素戔嗚尊に取られた八岐大蛇は何度か剣を取り戻そうと試みた。新羅の沙門道行が熱田に納められた草薙剣を盗むが剣自ら戻った。二度目の時も自ら戻った。三度目には住吉大明神が追手となり奪還した。生不動《いきふどう》(将軍)がこの剣を奪おうと七の剣で攻めたが果たせず、七の剣も奉納され八剣《やつるぎ》大明神となった。ついには安徳天皇に生まれ変わり剣を取り戻そうとした。平家は壇ノ浦の戦いで滅び、その時二位殿は安徳天皇とともに宝剣を携えて海に没した。本物は熱田神宮に納められたがそれと霊力の変わらない剣は八岐大蛇が取り、安徳天皇とともに西海に沈み、龍宮に納められることとなったと物語は語る。

三―二　水に沈んだ草薙剣はどの剣か

『剣巻』では水没したのは草薙剣ではなく新剣(改鋳された模剣)となっているが、草薙剣を語る『平家物語』は海中に没した剣について二通りの筋を語る。アーサー王の剣についても二振りのエクスキャリバーを語っており、その相似性について一考する。

安徳天皇入水と共に海中に沈んだ「宝剣」が草薙剣そのものか新剣かについて、『平家物語』諸本の記述がそれぞれ微妙に異なることもあり、さまざまに議論されている。草薙剣か新剣かの疑問は、内裏にあった草薙剣を伊勢神宮に移す際に新剣を鋳造して内裏に置くようになった、という記述が『平家物語』諸本のいくつかに見られるためである。そのため草薙剣と新剣の二振りがあることから、沈んだのはどちらかということになるわけである。

①最も簡略ではっきりしているのは、新剣については沈黙する『平家物語』である。新剣がないという前提であるから沈んだのは草薙剣そのものということになる。このように読める諸本は、管見に入った『平家物語』のなかでは、

1　『彰考館鎌倉本　平家物語』の「剣の巻」
2　『屋代本平家物語』の本冊の「宝剣事」
3　『平家物語竹柏園本』の「宝剣事」
4　『平松家本平家物語』の「宝釼之事」

がある(4)。なお語り系では最も古態と言われている『屋代本　平家物語』は、本冊の「宝剣事」と別冊の「平家剣巻」の記述が異なる。本冊では天武天皇が草薙剣を召して内裏に置き「宝剣と名付」けられ、これが「二位殿の腰に指て海に沈」んだ展開になっているが、別冊では「後の宝剣」つまり「作替え」た新剣が沈んだと解釈できる。

②「新剣の鋳造」(つまり「模剣を造った」旨)の記述はあるが、「天武天皇が草薙剣を内裏に召した」旨の記述もあり、「草薙剣そのものが海に沈んだ」と読める諸本である。覚一系の諸本がそうで、岩波大系、新体系など、現在出版されている多くがそうである。管見に入った『平家物語』のなかでは、

1　梅澤和軒著『評釈平家物語』
2　『高野教授旧蔵本平家物語』(岩波新体系)
3　『龍谷大学図書館蔵本平家物語』(「劔」の章段)(岩波大系)

がある。ここでは草薙剣そのものが内裏の宝剣で、これが失われたことになっている。

③「模剣を造った」旨が明記され、かつ「天武天皇のとき草薙の剣を熱田神宮に返した」旨の記述があり、草薙剣は熱田神宮にあり「模剣が海に沈んだ」とする諸本である。天武天皇が草薙剣を熱田神宮に返したことは『日本書紀』の記事に従っている。管見に入った『平家物語』のなかでは、

1　『延慶本平家物語』
2　『四部合戦状本平家物語』
3　『南都本平家物語』

4『長門本平家物語』（国書刊行会本）
5『源平盛衰記』

の諸本がある。

四　借りた刀（剣）と水

四-一　元の持主に戻るモチーフ

エクスキャリバーも草薙剣も二振りの剣が物語の筋に関わる。エクスキャリバーの場合、王位の正当性を照明する一振り目の剣と英雄であることを象徴する二振り目の剣はともにアーサー王の所有である。『剣巻』の場合、「草薙の篇」は内裏の宝剣で帝を守る剣であるが、英雄の剣は「源氏名剣篇」で語られる。一方が、王も英雄も騎士であり、二振りの剣がアーサーに与えられるのに対し、他方は、レガリアは帝に英雄の剣は武士に与えられる点が興味深い。

エクスキャリバーの場合、一振り目は刃が折れ二振り目は元の持主に返される。アーサーの二振り目の剣には「剣が元の持主に帰る」モチーフが語られている。『平家物語』の場合、上記のように、沈んだのは草薙剣そのものと語る物語と、草薙剣の本物は熱田神宮にあり模剣が海に沈んだと語る物語に二大別される。模剣が水没したと語る『平家物語』諸本中、草薙剣がもとは天照大神のものであったと語るものがある。

『延慶本平家物語』、『南都本平家物語』、『長門本平家物語』、『源平盛衰記』をみると、多少の相違はあるが、宝剣の元来の持主は天照大神で、まず宝剣は八岐大蛇から元来の持主である天照大神の元に戻り、次いで天孫に授けられて内裏に安置され、その後伊勢神宮（天照大神）に移り、次いでヤマトタケルに与えられ、最終的に熱田神宮に安置される。このように元の持主が天照大神であるとする上記諸本では、元来の宝剣（草薙剣）は最終的に熱田神宮に収められ、崇神天皇のときに鋳造された新剣が海底へ沈む。

熱田神宮HPや由緒書によれば、「ご祭神の熱田大神とは、三種の神器の一つである草薙神剣《くさなぎのみつるぎ》を御霊代《みたましろ》としてよらせられる天照大神のこと」である。従ってこの場合についても元来の正当な持主の場に落ち着いたと語っているといえるだろう。「熱田大神」が「天照大神」であるとする信仰については、『熱田明神講式』には「彼の叢雲釼者、天照大神の御正体」との文言がある[5]。解説には底本である高野山金剛三昧院本（高野山大学図書館所蔵）は「南北朝時代の書写にかかると推定され」「二条天皇の御代…（一一六〇―六五）に撰述されたと推定される」もので、「大明神とは天照大神の御正体であると説く。すなわち天叢雲剣であると明言」している。従って遅くとも南北朝時代、おそらくそれを遡る時期に既に「熱田大神」が「天照大神」であるとする信仰はあったと考えられる。とすると『平家物語』や『剣巻』諸本が編纂、述作されつつあった時期に、熱田＝天照大神という信仰も既に存在していたと思われる。それならば、天叢雲剣（草薙剣）の元の持主が天照大神であるとする立場では、剣が熱田神宮に安置されるのは、まさに「剣が元の持主に返る」モチーフを語っていることになる。『剣巻』が、「剣が元の持主に戻る」、「剣が正当な持主のもとに戻る」ことに拘るのは、源氏の名剣二振りが頼朝のもとに納まることが、草薙剣の場合と同様、正当であると主張したいためと考える。

『剣巻』の剣とアーサーのエクスキャリバーを比較したとき、いずれの場合も①レガリア、②奪われた（または借りた）剣の取り戻し、③水、④零落した神、というキーワードが浮かび上がってくる。

五　エクスキャリバーと草薙剣の相似性

五―一　レガリア

『剣巻』冒頭に「刀剣礼賛の序」（松尾葦江氏の用語）があり、「（漢の高祖）沛公は白蛇の霊を斬って天帝の名を出だすことを得」たと記されている。白蛇を斬った「斬蛇《ざんだ》剣《けん》」は漢の帝位を象徴するレガリアとなった(6)。西嶋定生「草薙剣と斬蛇剣」によると、レガリアとされたのは確実には後漢からしい。「斬蛇剣」は漢滅亡後に晋が所有し、元康五年（二九五年）火災にあう。そのとき「斬蛇剣」は屋内から飛び出し行先不明になったという。この斬蛇剣が日本へ飛来したという伝承がある。藤原孝範『明文抄』一帝道部上の付注に、斬蛇剣が飛び出して本朝に至り「今之宝剣、是也云々。」とする理解があったと示されている。それによれば、内裏に伝わる宝剣は実は漢の高祖の斬蛇剣なのだ、と考えられていたということになる。内裏に伝わる我国の「宝剣」が、実は元来漢の帝位を象徴していた宝剣で大陸から飛んでやって来た、という考え方が実際にあったことがわかる。皇位継承のレガリアである宝剣が草薙剣であると信ずる立場がある一方、内裏の宝剣は草薙剣とは無関係という考え方も、実際にはあったわけである。

『剣巻』では『記紀』の草薙剣の由来譚がやや変形されて記されている。『紀』では出雲簸川《ひのかわ》に降りた素戔嗚尊が八岐大蛇を退治し、その尾から得た草薙剣がレガリアとされたことになっている。この大筋は『剣巻』も踏襲している。八岐大蛇退治と草薙剣の話は『出雲国風土記』には見えない。これについて、この記事は天武天皇の意思によって国史に記されたとする説がある。西嶋論文は推定する。天武天皇は自らを漢の高祖に準《なぞら》えていた、「天武朝を漢王朝に擬定する」天武天皇には、「近江朝を滅亡させた天武朝の正当性を示す」ため「宮中に保持されていた宝剣を漢王朝の斬蛇剣に擬し、これを神璽の宝器とすることが有効であった」、八岐大蛇退治伝説が「上古の伝承中で…斬蛇に関して類似性をもつものであった」ため、草薙剣を斬蛇剣に準え、「宝器(レガリア)」とするに至った、と。

一方、アーサーのエクスキャリバーは前述したとおり、二振りとも神意によって与えられた剣である。この剣は一代に限って与えられ、その役割を終えると一方は無用となり、他方は元の持主に戻される。いずれの剣も持主の王位なり帝位なりを象徴するものとして物語られている。

五―二　奪われたものの取り戻しまたは借りた剣

「草薙の篇」において八岐大蛇は奪われた剣を執拗に取り戻そうとする。「源氏名剣篇」では、綱に片腕を斬られた鬼が詐術をもって腕を取り戻す挿話が語られる。八岐大蛇の場合、望んだ宝剣そのものか否かは物語によるがともかく剣を得る。すなわち「草薙の篇」全編には「奪われた物の取り戻し」のモチーフがあり、「源氏名剣編」ではそのモチーフが縮小された形で繰り返されている。エクスキャリバーの場合、奪われたものではないが剣は元の持主に戻される。剣はまず石から抜かれ王者たる者を示すが元の持主は不明である。アーサーは剣を得るがこの剣は折れ新剣を湖の乙女から得る。モルガン・ル・フェイはこれを盗もうとして果たせず鞘を盗む。最終的に剣はアーサーから湖の乙女に戻される。

『剣巻』の八岐大蛇の剣(草薙剣)の由来は、まず八岐大蛇の尾から出たもので持主は八岐大蛇だが、元は天照大神所有で高天原から落としたと語る物語がある(7)。こう語る物語にそって剣の行方を辿ると、(アマテラス→)大蛇→スサノオ→伊勢神宮→ヤマトタケル→熱田→内裏→奪還の試み(道行・生不動・伊吹山の神・安徳天皇)→最終的に西海に沈む(龍宮・八岐大蛇《やまたのおろち》の奪還と語る物語もある)となる。ちなみに、『剣巻』の源氏の名剣鬚切・膝丸の由来は、元の持主は源氏の棟梁の満仲で八幡の加護で完成したものである。その後流転し、名前は変えられるが奪還の試みはなく、最終的に源氏の棟梁、鎌倉殿(頼朝)の手に入る。正統の持主のもとに納まってめでたい、と語っていると読める。

「剣が元の持主に戻る」テーマについて『平家物語』の「剣」関係では、アマテラス→アマテラス、ヤマタノオロチ

→ヤマタノオロチのいずれかが本来であり、アマテラス→ヤマタノオロチという筋は何らかの意図のもとにデフォルメされた形と考える(8)。それならばモルガン・ル・フェイのエクスキャリバー奪取の試みは、八岐大蛇による取り戻しの試みと呼応できるだろう。

五－三　水との関わり

八岐大蛇が剣を得ると語る『剣巻』と二振り目のエクスキャリバーを対照させた時に共通する、借りた剣(刀)と、水に関わりがある、という点に注目したい。八岐大蛇を簸川の水霊と考え、湖の乙女を湖の霊と考えるならば、『剣巻』の宝剣とアーサーのエクスキャリバーはいずれも剣が水霊から現世に与えられ、現世から水霊に戻される図式になる。この「奪われたもの(借りたもの)の取り戻し」のモチーフは、「剣が当初の持主に戻る構造」、「借りた剣が戻される構造」という共通のテーマを構成する。草薙剣の場合、二振り目のエクスキャリバーのようなきれいな図式にはならないが、草薙剣そのものが水中に没する物語については、水から現れ水に戻っていく図式に当てはまる。八岐大蛇が草薙剣そのものでなく新剣を得る物語の場合、八岐大蛇は草薙剣については二番目の所有者であり、元来の宝剣を模して作った、いわば二番目の宝剣(新剣)を得たと解釈できる。それならば、これはこれでそれなりの剣がそれなりの持主のもとへ行ったといえるだろう。この筋書きを読むならば、元来の宝剣は正当な熱田神宮の所有のままであり、失われてしまった内裏の宝剣(新剣)は元来の宝剣の二番目の所有者であった八岐大蛇のもとに納まったということで、ともかくも宝剣喪失の史実の合理化がなされたことになる。

五－四　零落した神または王の交代

いずれも水没することによって剣がそれなりに正当な持主に戻る、という点に注目したい。これを古い神から新しい神への交代という図式で見ることはできないだろうか。八岐大蛇はかつて祀られていた水神であり、文化神である素戔鳴尊に退治される妖怪に零落した、と見る見方である。

八岐大蛇の語源を、「ヤマタ」は「山田」で『古事記』の「山田のソホドの神(案山子)」のヤマタと見ることができる。案山子は穀霊である少彦名神《すくなひこなのかみ》／少名毘古那神の憑代《よりしろ》である。したがって「山田」は穀物などを実らせる田畑であり大地を指す。「オロチ」は「オロ(山峰)」＋「チ(霊)」、また「尾の霊」という説もある。尾である草薙剣は「オロチ」そのものと解し得る。以上のことから、八岐大蛇は山田(＝大地、豊穣)の霊(＝水霊、川の神)、捧げられる犠牲は川(簸川)の氾濫による被害と解釈したい。素戔鳴尊が助ける老夫婦(足名椎、手名椎)と娘稲田姫《いなだひめ》の場合、足名椎は「あし」(＝あぜ、畦、「あ」)の霊、手名椎は「て」(＝田)の霊との説がある。稲田姫は稲の姫であり、畦を水の道と解すれば、男神である畦(水路)が田神である女神に水を供給し、稲である姫を産むというわかりやすい図式になる(9)。豊穣神八岐大蛇は簸川の象徴で水を与えるが、一方で氾濫し多大な被害をもたらす、つまり、犠牲を要求する。素戔鳴尊は犠牲を要求する古い神の八岐大蛇を妖怪と見て退治する。八岐大蛇は零落した水霊であり、新来の英雄神に退治され取って代わられる。

エクスキャリバーは女神からアーサーに一時的に貸し与えられた剣であるが、湖の乙女を水霊と考え、以上のように八岐大蛇を水霊と見ると、湖の乙女から与えられ戻されるエクスキャリバーと並行する(10)。八岐大蛇から素戔鳴尊へ、アーサーから新しい王へ、という移行には古い王から新しい王に交代する構図が見えてくる。

おわりに―剣の彼方に見る志

アーサーの瀕死の重傷とアバロン行きは、最後の戦いであるモードレッドとの闘いの後に迎える場面である。モードレッドはアーサーの甥である。母親はモルガン・ル・フェイの妹、つまりアーサーとは父親違いの姉である。アーサーが彼女を彼自身の姉であると知らずに床をともにし、生まれたのがモードレッドである。従ってモードレッドはアーサーの甥であると同時に息子である。アーサーとモードレッドとの最後の戦いは父子の戦いであり、アーサー王伝説の母体となったケルト神話の、新王の候補者が古い王に挑戦する形の名残である。この戦いでモードレッドはアーサーに斃されるが、アーサーも表舞台から退場する。鍵を握るのはエクスキャリバーを持つ湖の乙女である。乙女の役割を思えば、エクスキャリバーが新王に与えられる可能性がないわけではない。しかし物語はそれを語らない。エクスキャリバーはアーサーの剣として、ローランのデュランダルと同様、アーサー一代に与えられた剣としてアーサーの英雄性を表す。

アーサーの物語は中世以前からの多くの伝承や神話的なものを多く巻き込みながら物語の成立に至った。その点では『平家物語』や「剣の巻」と似た成立事情がある。またアーサーが王になるまでの過程とアーサーの最後の戦いは、ヨーロッパの伝統のいう叙事詩的要素は多々あるが肝心なところで叙事詩になりきれない。『平家物語』は日本の叙事詩との見方もあるが、ヨーロッパ文学の視点に立てば叙事詩といえない。両者共通する点は多々ある。では、アーサー王ロマンスと『平家物語』には決定的な違いは何か。プラトンやアリストテレス哲学の「模倣」や「再現」の概念を表す言葉をタイトルにした著書『ミメーシス』の中でアウエルバッハは、中世のロマンス文学の本質的な特徴として「現実的基盤がない」ことをあげている(11)。まさに、アーサーのエクスキャリバーを語る物語と『剣巻』の本質的相違は、アーサーの物語に「現実的基盤がない」、すなわち歴史的視点がないということなのである。松尾葦江氏は「『剣巻』は、名剣の伝来をその軸に据えるという構想による、歴史物語の一種である」と述べておられる(12)。短くも『剣巻』の物語の性格を把握する上で本質を突く言葉である。

アーサーの物語では剣を通して騎士の志が語られるが、武勇に優れ礼儀に篤いといった概念的抽象的な言い方でしか表現されない。抽象的であるだけ一層、理想的な徳としての志がうたわれ、聴衆の心は高揚し、アーサーの世界を理想の極致になさしめる。そこで讃えられる理想や志は、宇宙の魂、真実が抽出された核のごとく普遍的ではあるが、歴史的視点はもちろん具体性を持つことが無い。

一方「剣の巻」は史実がその根底にある。慈円は『愚管抄』のなかで、草薙剣の水没について、安徳天皇の御代までは宝剣が帝の守りとなっていたが、武士の世となって無用となったために宝剣は失せた、と記している。これは宝剣の喪失の一端を武士の世になったことの象徴的な出来事と理解した慈円の歴史観と見られる。内裏の宝剣が失われるということは、天皇の入水とともに、驚くべきことであり、あり得べからざることだったに違いない。そのため、特に宝剣喪失については様々な理由付けや合理化が考えられたであろう。入水した安徳帝が実は大蛇の化身であったというのも合理化の一つであろう。失われるはずのない宝剣喪失についても、これは模剣で元来の宝剣は熱田社にあると、諸本の多くで合理化された。草薙剣の元の所有者を天照大神にした諸本も多い。そのことによって、宝剣は天照大神を祀る伊勢神宮から正当に日本武尊に授けられ、彼が正当におわすべき場である熱田神宮に安置されている、あるいは熱田大明神の御正体《みしょうたい》を天照大神であるとする信仰の立場では、まさに天照大神の元へ戻ったという理が示された。失われた内裏の宝剣は模剣とされ、元来の宝剣の二番手の所有者のもとへ移ったと合理化されたのである。こうして、レガリアの喪失、天皇の入水という、まさに未曾有の事態を整合化したのであろう。

「剣の巻」の基軸は歴史的現実であった源平の戦いとその結果を踏まえた歴史観におかれている。具体的にアーサーのエクスキャリバーと「剣の巻」に描かれる剣を比較考察すれば、『平家物語』に「剣の巻」が組み込まれた意味を改めて認識すると同時に、アーサー王ロマンスの本質がより明らかになる。一言で言えば、両者については、アーサー王は虚構であり『平家物語』は歴史である。虚構はどう筋立てしてもよいが、『平家物語』では史実を合理化しなければならない。両者はこの点で根本的な違いがある。

注

（1）Eugène Vinaver, ed., *The Works of Sir Thomas Malory.* 3rd edition in 3 volumes, revised by P. J. C. Field (Oxford: Clarendon Press, 1990)

（2）高橋邦太郎『お雇い外国人⑧軍事』（東京：鹿島研究所出版局、一九六八年）二三二―二四二頁。

（3）アーサー王の剣の詳細については多ヶ谷『王と英雄の剣　アーサー王・ベーオウルフ・ヤマトタケル――古代中世文学にみる勲と志』（東京：北星堂、二〇〇八年）第二章、二九―五三頁の他、R. S. Loomis ed. *Arthurian literature in the Middle Ages* (Oxford: Clarendon Press, 1961); Norris J. Lacy, ed. *The New Arthurian Encyclopedia* (New York: Garland, 1991) 147–8; J. D. Bruce, *The Evolution of Arthurian Romance from the Beginnings down to the Year 1300.* 2 vols., 2nd Edition (Gloucester, Mass: Peter Smith, 1928; 1958) pp. I 87–88.

（4）①、②、③の記述の詳細は、多ヶ谷「英雄の剣にみられる東西比較」『関東学院大学人文科学研究所所報』第二九号（二〇〇六年）一五九―一八〇頁。

（5）熱田神宮庁編著『熱田神宮史料 縁起由緒篇』（名古屋：二〇〇二年）本文二三頁、解説二二頁。

（6）斬蛇剣についての詳細は、多ヶ谷『王と英雄の剣』一二二―一二四頁、西嶋定生「草薙剣と斬蛇剣」『江上波夫教授古稀記念論集』（東京：山川出版社、一九七七年）一六頁所引の『晋書』巻三六張華伝一九―二三頁、特に二一―二二頁。

（7）北原保雄、小川栄一編『延慶本　平家物語　本文篇』全二巻（東京：勉誠出版、一九九五）四一二―四一七頁。

（8）梅澤和軒『評釈　平家物語』（東京：有宏社、一九二三：一九二七）巻末「秘事・大秘事　一五―二〇頁：『高野教授旧蔵本　平家物語』については、梶原正昭、山下宏明校注『平家物語』全二巻、新日本古典文学大系四五（東京：岩波書店、一九九三）三〇三―三〇八。

（9）瀬間正之「古事記神名《しんめい》へのアプローチ序説―神名表記の考察を中心に―」中村啓信他編『神田秀夫先生喜寿記念　古事記・日本書紀論集』（東京：続群書類従刊行会、一九八九年）三二一―三三七頁。

（10）『剣巻』でこの側面をみるときは、Powell や島津博士が指摘した「綱伝説」と『ベーオウルフ』を比較すると、綱に腕を斬られた鬼とベーオウルフに退治されたグレンデルのいずれも、古い王あるいは水の霊という側面がいっそう鮮やかに現れる。多ヶ谷『王と英雄の剣』一六七―二二七頁、多ヶ谷「英雄の剣にみられる東西比較」、多ヶ谷「『日本霊異記』の「道場法師説話」と『ベーオウルフ』との比較検討―物語に見る零落した古い神の残滓―」『関東学院大学文学部紀要』第一一七号、（二〇〇九年）三―三六頁、"Yamata-no-orochi (Serpent) and Oni (Ogre) in Japanese Courtly Myths: In Relation with the Idea of Regalia"（『関東学院大学文学部紀

要』第一一八号、二〇〇九年）一五―四九頁。
（11）E・アウエルバッハ『ミメーシス』篠田一・川村二郎訳、全2巻（東京：筑摩書房、一九六七年）上一四八頁。
（12）松尾葦江「『剣巻』の意味するもの」『日本古典文学会々報』（東京：日本古典文学会、第一一二号、一九八七年七月）。

『剣巻』をどうとらえるか——その歴史叙述方法への考察を中心に

内田康

はじめに

『剣巻』(『平家剣巻』)(屋代本平家物語別冊)、『平家物語剣巻』(長禄本)などとも)は、単行の書物のほか、版本の『太平記』、また『源平盛衰記』の附録としても流通してきた。その一方、『平家物語』において内裏に伝来した「宝剣」の由来とその喪失を語る章段、さらに所謂「三種神器」と関わる神話的言説も、時に広い意味で「剣巻」と呼ばれたため、これらのテキストの呼称に混乱が生じたこともある。けれども『剣巻』が、『平家物語』とも密接な関係を持ったものであった点は、屋代本の別冊として伝わったこと、あるいは百二十句本の場合、やや形態を異にしながらも、第百七句・第百八句と、テキストの内部に組み込まれていること、また、彰考館蔵の長禄本や田中本をはじめとする単行諸本にも、内題に「平家物語」「平家」を冠しているものがあること等から、明らかだと言えよう(1)。

では、『剣巻』と『平家』との関係は、どのように把握すればよいのだろうか。例えば屋代本との場合に限って見るなら、巻十一の本文に「宝剣事」が記載されている点からも、この別冊は、本巻と相補的な関係にある抽書七ヶ条などとは明らかに性格が異なっていることが知られる。巻十一の水没した内裏の「宝剣」に纏わる一件――以下、これを〈宝剣説話〉と呼ぶ――に関しては、屋代本の場合、覚一本系の本文とは開きがあり、「覚一系諸本周辺本文」と呼ばれる鎌倉本や平松家本などの記述にほぼ等しいことから、一方系の影響を蒙っていない内容を留めたものと考えてよいと思われる。そして、この屋代本に、同じく内裏の「宝剣」と関わる内容を含んだ『剣巻』が重複するように付されている点については、単に本巻に対する異説として併せられたという以上の理由も考察されている。

①『平家物語』屋代本の場合、女の一生という形で物語の世界をまとめて反復し、全篇の結びとなる灌頂巻を持たない。成立当初からか、後の付加かはともかく、剣の伝来という形をとって皇室と源家の歴史をふり返り、頼朝の勝利と、宝剣および安徳帝の入水を正当化した『剣巻』は、それなりに治承寿永の乱の一つの決算を示すべく、屋代本に添えられる理由はあったのである。

（松尾葦江「『剣巻』の意味するもの」(2) 七頁。傍線引用者。以下同じ）

本稿は、こうした従来の研究成果を踏まえつつ、この〃異説〃としての『剣巻』の性格を、『平家物語』をはじめとする幾つかのテキストとの比較を通して、特に歴史叙述上の方法的差異から確定していくことを目指すものである。順序としては、最初に『剣巻』に関する先行研究の検討から、そこで問題にされてきた成立論および一連の構想論を整理し、続いて『剣巻』の総体的構造を分析、さらに、『平家物語』やその他のテキストにおける「三種神器」神話との相違点を炙り出すことで、歴史叙述を行うに際して「刀剣伝承」という方法を採択した、この『剣巻』なる作品の特質を浮き彫りにできればと考える。

一　『剣巻』成立論をめぐって―先行研究その一

まず、『剣巻』の成立をめぐる研究が、『平家物語』の「秘事」との関わりから論じられていた経緯を確認しておこう。『平家』語りにおいて、「剣」が「大秘事」の一つとされたことから、時に『剣巻』も「秘事」と関わるかの如く看做されることがあった。夙く山田孝雄氏は、『平家物語考』等の中で『剣巻』について、『平家物語奥秘』や『平家物語肝文』の「剣沙汰」と引き比べつつ、

①骨子は一致すれど、この方遙に増補せられたるを見るこれ《(ママ)》を以ていへば、單行本とするが爲に、平家物語中の劔の巻を増補したるものにして今は異類の書と目するを妥當なりとすべきが如し。

（山田孝雄『平家物語考』(3)二一九頁）

②そも〳〵劔の巻とはもと平家本文中にあるべきものにして、（中略）然るに、之を秘事として別冊となしたりしよりして別途に発達して、三種の神器の一たる神劔の事のみならず古来の名劔の伝説及び、それに関連せる種々を附加し、遂に曾我の仇討の話までもとり入るゝに至りしものなれば内容はもとの劔の巻に比して数倍の多きに達せるのみならず、平家物語の本文とは矛盾する記事少からざれば、かく発達したる以上、別個の物語と見做すべき性質のものとなれるなり。

（同「平家物語異本の研究（一）」(4)一四～一五頁）

と、『平家物語』とは「異類の書と目するを妥當なり」とする一方で、『平家』の「剣」の章段の秘事化がこのテキストの成立を促したと推測している。同様の説が、翌年の珍書同好会本の解説や、昭和四年刊の岩波文庫旧版『平家物語』の序説でも示されていることから、この見解は一定の影響力を持ったかと思われ、例えば、戦前から戦中にかけての

『剣巻』に関する論考で特に注目すべき、高橋貞一氏『平家物語諸本の研究』および阪口玄章氏『平家物語の説話的考察』（ともに昭和一八年刊）でも、山田氏同様に『平家物語』から『剣巻』への発展、という理解がなされている。また、『剣巻』と類似した題名ながら内容的に別物の『平家物語補闕剣巻』も、奥書によれば、

③予朋友ニ撿挍アリ。参会ノ時《トキ》、談スルニ三種神器ノ事ニ及ヘリ。撿挍云フ、三種神器ノ事ハ、平家物語ノ奥秘故ニ、本巻ニ欠テ、別紙ニアリ。予拝見ヲ望トモ不許。再三請レ之シカハ、遂筥底ニアリ、出シテ見ス。

（黒田彰「内閣文庫蔵　平家物語補闕鏡巻、剣巻（影印、翻刻）」(5)一〇一頁）

と、『平家物語』の本巻の欠を補うテキストとして江戸時代にある検校によって保管されていたといい、この点も山田氏が『剣巻』を考える場合に「秘事」と結びつけるヒントになったかと思われる。とはいえ、何より『剣巻』の場合、写本や版本等を通して広く享受されていたことからして、これを「秘事」とは違う角度から考察する必要性が出てくるのは、至極当然だったと言えよう。

戦後、『平家物語』の諸本研究で大きな成果の一つとなったのが渥美かをる氏『平家物語の基礎的研究』であることは論を俟たないが、本書は〈宝剣説話〉を含む広義の「剣巻」の扱いにおいても新しい局面を開くものとなった(6)。渥美氏は、『平家物語』の「剣」の章段の『剣巻』への発展を考えるのに、「秘事」との関わりを切り離した上で、いくつかのポイントを示している。同書三〇三～三〇九頁から、その論点は次のように要約できる。

a　「剣巻」の原形は四部合戦状本に見られ、それは『愚管抄』（巻五）を素材とする。

b　屋代本・鎌倉本も四部本と同類である。

c　「剣巻」は覚一本によってかなり増補されており、また上下二部に分かれた百二十句本も、大増補の産物であ

る。

d　当該説話は、四部本・屋代本の段階では厳島明神を女竜と見ることに付会された説話であったが、その他の諸本では、素盞烏尊の八岐大蛇に付会された説話として首尾一貫させるための増補がなされている。

e　屋代本別冊『剣巻』は、「源家宝剣物語」とでも称すべき物語の後半部に『平家物語』の「剣巻」を中心とする前後の記事を入れ込んで作られたものである。

f　屋代本別冊『剣巻』と百二十句本「つるぎのまき」との関係は、屋代本別冊の方が古態で、百二十句本は、それにもとづいて編集されたものである。

中でも後の研究にとって重要な前提となったのは傍線部分、1・慈円の『愚管抄』との関わり、2・屋代本と四部本の原形性、3・「源家宝剣説話」の仮説、4・百二十句本の「剣巻」の後出性、といった問題だろう。このうち前二者は、『愚管抄』の記事が延慶本『平家物語』に基くという赤松俊秀氏の見解と相容れないものであり、昭和四〇年代以降の延慶本・四部本古態論争とも接点を持つ。本稿では古態論争には立ち入らないが、『愚管抄』に関しては次節で問題にする。また屋代本と四部本の関係についても、後ほど取り上げることにしたい。それから後二者については、『平家物語』〈宝剣説話〉が、百二十句本を経て『平家剣巻』へと成長していったという従来の説を覆し、現在まで大方の支持を得ている考えだが、一方『剣巻』の成立にあたって「源家宝剣説話」というべき「原初の物語」があったかどうかについては、これも後であらためて問題にしよう。続いて次節では、これらの指摘を踏まえて展開された、『剣巻』構想論について見ていくことにする。

二　『剣巻』構想論の諸相―先行研究その二

さて、『平家』の〈宝剣説話〉や『剣巻』を包含した、広義の「剣巻」に対する考察は、そのメルクマールとなる渥美氏の研究を経て、特に昭和五〇年代以降、所謂「中世日本紀」概念の導入によって新たに捉え返され、一つの転換点を迎えた。特に、伊藤正義氏が提示した、『剣巻』は「平家物語の中で増補を繰り返した結果として生れて来たというようなものではなく、その部分をそっくり熱田系のテキストを借用した結果」による産物だ、との指摘は、きわめて重要である(7)。さらに阿部泰郎氏(8)、黒田彰氏(9)らの豊かな研究成果により、「剣巻」は、その広い意味において、中世に展開した「三種神器」に纏わる神話的叙述を支える中軸として理解されるようになった。そうした中で『剣巻』は、タイトルからして、恰も「剣巻」を代表する存在であるかのような印象をも与えている。実際、先にも触れたとおり、所謂「三種神器」と関わる内容を含め、『平家物語』本巻と『剣巻』との密接な関わりは明らかである。だが、もしも『平家物語』の枠組に囚われずに『剣巻』を読むならば、そこにはどんな世界が見えてくるだろうか。この地点から、「三種神器」説話を含めた『剣巻』を読み直すことで、様々な形で「三種神器」について語ろうとする広義の「剣巻」の中における、この作品の位置の確定も可能になるのではないか。この後の考察に先立ち、まずは以上の点を確認しておきたい。

それでは、我々はこのテキストに如何に向き合うべきか。これも昭和六〇年前後から、ちょうど阿部氏らの「中世日本紀」からのアプローチと並行するように、もう一つの流れとして、『剣巻』全体の構想に関する論考が提出されてくる。

①『剣巻』は、名剣の伝来をその軸に据えるという構想による、歴史物語の一種である。歴史の継承とか、伝統の

健在とかいうものは目に見えないがゆえに、剣という〝物〟の伝来のかたちが与えられた。名剣の由来（始原）と威徳を語ることは、王権の始原およびそれを支える武家の威光を語ることだった。宝剣喪失という一大事で開幕した中世にあって、歴史的アイデンティティを確かめる努力はさまざまになされている。武家による王権守護の象徴として宝剣喪失を納得しようとした『愚管抄』の理屈を、ストーリーに仕立てれば、すなわち『剣巻』ではないか。

（松尾葦江「『剣巻』の意味するもの」[10]七頁）

②頼朝の誕生を失われた宝剣に因縁の深い熱田社の由来において語り、宝剣と頼朝とを関連づけるところに、「剣巻」の意図がある。失われた宝剣に代わり、頼朝が朝家の固めとして現われたと語るのが「剣巻」であった。（中略）「剣巻」は、この源家相伝の剣の物語の中で、平氏嫡流相伝の小烏を登場させる。（中略）小烏の伝承は、このように既に源家の刀として書きかえられるとともに、頼朝の代の寿祝に機能してゆくのであった。

「剣巻」とは、だから象徴的な物言いをすれば、「ネガティブな平家物語」だといえそうである。物語の構想が、どこかに「制度」としての頼朝を意識させることを考えあわせると、この「剣巻」は、『平家物語』の内側に語られた〈源家物語〉として、「ネガティブな平家物語」といえるのであった。

（生形貴重『「平家物語」の基層と構造―水の神と物語―』[11]九四～九五頁）

ここで示されたポイントは、『剣巻』という作品が、「頼朝の勝利を寿ぎ、源家の威光の由来を、名剣の伝来に事寄せて語る、一種の歴史物語であること」及び「背景に、沈んだ内裏の「宝剣」に代わって武家が朝家を守護するという、『愚管抄』と同様の思想があること」の二点に集約されよう。このうちの一点目については、源氏に始まり源氏に終わるという物語の流れからして、おそらく間違いはない。特に生形氏の、これを「ネガティブな平家物語」とする理解は、即ち、「平家はなぜ、いかに滅んだか」を語るのが『平家物語』だとすれば、その反対に「源氏はなぜ、いかに勝利したか」を、重代の剣の数奇な運命を辿ることで説明したのが『剣巻』であった、と把握でき、魅力的な表現と言える。一方、渥美説とも関わる二点目に対しては、徐々に疑問が提示されるようになっていく。

③「剣巻」は天皇の存在を象徴する三種神器の由来・霊威・所在を明記し、殊に寿永乱の折に失われたとされる草薙剣の熱田社祭祀を強調し、新剣喪失、草薙剣現存という形で剣の喪失を理解している。その為「剣」の章段の如き帝運衰退否定を記す記事はなく、代わって草薙剣の現存を示す根拠となる熱田社関係記事の多量な挿入がみられるのである。「剣巻」草薙剣説話は、草薙剣を中心とした三種神器の厳存と、その象徴する王権の厳存とを主張するものと考えたい。（多田圭子「中世軍記物語における刀剣説話について」(12)一四一頁）

④延慶本・『盛衰記』等は、〈王権の物語〉を構想し、「アマテラスの剣であった」・「偽の剣が沈んだ」という要素を持ち込んだ(これが無意識的な行為であろうとも)ために、不整合が存在するようになる。〈王権の物語〉という共同体的なコードによる抑圧の中で、硬直したイデオロギーは産出される。この〈大きな物語〉の抑圧により、延慶本等は歪みを発生させてしまうのではなかろうか。（高木信『平家物語・想像する語り』(13)一三七頁）

⑤安徳帝と共に海中に沈んだ宝剣について『愚管抄』の中で慈円が記したように、失われた宝剣のかわりに源氏が武の要として朝家の守りについたと解釈すると、「剣巻」は平家のその後を読み解くものであるといえよう。（中略）だが、『平家物語』と「剣巻」との間にはある断層が感じられる。これは「剣巻」の背後に控える世界が『平家物語』とは異なることに起因し、多分に『平家物語』と「剣巻」が成立した時代の違いを反映しているのではないだろうか。（鶴巻由美「「剣巻」の構想と三種神器譚」(14)一二三―一二四頁）

⑥「剣巻」の作者が『神皇正統記』等に影響されず、自身の考えで「本ノ剣」ではないと判断したとも考えられるが、そうなると「剣巻」が発想される根本が慈円の『愚管抄』にあるような宝剣の喪失とそれを補完する源家の威光にあるとする考えが揺らぐのではないだろうか。つまり、宝剣が現存するならば、武家の存在は天皇にとって必要不可欠とはならず、この一言を入れることによって剣巻の構想自体が危うくなる可能性が大きい。それに

もかかわらず「本ノ剣ハ叶ハネバ、後ノ宝剣ヲ取持テ」と書いてしまうのは、三種神器は一つも欠けることなく今に受け継がれているのだ、という考えが世間に行き渡っており、それを疑うことは日本国の存在を危うくすると考えたからだと思われる。

（同右、二三一―二三三頁）

さて、その疑問点とは、『平家物語』の「剣」の章段つまり〈宝剣説話〉においては、覚一本や屋代本などの所謂語り本系諸本が、壇ノ浦に沈んだのを元の宝剣「草薙剣」だとしているのに対し、延慶本などの所謂読み本系諸本は、崇神天皇の時代に新鋳された剣が沈んだのであって、元の剣は熱田社に現存していると記しており(15)、『剣巻』もこれと同様の記述を持っていることから、『愚管抄』の記述との間には矛盾があり、熱田社の本剣の現存は『神皇正統記』等と同じく天皇の「王権の安泰」を意味するのではないか、というものである。この、『平家』において新旧二振りの「宝剣」のうちどちらが沈んだのか、という問題には稿者もかつて注目し、『平家』諸本は基本的に全て、内裏の「宝剣」を神代伝来の「草薙剣」として叙述する指向性を持ちながら、『日本書紀』に代表されるような「草薙剣」の熱田奉斎を記すプレテクストの内容を無視できず、諸本生成の過程で叙述が分化するに至ったとの見解を提示したことがある(16)。その際『剣巻』に関しては、『平家』とは異なり「草薙剣」を内裏の「宝剣」としては描いていないという以上のことは述べえなかったが、この点を本稿で展開するにあたり、あらかじめ論点を先取りするなら、『剣巻』という作品は、新しい方の剣が失われたことをその眼目の一つとした構造になっているのではないか、というのが稿者の見解である。その意味するところは、後述に委ねたい。

以上、源頼朝の台頭と「草薙剣」の本剣の現存との並立が、『剣巻』に内包された矛盾として指摘されるまでの経緯を追いかけてきた。この問題に対して、近年新たな見解を提示したのがワイジャンティ・セリンジャー氏である。セリンジャー氏のみならず、例えばエリザベス・オイラー氏も、近著の第五章を、曾我兄弟に絡めるかたちで『剣巻』や幸若舞『剣讃嘆』の分析に割いており(17)、海外におけるこの作品への関心の度合いが覗える。

⑦慈円は実物の宝剣の紛失を嘆いたが、南北朝の知識人の中には偽物の宝剣が沈んだと断言する人も多くいた。南北朝時代に宝剣が現存するならば、慈円が想像した「宝剣の代わりとなる源氏」という構造はもはや通用しなくなる。本稿は『剣巻』に、宝剣と源氏を結びつける、新たな論理の誕生をみようとするものである。(中略)結論を先に述べれば、慈円が発想した「頼朝が宝剣の役割を果すようになる」という換喩的な歴史意識が、『剣巻』において「頼朝が王朝の武力行使を完全に囲いこむ(内包する)」という提喩的な歴史意識に書き換えられる、ということである。　(ワイジャンティ・セリンジャー「換喩から提喩へ」(18)一五七―一五八頁)

⑧剣説話における提喩の発生は歴史変化の中でも維持される物事の内質に焦点を当てることによって、武士を王権の武力行使の歴史の中に据え、源平争乱後、朝家が武士に武力の権限を譲渡した物語を形成するのである。　(同右、一七〇頁)

セリンジャー氏は、中島美弥子氏が『武家繁盛』に対して行なった、「征夷大将軍日本武尊の東征の物語が鎌倉殿頼朝の由来を説く物語と重ね合わされてくる。頼朝神話の前史に日本武尊神話が明確に位置づけられるのである」(19)という分析を『剣巻』に敷衍し、『愚管抄』や『平家物語』からこの作品に至るまでに、歴史意識のパラダイム・シフトが行なわれ、『剣巻』とは朝家から武士への武力の権限の譲渡を比喩的に表現した物語であると指摘した。この論考で注目すべきは、『剣巻』における頼朝の台頭を、従来言われてきたような『愚管抄』的「朝家の固め」としての役割ではなく、それ自体「朝廷から独立した」「武士の王権」の成立として位置づけた点だろう。この指摘により我々は、『剣巻』で頼朝に代表される源家の栄光を、失われた「宝剣」に替わるものとする『愚管抄』の解釈とは切り離して捉えることが可能となるのである。但し、氏の論考では熱田社とそこに現存する元の「草薙剣」を如何に捉えるかが、あまり示されていない。『剣巻』における熱田は、頼朝の誕生や「鬚切」の奉納など、源家の物語とも密接な関わりを持っているのみならず、先に少し触れた、「帝王ノ御宝」としての内裏の「宝剣」をどう捉えるかという問題も含め、『平家物語』とも直接に関わる神代伝来の剣の物語との関係を解釈する上で、決して無視することのできない要素であるはずだ。セリンジャー論の意義を充分に受け止めつつ、氏が「換喩から提喩へ」と、それ自体きわめて比喩的に表現した歴史意識の転換を、さらに作品内容に即して検討してみたい。

三 『剣巻』の構造

以上、『剣巻』を広義の所謂「剣巻」の広がりの中で検討するに際し、先行研究を振り返りつつ考察のための糸口を探ってきた。続いて、本節で『剣巻』の構造を分析するにあたり、また別の先行研究を提示する。馬目泰宏氏は、一九九〇年代の五、六年間に集中して『剣巻』や観智院本『銘尽』等に関する研究を発表、そこには茨城大学附属図書館蔵で田中本と同系統に属する菅政友本『平家剣巻』の翻刻紹介などの成果も含まれる。『剣巻』の構造を考える上で、まず氏の『剣巻』構想論に目を向けてみたい。

①特に注意を引くのは、

1 霊剣は二振りある(霊剣A・B)。

2 霊剣Aは、その周辺の説話によって命名され、かつ所持者の行動によって改名される。霊剣Bも、所持者の行動によって改名される。

3 霊剣Aは、時間の経過を追ってそれにまつわる説話が配列される。

4 霊剣Aは、めぐりめぐって本来の所持者の手に戻る。

である。高橋〔引用者注・高橋貞一『平家物語諸本の研究』、四〇〇頁〕が指摘したように、第二章で示した源氏宝刀説話との構成上の関連を思わせる。

作者の増幅構想に、この宝剣談の構成が取り入れられたことは、ほぼ確かであろう。

（馬目泰宏「『平家剣巻考』序論―源氏宝刀説話の成立背景―」[20]一九頁）

②筆者は、次の二点で渥美説を修正したい。

(1)渥美説が「源家宝剣物語」を原点に置くのに対し、筆者は〈剣〉（熱田系説話）を原点に置く。そして、「源家宝剣物語」は、「平家剣巻」全体が創造されてゆく過程において、結果として生じたものである。

(2)〈百二十句本〉について、渥美説が、「源家宝剣物語」を、直接、〈つるぎのまき上〉の付随説話として取り入れたとするのに対し、筆者は、「平家剣巻」の複雑な構成を「宝剣」と「源家宝剣」とに分化、整理して成立したのが、〈百二十句本〉であり、「源家宝剣物語」はその整理の結果、より精練された形になったとする。

（同右「平家剣巻考その二―平家剣巻の成立―」[21]一四頁）

馬目氏は、高橋貞一氏が『平家物語諸本の研究』で百二十句本の「剣巻」について、「上には寶劒、下には源家の寶刀膝丸・鬚切を比較し対照せしめ、此の寶刀を中核とする説話を排列した構想は自然的な表現であると言へよう」と述べたのを敷衍し、『剣巻』の源家重代と神代伝来という二種類の刀剣物語が、どちらも二振りの剣をめぐるパラレルな構成を有しており、かつ、前者が構想されるにあたって後者の〈宝剣説話〉がヒントになった可能性を提示した。さらにその続稿（引用②）において、渥美かをる氏の『剣巻』成立論に修正を施し、渥美氏の所謂「源家宝剣物語」は、「草薙剣」についての〈宝剣説話〉と別個にあったものではなく、「『平家剣巻』全体が創造されてゆく過程において、結果として生じたものである」と結論づける。『剣巻』の刀剣にまつわる説話が、中世における様々な刀剣伝承と重なり合いながら微妙なズレを見せている点は、これまでも多くの指摘があるが、この作品の場合、もしもただ単に当時の異説を集成しただけではなく、独自の説話統括原理に基いた編集を経ているとしたら、―もちろん、現在では失われた厖大な資料群のことを思えば、軽々に決めつけることは危険だとはいえ、それでもなお―その統括原理の存在した可能性を探ることは、中世における「刀剣伝承と文学」のあり方の一齣の解明につながるのではないか、と稿者も考える。

このように馬目氏は『剣巻』の中の二つの物語における二振りの剣の並行関係に注目したが、稿者はそれに加えてもう一振り、途中でどちらもAの剣の分身として新たに作られる剣をCとし、それが作品中において如何なる意味を担っているのか、その動向にも留意して、各剣の継承過程を次頁【図1・『剣巻』の構造】のように整理してみた。

A・Bの二振りが二つの物語の中でともにその生命を全うするのに対し、このプラス・ワンに当たる〈第三の剣〉Cは、いわば〈旧勢力〉と共に失われてしまうことを運命づけられているかの如くであり、先に『剣巻』という作品は、新しい方の剣が失われたことをその眼目の一つとした構造になっているのではないか」との仮説を提示した所以である。海に沈んだ内裏の宝剣については言うまでもないけれども、もう一方の「小烏」についても「夫ヨリシテソ小烏ハ平家ノ宝トハ成ケル」と記され、その後のこの太刀の行方は不明であるが、物語の展開上、これを平家一門と運命を共にし、内裏の「宝剣」同様に海に沈んだと解釈することも充分可能だろう(22)。「小烏」が平家重代の太刀であったことは『平家』に、

③抑唐革《カラカハ》ト云鎧ヒ、小烏ト云太刀ハ、当家嫡々相ヒ伝ハテ、惟盛マテハ九代ニ当ル。彼ノ鎧ト太刀ハ、新三位ノ中将ニ預ケ置タリ。若シ代立チ直《ナヲ》テ、平家ノ代ニ成事アラハ、終ニハ六代ニタベト申ヘシ
〈屋代本・巻十〉(23)

とあって、これはほぼ諸本共通の情報であり、また長門本巻第一や『源平盛衰記』巻四十などは、この太刀が桓武天皇の時代に八尺の烏によって齎されたとの由緒まで記しているから、『平家物語』の享受者たちにとって常識の部類に属していたのは間違いない。その伝承が、「小烏」はもともと源家の太刀であったと書き換えられた理由については、第二節引用②での生形貴重氏の指摘のように、源家による平氏討伐や頼朝の代の寿祝との関わりが推測されるが、さらにここで、「鬚切」を熱田大宮司に預け置くことを決意した頼朝の、「源氏重代ノ剣鬚切ヲ平家ニ取ラレン事コソ口惜ケ

源家重代の太刀
鬚切(満仲)→鬼丸(頼光)→(頼綱)→(頼義)→(義家)→獅子ノ子=友切(為義)→(義朝)→鬚切(頼朝)→熱田大宮司→(頼朝)A
≒〔新〕小烏(為義)→(義朝)→(平家)…C
膝丸(満仲)→蜘切(頼光)→(頼綱)→(頼義)→(義家)→吠丸(為義)→(熊野別当教真)→熊野権現→薄緑(義経)→箱根権現→(曾我五郎)→(頼朝)B
神代伝来の宝剣
天村雲ノ剣(八俣ノ大蛇)→(素盞烏尊)→(天照大神)→(天皇)「宝剣」→(天照大神)→草薙剣(日本武尊)→熱田社 A
≒〔新〕宝剣(崇神天皇)→……→(安徳天皇=八俣ノ大蛇)C
トツカノ剣(素盞烏尊)→天ノハヱ切ノ剣(天照大神)→布留社 B

図1　『剣巻』の構造

レ」という述懐に注目するならば、「小烏」は恰も「鬚切」の身代わりに平家に奪われた剣であるかのように見えてくる。

④『剣巻』が言うように、伊吹山の神がヤマタノオロチであり、奪われた草薙剣を取り戻そうとヤマトタケルが草薙剣を佩いて来るのを待っているのであったとすれば、ヤマトタケルはことさら草薙剣を置いてきて、奪い返される危険を避けた、との見方も可能である。あるいは、『剣巻』の作者は、それが剣を置いてきた理由であると読ませるように筋立てを考えたのかもしれない。

（多ヶ谷有子『王と英雄の剣　アーサー王・ベーオウルフ・ヤマトタケル』(24)八一頁）

⑤草薙の篇のモチーフが縮小版で源氏名剣篇の中に組み込まれ、かつこのモチーフが源氏名剣篇全体のテーマである源氏重代の剣が様々に流転しながらも最終的には源氏の嫡流（頼朝）に戻るという構造の中にすっぽり納まっているという意味で、『剣巻』の物語は変則的な入れ子構造をとっていると言えるだろう。

（同右、一三八頁）

多ヶ谷有子氏は、『剣巻』の「草薙剣」説話に関して「ヤマトタケルはことさら草薙剣を置いてきて、奪い返される危険を避けた、との見方も可能」との解釈を示す。もしこのように考えられるならば、このテキストにおいて八岐大蛇が「本ノ剣ハ叶ハネハ、後ノ宝剣ヲ取持テ都ノ外ニ出テ、西海ノ波ノ底ニソ沈ミケル」と書かれている、即ち、新しい宝剣が熱田に奉斎された元の宝剣の身代わりとなって大蛇に奪われるに至ったことが、「小烏」と「鬚切」の運命にオーヴァーラップしてくるし、「鬚切」が「草薙剣」のある熱田社に預けられたという設定も、従来から指摘のある、頼朝と日本武尊との重ね合わせに加えて、刀剣の方も二重写しになるという効果が齎されるのではないか。多ヶ谷氏はまた、『剣巻』に見られる「変則的な入れ子構造」を指摘しているが、それを稿者なりに敷衍すれば、各篇のモティーフは二つの物語の間でかなり正確な対応関係にあり、これら互いに相似形を成すストーリー展開のうち、神代伝来の

「宝剣」の説話は、ストーリーの上では「源家重代の太刀」の物語に含みこまれているものの、時代的により長いスパンを持つことで、太刀に纏わる一連の源家浮沈の歴史を、いわば神話的な原型として規定していると言える。なお、平家に「鬚切」の偽物が渡るというモティーフは金刀比羅本『平治物語』などにも見え(25)、こうした説の流通が『剣巻』と関わっているとも考えられる。だがいずれにせよ、『剣巻』なるテキストが、源家と朝家のそれぞれの剣に纏わる二つの物語の流れを、極めて意識的に対比構造化した作品であることは確かだろう。

そしてかかる構造化を施すにあたり、おそらく『剣巻』は、二系統の物語に擦り合わせを行なっているものと思われる。というのも、『剣巻』が成立したと見られる南北朝時代くらいまでの大方の説では、神代伝来の剣は三振り、そして源家重代の剣は「鬚切」一振り、というものが多かったからである。例えば、『平家物語』の〈宝剣説話〉の冒頭で語られるのは、百二十句本を除いて、読み本系・語り本系を問わず、どれも三振りの霊剣のことだった。これについては、黒田彰氏「源平盛衰記と中世日本紀―三種宝剣をめぐって―」において、『平家』諸本や「剣巻」、『平家物語補闕剣巻』をはじめとする資料を博捜した詳細な検討がなされている(26)。その一方、『剣巻』に限らず、『平家物語』『平治物語』『太平記』『曾我物語』といった中世の軍記物語の改作や流通の背後に、特に南北朝時代以降流行した「刀剣伝書」の世界があることが、鈴木彰氏らの近年の研究で明らかになってきた(27)。現存する数多くの刀剣伝書の中で、最も古い奥書を有するのは、応永三〇年(一四二三年)の観智院本『銘尽』で、さらに享徳元年(一四五二年)の『鍛冶名字考』がこれに次ぐとされる。以下、観智院本『銘尽』から引用してみる(28)。

⑥銘盡

夫神代釼号天村雲之釼而人皇十代之御門崇神天皇御時被之兩日《ママ》一神末子於大和國宇多郡被尊之以來代々御門之寶釼是也其後八十一代御門安德天皇御宇元暦二年平家西國没落之時爲長門國團浦終沈海底訖其正本之釼留宅殘熱田社于今不絶在之云々

（観智院本『銘盡』、9ウ）

⑦天國　平家ちう代のこからすといふ太刀のつくりなり　（同右、34オ）
⑧助平　おなしき國住人　曾我五郎ときむねおやのかたきうつ時の太刀の作也　（同右、36オ）
⑨諷誦　ひけきりお作　（同右「釼作鍛冶前後不同」、41オ）
⑩國宗　〈九郎判官うすミとりお作〉　（同右「釼作鍛冶前後不同」、41ウ）

ここで確認しておきたいのは、日本各地各時代の鍛冶たちの名前を挙げるに際して、⑥のように、剣の起源とも言える神代伝来の「天村雲之釼」について触れた後、熱田社における「正本」の存在を語るという、『剣巻』とも共通する発想が見られる点が一つ。そしてもう一つは、『剣巻』に名前が見える太刀が、どれも相互に無関係に記載されているという点である。さらに、例えば「薄緑」について、この名の太刀は、『源平盛衰記』巻二十一「小坪合戦事」では畠山重忠の太刀、また『平治物語』の金刀比羅本や流布本では頼朝の兄・朝長の太刀とされるなど、異説の存在はありふれたものだが、ここで「九郎判官うすミとり」と記されているということは、かかる説が『剣巻』を離れても伝えられていたことを意味しており、以上の諸点から、先後関係の確定は困難なものの、こうした伝書が、或いは『剣巻』が整理される際の根拠となった可能性もあろうと考えられる。

稿者は先に、『剣巻』というテキストを眺めた場合、前半と後半とでそれぞれ中心的に語られる「源家重代の太刀」と「神代伝来の宝剣」という二つの物語の間には密接な対応関係があり、それは二振りプラス・ワンという形で構造化されているのではないか、と述べた。この点は同様に源家重代の太刀について物語る『曾我物語』や幸若舞『剣讃嘆』での剣の相伝の流れと対比してみると、構成上の特質および神代伝来の「宝剣」をめぐる物語の果たしている機能が、より鮮明になると思われ、特に、仮名本『曾我』に見えるような太刀の霊験説話の集積を、頼朝による覇権確立に至るまでの源家浮沈の歴史として一貫させるために、その神話的原型としての〈宝剣説話〉にも見合うような形で、『剣巻』が様々な操作を施している、という想定が可能なのだが、甚だ遺憾ながら、紙幅の関係上、ここでは太刀の継承過程を

【図2】ないし【図3】として掲げるにとどめ、詳細な検討は別の機会に委ねることとしたい(29)。

図2　太山寺本『曾我物語』における源家重代の太刀

図3　幸若舞『剣讃嘆』における源家重代の太刀

四　「三種神器」神話としての『剣巻』の特異性

『剣巻』の後半（二巻本での下巻）で中心的に語られる「草薙剣」を焦点に据えた物語に関する研究は、本稿第二節で触れたように、伊藤正義氏をはじめとする「中世日本紀」概念の導入によって大きな転換を遂げた。『平家物語』〈宝剣説話〉と内容的に重なりつつも分量の多い『剣巻』の神代伝来の「草薙剣」の物語は、「熱田系のテキストを借用した結果」として成立したものであり、具体的には、伊藤氏が続稿で紹介した『神祇官』(『熱田の深秘』)[30]等のテキストと『剣巻』との記述の一致が、ほぼ動かぬ証拠とされた。但しその一方で、熱田社をめぐる説話における信仰の文脈を丁寧に跡づけた原克昭氏の、「『剣巻』の所伝は、むしろ熱田の言説とは別途の文脈にあるものだと考えるべきだろう」[31]という指摘も、重く受け止められる必要がある。そこで以下、『平家物語』と『剣巻』に見える、〈宝剣説話〉を中心とした「三種神器」に関わる問題を検討していくことにする。

まず、『平家物語』〈宝剣説話〉の主要構成要素を大まかに示そう[32]。

A 神代以来の三霊剣のこと…百二十句本は『剣巻』と同様に二霊剣
B 霊剣「天村雲剣」―素盞烏尊の大蛇退治
C 崇神朝の宝剣奉遷(新鋳)…屋代本・百二十句本以外は剣の新鋳を記す
D 日本武尊の東征―「草薙剣」の由来
E 天智天皇七年の剣の盗難事件…語り本系では盗難後の本剣を内裏に返納する
F 陽成院の狂気と宝剣の霊威…延慶本・長門本・南都本・覚一本のみが記す
G 平家一門とともに宝剣水没

『平家』諸本の当該説話においては、分量的にも、また話素の数においても最も少ないのが四部合戦状本で、屋代本がそれに次ぐ。先に第一節の後半で、渥美かをる氏が四部本を「剣巻」の原形と認定し、また屋代本も同類だと指摘したことを述べたが、確かにこの二つ(のみならず、屋代本と同内容の「覚一系諸本周辺本文」も含めて)は、冨倉徳次郎氏が『全注釈』で指摘した、読み本系と語り本系の二種類の〈宝剣説話〉の、それぞれの雛形を成しているかに見受けられる。というのも、単に分量が少ないというのみならず、四部本と屋代本は、Cでの崇神天皇の御宇の剣の新鋳記事の有無と、Eで盗難に遭った「草薙剣」が最終的に内裏と熱田のどちらに納まるか、という二点だけが大きく異なっている以外は、ほとんど同一の内容を持っており、これは両本の古態性の根拠とはなりえないながら、〈宝剣説話〉の最大公約数的原態を指し示すものと推測されるためである(33)。そしてこの差異は、冨倉氏が読み本系と語り本系の〈宝剣説話〉を区別する際に述べた、壇ノ浦に沈んだのが元の「草薙剣」だったか否か、という問題と直結するため、看過し難い。

さて、この差異が注目された結果、『愚管抄』並びに『神皇正統記』等の歴史認識との近接性をめぐって巻き起こった議論については、すでに第二節で取り上げた。この問題に対し、稿者は次のように判断する。『愚管抄』において慈円が、内裏の失われた「宝剣」に代わって武家が天皇を守護すると言った時、彼は、いわば〈本物の〉「宝剣」が沈んだと考えたはずだ。そして『平家物語』の立場は、読み本系と語り本系の違いを越え、また『源平盛衰記』や百二十句本まで含めて全て、内裏に置かれていた「宝剣」とは「草薙剣」だった、というものであって、『剣巻』とは異なり、失われた内裏の「宝剣」を神代伝来の霊剣と重ね合わせようという指向性が強い。その点では確かに慈円の認識に近く、決して北畠親房のように、熱田の「草薙剣」の現存に注意を払うものではない、と。

では、「草薙剣」を内裏ではなく熱田の剣として語る『剣巻』の立場とは、どのように考えるべきか。果たしてそれは、『神皇正統記』と同様だと言えるだろうか。

①神璽ト申ハ、神ノ印ト云文字ナリ。神ノ印ト申ハ、第六天ノ魔王ノ印也。イカナル子細ニテ、帝王ノ御宝ト成ケルヤラン、無二覚束一。是ヲ委ク尋ヌレハ、吾朝ノ起ヨリ天神七代ノ始メ、(中略・第六天魔王説話)日本国ヲ始テ赦シ給シ時、注トテ印ヲシテ奉ラレケリ。今ノ神璽ト申ハ是也。

(「平家剣巻之下」(34)、五三五～五三七頁)

②次ニ宝剣ト申ハ、神代ヨリ伝リタル霊剣ニアリト見ヘタリ。天ノ村雲ノ剣、ハヱ切ノ剣是也。天ノ村雲ノ剣ハ代々御門ノ御守、即宝剣是也。後ニ草薙ノ剣ト名付クハ、尾張国熱田社ニコメラレタリ。天ノハヱ切ノ剣ハ、元

ハトツカノ剣ト申シ、ガ、大蛇ヲ切テ後、天ノハヱ切ノ剣ト名付ク。大蛇ノ名ヲハヱト云故也。又ハヲロチト名付ク。彼剣、後ニハ大和国磯ノ上布ルノ社ニ籠ラレタリ。

(同右、五三七頁)

③手ナツチ〔、足ナヅチ〕ハ、姫ヲ助ラレ奉リタル事ヲ悦テ、尊ヲ聟ニ取奉ケル時、マワリ三尺六寸ノ鏡ヲ引出物ニ奉ル。(中略)素盞烏尊、姉御兄ト御中ノ不和ナル事ヲ悪シト思食テ、蛇ノ尾ヨリ取出シ給ケル天村雲ノ剣、并ニ天ノハヱ切ノ剣、手ナツチ足ナツチカ〔聟ノ〕引出物ニ奉タリケル鏡、已上三ツ天照大神ニ奉リ、不孝ヲ赦サレ給ヒケリ。天村雲ノ剣ハ人ノ代ニ伝テ、帝王ノ御守トナル。即宝剣是也。天ノハヱ切ノ剣ハ、大和国磯上布留ノ社ニ籠メタリ。手ナツチカ〔聟ノ〕引出物ノ鏡ト申ハ、今ノ内侍所是也。仁皇第四代ノ御門懿徳天皇ノ御時、〔天ヨリ〕三ノ鏡〔雨レリ。其〕ノ内ニ、一ハ今ノ〔聟ノ〕引出物鏡ナリ。(中略)彼〔聟ノ〕引出物ノ鏡ハ内侍所トテ、〔御門ノ御守リニテ、〕内裏ニ御坐ス。

第十代ノ御門崇神天皇ノ御時、内殿ニハ恐アリトテ、別ニ殿ヲ作リ、鏡ヲ鋳テ新キヲ御守トス。旧ヲハ天照大神ニ返進サセ給ケリ。鋳移シ給ヘル鏡モ、作替タル宝剣モ、霊験ニ〔本ニハ〕少モ不ㇾ劣給。

(同右、五三八―五四〇頁)


『剣巻』における所謂「三種神器」の内実を見ると、「神璽」は「八坂瓊曲玉」ではなくて、天照大神が、仏法を弘めないことを条件に第六天魔王から日本国を譲られた時に受けた「ヲシテ(手印)」であり、また「内侍所」も「八咫鏡」ではなく、素盞烏尊が出雲で稲田姫を妻に迎えるに際して親の手摩乳から奉られた「引出物ノ鏡」であったとされている。そしてさらに注目すべきは、そもそも『剣巻』では、これら「帝王ノ御宝」が天皇の「御守」であるとはされているものの、「三種神器」が天照大神から授けられたという記述がどこにも見られない点である。「内侍所」は懿徳天皇の時代に天から降った三面の鏡の一つであって、天孫降臨とは全く関わらないし、「神璽」についても、どういう子細で帝王の宝になったのか「ヲボツカナシ」というのだ。例えば『神皇正統記』で示されるように、もしも「三種神器」神話の核心が「天孫降臨」を根拠とした天皇の地位の保証にあるとすれば、これは甚だ奇妙なことである。だが、伊藤正義氏が指摘された、『剣巻』と「熱田系のテキスト」との関係を考えると、その理由が見えてくる。伊藤氏の述べるように、『剣巻』においては、「宝剣」関係記事はもとより第六天魔王説話や「引出物ノ鏡」の説話まで、大部分『熱田の深秘』（『神祇官』）の内容と一致することからして、両者の深い関係は明らかだろう。だが、『熱田の深秘』は元来「三種神器」の語を一切載せず、また素盞烏尊の「引出物ノ鏡」も「内侍所」と結びつくことはない。そもそも、「草薙剣」の由緒を熱田の縁起として語ろうとするテキストは、『熱田の深秘』ほか『尾張國熱田太神宮縁起』『熱田明神講式』から『寶劍御事』などに至るまで、天皇の宝としての「三種神器」について語ろうという指向性が希薄であった(35)。そうした「草薙剣」の物語が、『平家物語』や『太平記』等の軍記物語においては、内裏の「宝剣」の水没を語る〈宝剣説話〉、ひいては「三種神器」神話へと織り上げ直されているのである。その点に関しては、確かに『剣巻』も同様だと考えてよい。しかしながら『剣巻』の場合は、鶴巻由美氏も第二節の引用⑤と⑥で指摘するように、失われた剣をオリジナルの「草薙剣」ではなかったとする点で、『平家物語』の指向性や『愚管抄』の内容と距離を見せている。けれどもそれは同時に、天皇への「神器」の伝授を語らない、という熱田縁起の要素を継承したことで、結果的に『神皇正統記』の言説ともズレを生じてしまった、と考えられるのである。

この様相を、『平家物語』諸本の中でテキスト内部に『剣巻』を組み込んでいる百二十句本の場合との比較を通して検討してみよう。百二十句本は、上下巻の順序は逆ながら、唯一『剣巻』と同様の内容を持つことが知られていたが、実は両者はそれ以外にも、看過し難い幾つかの相違点を持っている。まず、先に掲げた〈宝剣説話〉の構成要素で言えば「A、神代以来の三霊剣のこと」で、確かに百二十句本は、ここで『剣巻』と同じく二霊剣しか挙げていないのだが、「草薙剣」の所在地を、『剣巻』ではなく全ての『平家物語』諸本と同様に「内裡」としている。さらにCで、崇神天皇の時代に剣を新鋳したという、『平家』でも読み本系諸本や覚一本に見える記事が存在しない点は、屋代本や「覚一系諸本周辺本文」等と同様である。これは、百二十句本〈宝剣説話〉が、元来『剣巻』に基づいたものでありながら、その内容を『平家物語』の〈枠組〉に合わせて改変したためとしか考えられない。かかる例は、さらに以下の引用部分にも見て取れよう。

④彼剱ハ又天照太神ニマイラセラレ　御中直ラセ玉ヒケリ　ソレヨリ代々傳リシヲ第十代ノ帝崇神天皇　同シ殿ニハ恐有リトテ　伊勢太神宮ヘ遷シ奉リ玉ニケリ（中略）天武天皇ノ御宇朱鳥元年ニ内裡ニ納奉リ玉ヒ　寶剱ト号《ナツケ》ラル

（百二十句本『平家物語』巻第十一「百七句　剱之巻之上」[36]六八二―六八四）

⑤カクテ天照太神岩戸ニ住マセマシマセシ時　我カ子孫我ヲ見マホシク思ワン時ハ此ノ鏡ヲ見ヨトテ　神達ニ仰テ天ノ香久《カク》山ヨリ　鑛《アラカネ》ヲ取リ　鑄玉ヒケレトモ　曇リテ悪シカリケレハ　末代ニハイカヽトテ　捨玉ヒヌ　今紀伊國ノ日前蔵ト申是也　次ニ鑄玉ヘルハ　床ヲ一ニ〆御形ヲ有リ〳〵ト鑄移サレケレハ　内侍所ト名付テ　御子ノ正哉《マサヤ》吾勝《ワレカツ〳〵》早日天忍穂耳尊《ハヤヒアマノヲシヲニノミコト》ニ譲リ玉ヒケリ

（同右、「百九句　鏡之沙汰」六九六―六九七頁）

こうした書き換えは、「三種神器」神話としての『剣巻』の特異性を逆照射する一方で、『平家物語』におけるその神話の呪縛力の強さをも垣間見せてくれるものでもあり、それは北畠親房とは正反対に、神代伝来の「草薙剣」の水没というかたちで歴史の構造化を図るという性格を持っていた。だがそのために、本稿が第三節で明らかにした、『剣巻』が本来的に持っていたはずの、源家と朝家それぞれの「二振りプラス・ワン」の剣の伝承による歴史叙述、という対応関係の構図は、ここでは完全に崩れてしまっている。まさに、『平家物語』と『剣巻』という、異なった歴史叙述の枠組の鬩ぎ合いの結果だと言えよう。

ところで、「三種神器」神話としての特異性というのは、『剣巻』だけに見られるものではなく、ある意味で、所謂「中世日本紀」として問題にされる諸テキストの全てが、それぞれの形でその特異性を示しているわけだが、本節では最後に、第一節でも触れた『平家物語補闕剣巻』に少しだけ言及しておきたい。黒田彰氏によって翻刻された内閣文庫蔵本によれば、本作品は文正二年（一四六七）の本奥書を有し、『平家物語補闕鏡巻』と併せて一具で成立、伝来したもので、内容についても、同じく黒田氏により詳細な検討がなされている(37)。著者「藤原某」は識語において、「旧本平家物語」の作者・葉室時長の子孫を自称しており、「神道之奥秘」であるが故に世に流布する『平家』には欠けているところの、「神代三鏡剣并内侍所宝剣之本縁闕如」を補うべく、本書を著したという。これらのテキストが独自性を示すのは、例えば『補闕鏡巻』の次の箇所である。

⑥此皇孫ヲ以テ、代テ降ト欲トアリケレハ、天照太神ユルシテ、宝鏡《并歟》、天児屋命《根歟》、太玉命等ヲナン悉ク皆相授テ給ケル。又、八咫鏡、草薙剣ノ二種ノ神宝ヲ、皇孫尊ニ授ケ賜ヒテ、永フルニ天璽トセヨ。豊葦原水穂国ハ是、吾子孫ノ可王ノ地ナリ。爾皇孫ト天降テ、平ケク安ラケク所知セ。宝祚ノ隆、天地ト無窮ヘケン。此鏡ハ、専ニ我御魂トシテ、吾前ヲ拝スルコトクスヘシ。
（『平家物語補闕鏡巻』九〇～九一頁）

本書は『剣巻』とは大いに異なり、天孫降臨とその際の神宝授与の件りが比較的丁寧に、内閣文庫本で言えば二丁余りにわたって語られるのであるが、ここで皇孫に授けられるのは、「宝鏡」（＝「日御象之鏡」）、「八咫鏡」、「草薙剣」という三個の宝物なのであって、また「三種神器」とされるのは、「内侍所」（＝「日御象ノ新鏡」）、「神璽」（＝「八咫鏡」）、「宝剣」（＝「草薙剣ノウツシ」）という二面の鏡と一振りの剣であり、「世ニ伝テ、八坂瓊之曲玉ヲ神璽ト云ルハ、イカ、アラスル」（『補闕鏡巻』）と、かかる〈通説〉は敢えて斥けられてさえいる。そしてこの書が、『神皇正統記』を見た上で書かれていることは、

⑦先帝ステニ三種神器ヲ、相クサセ給ヒケルユエニ、神璽鏡剣ナクテノ践祚ノ初メ、違例ナレトモ、太上法皇〔引用者注・後白河院〕ハ国ノ本主ニテ、正統ノ位ヲ譲リ給ヒ、
（『平家物語補闕鏡巻』九三～九四頁）

⑧先帝三種ノ神器ヲアヒグセサセ給シユヘニ、践祚ノ初ノ違例ニ侍シカド、法皇ハ國ノ本主ニテ正統ノ位ヲ傳マシマス。（『神皇正統記』(38)「後鳥羽」一五三頁）

といった文言の類似から明らかだろう。このように本作品は、「本縁」の〈補闕〉という方法によって、『剣巻』とは全く異なった形で『平家物語』的〈宝剣説話〉の〈枠組〉を否定する一方、北畠親房的な「三種神器」神話をも相対化しつつ、自らもう一つの「神器」の物語を紡ぐことで、「天津日嗣ノ万代マテ無窮コト」を言祝いで見せる。つまり、これら二種類の「剣巻」は、母胎として自らの書名にまでその名を冠している『平家物語』を、各々異なった形で逸脱しているわけだ。「三種神器」神話としての「剣巻」を考える際、複雑に絡み合った複数の語りの糸を丹念に辿っていくことが、今後も求められよう。

おわりに

以上、論点が甚だ多岐に亘ったが、最後に本稿の趣旨を整理した上で若干の補足を施して全体のまとめとしたい。これまでよく中世における「三種神器」神話の一種としてとらえられきた『剣巻』だが、本テキストは実は所謂「三種神器」の「天孫降臨」神話との結びつきが弱く、結果的に天皇への〈王権神授説〉は破綻している。その一方で、本書はその母胎となったであろう『平家物語』〈宝剣説話〉から、「神代伝来の二振りの剣プラス・ワン」の構造を抽出、特に、中心的な剣を模して新鋳された〈第三の剣〉が失われるという枠組を援用して神話的原型となし、これと対比的に、満仲の鋳させた源家の二振りの太刀が危難を経て頼朝にまで伝えられていく歴史叙述を、刀剣伝承の再構成によって織り上げるに至ったものと思われる。ここで留意されるのは、満仲の命を受けた唐国渡りの鉄細工が、太刀を鍛えるにあたって八幡大菩薩の霊告を得たり、朝家の「草薙剣」とパラレルな関係にある「鬚切」が、その「草薙剣」の祀られた熱田を経由して頼朝の手に戻ったりと、源家の武威と神意との直接的な結びつきが殊更に強調されている点である。神代伝来の二振りの剣が再び天皇家には戻らなかったのに対し、源家の二振りの太刀は、新たな「王権」の主催者となった頼朝の元に戻される。その反面、身代わりとも言える二種類の〈第三の剣〉は、安徳天皇および平家ともども、おそらく同時に喪失の運命を迎える。すなわち『剣巻』とは、頼朝の栄光を失われた内裏の「宝剣」に替わるものとする『愚管抄』の解釈や、熱田社の「草薙剣」の現存を天皇の権威衰退の否定に結びつける『神皇正統記』の主張といった、当為《ゾルレン》の王権の語りとは異なり、あくまでも実情《ザイン》としての「武士の王権」を草創した源家大将軍の由緒来歴を[39]、その背景に天皇家と関わる物語をも巧みに配しつつ、刀剣の相伝に事寄せて語るという、二重構造の〈神話〉であると考えられる。それでは再び、こうした叙述方法は『平家物語』といかに切り結ぶのか。具体的には、断絶平家型である屋代本や百二十句本に組み込まれた意味、また、同様に頼朝政権を言祝いで終わる延慶本との対比、そして、平家琵琶の語りにおける秘事化や、一方系などで時に「剣」が省かれたこととの相互関係など、あらためて問われることになろうが、これらを今後の課題としつつ、本稿はひとまずここで筆を擱くこととする。

注

（1）『剣巻』の諸本に関しては、松尾葦江「平家物語剣巻　解説」（完訳日本の古典45『平家物語』四（小学館、一九八七年三月）、同「『剣巻』の意味するもの」（『日本古典文学会々報』一一二、一九八七年七月）、および『平家物語大事典』（東京書籍、二〇一〇年）の「剣の巻」の項目（鈴木彰執筆）を参照。

（2）注1の松尾（一九八七年七月）に同じ。

（3）山田孝雄『平家物語考』（国定教科書共同販売所、一九一一年）。

（4）山田孝雄「平家物語異本の研究（一）」（『典籍』一九一五年七月号。後に日本文学研究資料叢書『平家物語』（有精堂、一九六九

年)に再録)。引用は日本文学研究資料叢書による。

(5) 黒田彰「内閣文庫蔵　平家物語補闕鏡巻、剣巻(影印、翻刻)」(『説林』四七号、一九九九年三月)。

(6) 渥美かをる『平家物語の基礎的研究』(三省堂、一九六二年)。

(7) 伊藤正義「熱田の深秘—中世日本紀私注—」(大阪市立大学文学部紀要『人文研究』三一—九、一九七九年)六九七頁。

(8) 阿部泰郎「中世王権と中世日本紀—即位法と三種神器説をめぐりて—」(『日本文学』一九八五年五月)、同「日本紀と説話」(説話の講座3『説話の場—唱導・注釈—』勉誠社、一九九三年)、同「〝日本紀〟という運動」(『解釈と鑑賞』至文堂、一九九九年三月)など。

(9) 黒田彰『中世説話の文学史的環境』(和泉書院、一九八八年)、同『中世説話の文学史的環境　続』(和泉書院、一九九五年)、同「中世学問の世界と『太平記』—鬼切、ベーオウルフのことなど—」(軍記物語研究叢書8『太平記の成立』汲古書院、一九九八年)など。

(10) 注2に同じ。

(11) 生形貴重『「平家物語」の基層と構造—水の神と物語—』(近代文芸出版、一九八四年)。なお本論の初出は「『平家物語』の構想試論—武具伝承と物語の構想・延慶本を中心にして—」(『日本文学』一九八三年一二月)。また他に、佐伯真一「源頼朝と軍記・説話・物語」(『平家物語遡源』若草書房、一九九六年。初出は一九九二年)も参照。

(12) 多田圭子「中世軍記物語における刀剣説話について」(『国文目白』二八号、一九八八年一一月)。

(13) 高木信『平家物語・想像する語り』(森話社、二〇〇一年)。本論の初出は「『平家物語』「剣巻」の〈カタリ〉—正統性の神話が崩壊するとき—」(『日本文学』一九九二年一二月)。

(14) 鶴巻由美「「剣巻」の構想と三種神器譚」(『國學院大學大學院紀要—文学研究科—』二五号、一九九四年二月)。

(15) 冨倉徳次郎『平家物語全注釈』下巻(一)(角川書店、一九六七年)五五五〜五五七頁参照。

(16) 拙稿「『平家物語』〈宝剣説話〉考—崇神朝改鋳記事の意味づけをめぐって—」(『説話文學研究』三〇号、一九九五年六月)。また同「「剣巻」をめぐって」(『軍記と語り物』三五号、一九九九年三月)も参照。

(17) Oyler, Elizabeth. *Swords, Oaths, and Prophetic Visions: Authoring Warrior Rule in Medieval Japan.* Honolulu: University of Hawai'i Press, 2006, pp. 115–137.

(18)　ワイジャンティ・セリンジャー「換喩から提喩へ――『剣巻』における歴史の形象」（ハルオ・シラネ、藤井貞和、松井健児編『日本文学からの批評理論』笠間書院、二〇〇九年）。なお本論の初出は『國文學』（學燈社、二〇〇七年一二月）。本稿での引用は笠間書院版に拠った。
(19)　中島美弥子「『武家繁盛』の将軍―日本武尊から源頼朝へ―」（『平家物語の転生と再生』笠間書院、二〇〇三年）三二八頁。
(20)　馬目泰宏「「平家剣巻考」序論」（茨城キリスト教学園中学校高等学校紀要『新泉』一六号、一九九二年七月）。
(21)　馬目泰宏「平家剣巻考その二―平家剣巻の成立―」（茨城キリスト教学園中学校高等学校紀要『新泉』一八号、一九九四年七月）。
(22)　明治時代に献上された、皇室御物の「小烏」という太刀があるが、本稿はこれについては立ち入らない。注1の『平家物語大事典』の「小烏」の項目（渡瀬淳子執筆）も参照。
(23)　麻原美子・春田宣・松尾葦江編『屋代本高野本対照平家物語』三（新典社、一九九三年）一四二頁。
(24)　多ヶ谷有子『王と英雄の剣　アーサー王・ベーオウルフ・ヤマトタケル―古代中世文学にみる勲と志―』（北星堂、二〇〇八年）。
(25)　日本古典文学大系31『保元物語　平治物語』（岩波書店、一九六一年）二七三頁。
(26)　黒田彰「源平盛衰記と中世日本紀―三種宝剣をめぐって―」（『國語と國文學』一九九四年一一月）。
(27)　鈴木彰「源家重代の太刀「髭切」説について―その多様性と軍記物語再生の様相―」（『日本文学』二〇〇三年七月）、同「『鍛冶名字考』所載の保元・平治の乱関連説について―中世刀剣伝書にみる『保元物語』『平治物語』の位相―」（『古典遺産』五四号、二〇〇四年）、同『平家物語の展開と中世社会』（汲古書院、二〇〇六年）、同「源家重代の太刀と曾我兄弟・源頼朝―『曾我物語』の中の「髭切」「友切」―」（武久堅編『中世軍記の展望台』和泉書院、二〇〇六年）、同「鬼丸・鬼切説の展開と『太平記』」（佐藤和彦編『中世の内乱と社会』東京堂出版、二〇〇七年）など参照。
(28)　観智院本『銘盡』（覆製本。便利堂、一九三九年）。
(29)　これについては、「『剣巻』の構成原理に関する一試論」と題して別稿を予定している。
(30)　伊藤正義「続・熱田の深秘―資料『神祇官』―」（大阪市立大学文学部紀要『人文研究』三四―四、一九八二年）。
(31)　原克昭「「源大夫説話」とその周辺―熱田をめぐる中世日本紀の一齣―」（『説話文學研究』三二号、一九九七年六月）一二二頁。
(32)　注16の拙稿を参照。
(33)　ここで言う「原態」の概念については小西甚一「『平家物語』の原態と古態―本文批判と作品批評の接点―」（平川祐弘・鶴田欣

也編『日本文学の特質』明治書院、一九九一年)参照。

(34) 本稿における『剣巻』の引用は、注23の屋代本別冊を基本に、注1の小学館版所収の長禄本の記述を、〔 〕によって補った。

(35) 本文は『神道大系　熱田』(一九九〇年)に所収。但し『宝剣御事』は、熱田の縁起でありながら『平家物語』〈宝剣説話〉の枠組を取り込んでいるため、内裏の「宝剣」に対する言及が比較的多いものの、剣の水没は語られない。注16の拙稿(一九九九年)を参照。また、室町時代の成立かと考えられる『熱田太神宮秘密百録』(天文一二年(一五四三)奥書)には、「三種神祇(神器)」に関する異説が例外的に記されている。

(36) 百二十句本は、斯道文庫本を汲古書院刊の影印版に拠って引用した。

(37) 黒田彰「平家物語補闕鏡巻、剣巻をめぐって—軍記物語と日本紀—」(『解釈と鑑賞』至文堂、一九九九年三月)参照。また以下の引用は注5に同じ。

(38) 日本古典文学大系87『神皇正統記　増鏡』(岩波書店、一九六五年)による。

(39) 頼朝を新たな「王権」の主催者として位置づける点に関しては、本郷和人『新・中世王権論』(新人物往来社、二〇〇四年)、同『武士から王へ—お上の物語』(ちくま新書、二〇〇七年)、同『天皇はなぜ生き残ったか』(新潮新書、二〇〇九年)ほかを参照。なお、本稿で用いた「実情《ザイン》」「当為《ゾルレン》」の語は、本郷(二〇〇七年)に基く。

「平家剣巻」の構想――道行・生不動説話の位置づけをめぐって

山本岳史

はじめに

「平家剣巻」は、源氏重代の太刀である「鬚切」・「膝丸」の相伝を通して源氏の歴史を語る物語と、草薙剣を中心とした三種神器の来歴を語る物語の二つの主題を持つ作品である。現在までに数種の伝本の現存が明らかになっている。代表的な伝本である屋代本「平家剣巻」は、屋代本『平家物語』の本編十二巻や抽書七箇条と体裁を同じくするもので、現存する「平家剣巻」の中でもっとも古態を残しているとされる。一方、百二十句本『平家物語』巻十一の「つるぎのまき(上)・(下)」は、他の『平家物語』諸本に見られる宝剣説話や宝鏡説話(十二巻本の巻十一に置かれる宝剣、宝鏡の由来を説く章段)の代わりに「平家剣巻」の本文が収められている。屋代本と百二十句本の先後関係は、今のところ屋代本のような独立形態をとるものが先行し、百二十句本が話材を整理して宝剣説話や宝鏡説話が収められる章段に組み込んだとする説が有力となっているが、今なお明確な根拠は示されていない。その他に、長禄四(一四六〇)年の奥書を有する長禄本や、田中本や鹽竈神社本など近世の写本が数種、『太平記』版本の付録、絵巻、奈良絵本などが知られている(1)。諸本間で目立った異同箇所や物語の本筋に関わるような異文はなく、ストーリーは概ね一致する。

「平家剣巻」に関する研究は、はじめは『平家物語』に収められた宝剣説話の成立過程、『平家物語』そのものの本文流動を論じる中で注目されてきた(2)。その後、伊藤正義氏によって中世日本紀と称される『日本書紀』の中世的解釈の実態が明らかになったことで、「平家剣巻」の三種神器譚に注目が集まるようになっていく(3)。さらに、阿部泰郎氏は中世日本紀の影響下で「平家剣巻」と内容や構成を同じくする、広義の意味での「剣巻」が同時代に広く流布していたことを明らかにされ、「平家剣巻」が『平家物語』の本文流動の過程で生み出されたというものではなく、広義の「剣巻」との影響関係の中で生成され、流布していたと指摘されている(4)。

「平家剣巻」の研究は、現在に至るまで様々な角度から考察されてきたと言えるが、これまでは上・下巻別々に扱われることが多く、ひとつの作品として論じることはあまりなされていない。そこで本稿では、「平家剣巻」の三種神器譚を中心に、『平家物語』の宝剣説話や中世日本紀関連の諸資料との比較を通して、「平家剣巻」の成立過程や作品全体の構想について検討する。

以上の問題意識に基づいて今回注目したいのは、「平家剣巻」に収められた熱田社関連の記事である。「平家剣巻」の日本武尊東征記事の中には、熱田や旗屋、焼田の地名起源説があることや、源太夫・紀太夫といった熱田の在地神が登場することなど、熱田社の縁起類と関連の深い記事が多く確認できる(表1)。

比較対象として覚一本(巻十一「つるぎ」)の記事構成を挙げたが、この章段は『平家物語』の諸本間で記事の出入りはほとんどなく、概ね一致している。この表からもわかるように、「平家剣巻」では日本武尊の東征記事が大幅に増補されている。「平家剣巻」に熱田社に関する記事が多く確認できることについて伊藤正義氏は、「これは平家物語の中で増補を繰り返した結果として生まれて来たというようなものではなく、その部分をそっくり熱田系テキストを借用した結果であると考える方が自然であろう」と指摘され、今日まで「平家剣巻」の成立過程を考える上で重要な指針となってきた(5)。また原克昭氏は、源太夫にまつわる記事に着目して熱田社の縁起類と比較した結果、「平家剣巻」の源太夫

表１　「平家剣巻」三種神器譚（下巻）と『平家物語』（覚一本）の構成比較

「平家剣巻」	覚一本巻十一「つるぎ」
①神璽の霊威	×
②神璽の由来（天地開闢を含む）	×
③宝剣の由来とその所在	③宝剣の由来とその所在
④素盞烏尊　八俣大蛇退治	④素盞烏尊　八岐大蛇の退治
⑤内侍所の由来	×
⑥崇神朝宝剣宝鏡改鋳	⑥崇神朝における宝剣の改鋳
⑦日本武尊東征記事	⑦日本武尊東征記事
風水竜王（伊富貴明神）との遭遇	×
岩戸姫との契り	×
草薙剣の命名	草薙剣の命名
火石水石の霊験	×
岩戸姫との再会	×
風水竜王との二度目の対峙	伊吹明神との遭遇
醒ヶ井ノ水の由来	×
吾妻の地名起源説	×
白鳥塚の由来	×
幡屋の由来と頼朝の誕生	×
焼田・熱田の地名起源説	×
熱田大明神の由来	×
⑧道行宝剣盗難事件	⑧道行宝剣盗難事件
⑨天武朝における草薙剣の熱田返納	⑨天武朱鳥元年、草薙剣内裏に返納
×	陽成院説話
⑩生不動の退治と八剣大明神の由来	×
⑪宝剣喪失に対する解釈	⑪宝剣喪失に対する解釈
（以下略）	

説話について、「「宝剣説話」を構成する神器説の一齣として読み替えられ、熱田鎮座縁起自体もはや相対化されているわけである。通覧する限り、両書はともに「源大夫説話」の叙述を持つことから、その志向は通底しているかに見えるが、それぞれの関心の拠り所には明らかに断層があるといわなければならない」と指摘され、「熱田において形成された言説と「宝剣説話」のそれとが、同一系譜上に並ぶものではないことを示唆しているのである」と結論づけられている(6)。加えて渡瀬淳子氏は、「平家剣巻」と熱田社の最古の縁起である『尾張国熱田太神宮縁起』とを比較され、「平家剣巻」の記事の中に熱田社のオリジナリティーが表れている箇所がないことを明らかにし、「熱田の神話と剣巻との関係は見直される必要があると思われる」と指

摘されている(7)。

以上の先行研究をふまえて、本稿では日本武尊の東征記事に続く、道行と生不動による宝剣盗難事件に着目し、「平家剣巻」の一連の熱田関連説話が物語中でどのように機能しているかについて考察する。道行・生不動説話の生成や変容の過程については、すでに阿部泰郎氏、原克昭氏、渡瀬淳子氏によって明らかにされている(8)。よって今回は特に宝剣の由来を説く場面を中心に検討する。

一　道行説話の変容過程

道行による宝剣盗難事件は、『日本書紀』を初出とするもので、新羅の僧・道行が熱田社から草薙剣を盗み出そうと試みるが、途中で風雨に遭い、結局失敗に終わるという話である(9)。この説話は、『日本書紀』の記事を基にしながら時代が下るとともに大きく変容していく。『日本書紀』から大きく変容した例として最初に注目すべきは、熱田社の最古の縁起である『尾張国熱田太神宮縁起』(以下、『縁起』と略す)である(10)。

天命開別天皇七年、新羅沙門道行盗二此釼神一、爲レ移二本國一、竊祈二神社一、所レ釼裹二袈裟一、逃二去伊勢國一、一宿之間、[a]脱レ自二袈裟一、還二著本社一、道行更亦還到、練禪禱請、又裹二袈裟一、逃二到攝津國一、自二難波津一解レ纜歸レ國、海中失レ度、更亦漂二着難波津一、乃或人託宣云、吾是熱田釼神也、而被レ欺二野僧一、殆着二新羅一、初裹二七條袈裟一、脱出還レ社、後裹二九條袈裟一、其難二解脱一、于レ時吏民驚恠、東西認求、道行中心作レ念、[b]若棄二此釼一、将レ免二投搦之責一、則抛棄二神釼一、々々不レ離レ身、道行術盡力窮、拝手自肯、遂當二斬刑一

『縁起』では、道行は草薙剣を袈裟に包んで熱田社から盗み出そうとするが、草薙剣は自ら袈裟を破って熱田社へ

戻ってしまう(傍線部a)。再び道行は草薙剣を袈裟に包んで新羅へ帰ろうとする。しかし逃げる途中で遭難してしまい、草薙剣を投げ捨てようとするものの、草薙剣は道行の身から離れず、結局道行は斬首されてしまう(傍線部b)。『日本書紀』では、道行は風雨に見舞われることによって宝剣の奪取に失敗したとあったが、『縁起』では草薙剣が自ら霊威を発動することによって盗難の危機を回避することになっている。以後、『縁起』に見られるような草薙剣の霊威を強調するモチーフを軸に、多様な道行説話が流布するようになる。

次に取り上げるのは、『宝剣御事』である。『宝剣御事』は草薙剣の伝来とその霊威を語るもので、応永四(一三九七)年の奥書を有している(11)。『宝剣御事』も『縁起』にあった草薙剣が自ら霊威を発動するというモチーフを引き継いでいる。

尾張國熱田社参籠シテ、草薙釼ヲ行出、筑紫博多ヘ持下奉ニ船入一、既押出、風波起船覆ス、道行此ノ釼ノ祟ト知テ、自レ船下リ、壇ヲ立テ、罪遮行程ニ、内裏ニ十二歳ニ成給女房俄ニ狂出、我ハ尾張國熱田社ニ侍草薙釼也、新羅國之沙門道行ト云有レ驗之僧越ニ吾朝ニ一、日本國之神々ヲ水瓶ニ行取入封シテ、我ヲハ五帖ノ袈裟ニ裹、筑紫ノ博多ヘ下、新羅國ヘ渡ス之間、袈裟ヲ蹴破リ出タリ、有レ左共、七帖之袈裟ニ裹行取ル法ノ威力ニ被レ押、他國ヘ渡等ス、兼以ニ有驗之僧百人ヲ一難波津ニテ大般若經ヲ奉ニ轉讀一者、依ニ其力ニ一我可ニ日本國留ト一有レ詫ケレハ、内裏院中驚思食、貴僧百人難波ノ浦ヘ被レ下、大般若經七日被ニ讀誦一、勅使ヲ筑紫ヘ被レ立、七日ニ滿ル日、釼七帖ノ袈裟ヲ蹴破出樣ニ道行之頸ヲ切落、釼緒ノ高松之梢ニ懸、皓渡御坐ケレハ、在地之者奉レ拝レ之、早馬ヲ立、令ニ奏聞一ケレハ、貴僧十人被レ下、釼ノ可ニ入給一程ニ箱ヲ指テ、旦之上ニ置テ奉レ祈ケレハ、釼自然ト彼箱ヘ飛入給ケリ

『宝剣御事』は『縁起』同様、草薙剣が自ら袈裟を破って逃れたとしている(傍線部c)。『縁起』には見られなかった特徴として注目すべきは、草薙剣が道行の首を落としたとする点である(傍線部d)。この一文によって、『宝剣御事』

は『縁起』よりも一層草薙剣そのものの霊威を強調しているといえる。このように道行説話の中で草薙剣の霊威を強調している例は、表現や分量に違いはあるが、他にも『元亨釈書』や熱田明神の鎮座の由来を説いた『朱鳥官符』など、様々な文献で確認することができる。

ここで『平家物語』の宝剣説話を見てみると、『平家物語』の道行説話は、屋代本や中院本などのように単に風雨によって難を逃れたとするものと、延慶本や長門本のように草薙剣の霊威に言及するものとに分かれる。草薙剣の霊威に言及する諸本の例として、次に延慶本の本文を挙げる(12)。

鋳改ラル、剣ハ内裏ニ安ゼラレテ、霊威一早ク御座ケル程ニ、天智天皇位ニ即セ給テ七年ト申ニ、新羅ノ沙門道行、此剣ヲ盗取テ、我国ノ宝トセムト思テ、密ニ船ニ隠シテ本国ヘ行ケル程ニ、風荒ク浪動テ、忽ニ海底ヘ沈ムトス。是霊剣ノ祟ナリトテ、即罪ヲ謝シテ前途ヲ遂ズ、天武天皇朱鳥元年ニ本国ヘ持帰テ、如レ元大内ニ奉レ返テケリ。

延慶本には道行が宝剣の奪取を三度試みるという場面は描かれていないが、「霊剣ノ祟」によって盗難を逃れたとする点は『宝剣御事』などの例と共通している。一方、他の諸本と異なる傾向を示すのが源平盛衰記である(13)。

天智天皇七年ニ、沙門道行ト云僧アリ。本新羅国者也。草薙剣ノ霊験ヲ聞テ熱田社ニ三七日籠テ、剣ノ秘法ヲ行テ、社壇ニ入盗出シテ、五帖ノ袈裟ニ裹テ出。即社頭ニシテ、黒雲聳来テ、剣ヲ巻取テ社壇ニ送入。道行身毛竪テ弥霊験ヲ貴ミ、重テ百日行テ、九帖ノ袈裟ニ裹テ、近江国マテ帰処ニ、又黒雲空ヨリ下、剣ヲ取テ東ヲ指テ行。道行取返ントテ追テ行。近江国蒲生郡ニ大礒ノ森ト云所アリ。追初森也。道行剣ヲ取返ントテ、此ヨリ追初ケレバ也。行業ノ功日浅ケレバコソ角ハアレトテ、道行又千日行テ、二十五帖ノ袈裟ニ裹テ出。筑紫ニ下舟ニ乗テ海上ニ

浮、望既ニ足ヌ。新羅国ノ重宝ト悦程ニ、[e]俄ニ波風荒シテ不渡得ケレバ、イカニモ難叶トテ、海中ニ抛入。龍王
コレヲ潜上テ、熱田ノ社へ送進ス。

源平盛衰記は『縁起』や『宝剣御事』同様、道行が三度宝剣の奪取を試みることになっており、他の諸本と相違する。事件の顛末に注目すれば、盛衰記は屋代本や中院本のような風雨によって難を逃れたとする例として見るべきであろう（傍線部e）。

ここまで見てきた資料に共通しているのは、道行による宝剣盗難事件が草薙剣の霊威によって解決したとする点である。つまり、これらの資料では、一連の道行説話の主眼が草薙剣の霊威を強調することにあったと読み取れるのである。

二　「平家剣巻」道行・生不動説話の位置づけ

これまで見てきた道行説話の変容過程をふまえて、次に「平家剣巻」の本文を確認してみる。

沙門道行、「サラハ渡テ取テ進セン」トテ、日本へ渡ケリ。尾張ノ熱田参ツヽ、七日行テ、比丘取テ五帖ノ袈裟ニ
裹テ逃ケル程ニ、剣ハ袈裟ヲツキ破テ、本ノ宝殿ニ入給フ。沙門道行又立帰テ、二七日行テ、猶剣ヲ取テ、此度ハ
七帖ニ裹テ逃ケルニ、剣七帖ヲモ撞破テ、如レ元帰入給ヌ。猶立帰テ、三七日行テ、今度ハ九帖ニ裹テ出ケル間、
彼事ヲヱスシテ、筑紫ノ博多マテ逃延タリケルヲ、[f]熱田大明神安カラス思食テ、住吉大明神討手ニ被レ遣ケリ。
住吉蒙レ仰、筑紫ノ博多ニ飛下テ、道行ヲ害シテ草薙ノ剣ヲ奪取テ、天武天皇御時、朱鳥元年、尾張熱田へ返シ置
ク。新羅ノ御門、馮給ツル道行ハ討レケリ、安カラヌ事ニ思食テ、不動ト云将軍ニ、七ノ剣ヲ作リ持セリ、日本ニ

渡シ給フ。[g]生不動ハ尾張ノ国マテ飛下ルヲ、熱田ノ明神、「悪キ者哉」トテ、軈テ蹴害シ給ヘリ。持所ノ七ノ剣ヲ召取給テ、草薙ノ剣ニ加テ同宝殿ニ祝ハレタリ。[h]今ノ八剣ノ大明神、是也。

「平家剣巻」では、新羅の御門（帝）の命を受けた道行と生不動が日本に派遣される。はじめに派遣された道行は、熱田社から二度草薙剣を持ち出そうとするが、その度に草薙剣は自ら袈裟を破って熱田社へと戻ってしまう。ここまでは『縁起』や『宝剣御事』などと共通している。その後道行は、三度目の試みで首尾よく草薙剣を持ち出すことに成功するが、博多まで逃げてきたところで熱田大明神に派遣された住吉大明神によって誅される（傍線部f）。この場面では、道行による三度目の奪取の際に熱田大明神が登場することに注目しておきたい。

道行派遣で失敗した新羅の御門は、天武天皇の御宇に生不動を派遣する。しかし、ここで再び熱田大明神が登場し、今度は熱田大明神が自ら生不動を誅することで、草薙剣の盗難は免れることになる（傍線部g）。生不動にまつわる言説は、「平家剣巻」の本文にもあるように（傍線部h）、主に熱田社の摂社である、八剣宮の縁起として広く流布していたことが明らかになっている(14)。当該場面で登場する熱田大明神については、一連の道行・生不動説話の直前に位置する記事の中に、

日本武尊ハ、白鳥ニテ松子ノ島ニ飛落給テ、後ニハ神ト祝レ給ヘリ。今ノ熱田大明神、是也。岩戸姫モアカテ別シ中ナレハ、終ニ神ト顕テ、一所ニ祝ハレ給ケリ。源大夫モ、神トナリ、田作リノ紀大夫モ、同ク神トソ祝ハレケル。

とあることから、「平家剣巻」では日本武尊を指していることがわかる。

以上見てきたように、「平家剣巻」の道行説話は、道行による三度の奪取のうち、二度までは『縁起』や『宝剣御事』

と同じく、草薙剣が自ら危機を回避することによって、草薙剣の霊威を強調している。しかし、三度目の奪取に際しては熱田大明神が登場し、熱田大明神が派遣した住吉大明神によって事件は解決している。続く生不動説話では、熱田大明神が自ら生不動を誅することによって、熱田大明神自身の神威を強調していると見ることができる。ここで登場する熱田大明神は日本武尊を指していることは、先に見た一連の道行・生不動説話の前に位置する記事内容から明らかである。

「平家剣巻」の道行・生不動説話と近似した構成をとる作品としては、管見の限り『熱田の神秘』や『塵荊鈔』、『雲州樋河上天淵記』、『住吉の本地』などが挙げられる。これらの作品にある道行・生不動説話は、おおよそ構成は一致するものの、細かく見ていくと記事内容に違いが見られる。そこで、各作品の記事内容を比較し、「平家剣巻」の道行・生不動説話の特徴を明らかにしていきたい。

まずはじめに『熱田の神秘』を取り上げる。『熱田の神秘』は、天地開闢から物語を説き起こし、熱田社の縁起と霊威を説く室町時代物語である。『熱田の神秘』は「平家剣巻」と内容の近い記事を有しており、両者の間に何らかの影響関係があったことが想定されている(15)。『熱田の神秘』の当該本文は次の通りである(16)。

i 熱田ノ大明神、住吉ノ大明神ニ告申玉ヘハ、住吉ノ大明神筑紫ノ羽片ニ飛渡セ玉テ、道行法師ヲケ殺テ、御釼ヲ取テ内裏ヘ入リ奉ヌ。内裏ニ二年渡セ玉テ、亦、朱鳥元年三月十八日ニ本山ニ入セ玉ヒケリ。新羅御門、道行法師ヲハケ殺ス、釼ハ取レス、腹立、天竺ヨリ生不動ヲ七躰祈下シ奉テ、日本國ヘ押寄テ、熱田大明神ヲ打参セントシ玉フ。j 其時大明神ハ、伊勢太神宮ヘ此由ヲ申玉ヘハ、去ラハ合力スヘキ由ヲ仰セアリテ、九万八千之軍神ヲソロヘテ諸共ニ戦玉シカハ、大明神悦玉イテ、生不動七躰皆ケコロシ玉テ、七ノ釼ヲ奪取テ、本ノ釼ニ相ソヱテ、八釼大明神トソ奉レ悦也。是可祕々々。

『熱田の神秘』にも、ここに引用した本文の前に、「平家剣巻」と同じく道行による二度の盗難の危機を草薙剣の霊威によって回避するという記事がある。そして三度目の奪取の際に熱田大明神が登場する。『熱田の神秘』も道行を退治する神が熱田大明神に派遣された住吉大明神となっており、「平家剣巻」と共通する(傍線部・i)。一方、生不動を退治する場面では、熱田大明神は天照太神の助けを得て生不動の退治を果たしている(傍線部・j)。したがって『熱田の神秘』の道行・生不動説話は、どちらの事件にも熱田大明神に加勢した神が登場しており、熱田大明神の神威だけで事件が解決しているわけではないということに注目したい。

次に『塵荊鈔』を取り上げる。『塵荊鈔』は、室町時代中期頃に成立したとされる類書である。問答形式を採り、様々な説話が収められている。その中に日本武尊の東征記事を中心とした、一連の熱田関連説話があり、続けて「平家剣巻」と内容の近似した道行・生不動説話を収めている(17)。

> 其後天智天皇之御時、彼霊剣ヲ御殿ニ安ジ給梟《ママ》ヲ、新羅沙門道行雲ニ乗リ来、彼社ニ三七日勤修シ、三衣ニ裹テ失ケルヲ、k住吉明神太宰府ニテ蹴殺シ、剣ヲバ又安ジ奉ル。其ノ後新羅ヨリ聖無動将軍ニ七ノ剣ヲ帯カシメ吾朝ヲ攻ケル時、l太神宮聖無動ヲ蹴殺、七ノ剣ト本ノ剣ト、一社ニ安ジ給。是ヲ八剣宮ト号ス。此ノ新羅ノ王ハ八俣ノ大蛇ノ所変也。姫モ同ク明神ト顕ル。

『塵荊鈔』には、道行が宝剣の奪取を三度試みるという記事はなく、一回目の奪取で住吉大明神によって誅される(傍線部k)。住吉大明神が登場する点では、「平家剣巻」や『熱田の神秘』と共通するが、『塵荊鈔』では熱田大明神が住吉明神に道行退治を依頼したという文言が見られない。また、道行の後に派遣される聖無動を退治する神を、熱田大明神ではなく天照太神としている(傍線部l)。よって『塵荊鈔』では道行・生不動の退治場面に熱田大明神が登場していない。

続けて『雲州樋河上天淵記』を取り上げる。『雲州樋河上天淵記』は、室町時代中期頃の成立とされ、草薙剣の出現から壇浦合戦で喪失するところまでを記している(18)。

> 第三十九代天智帝白鳳八年。道行沙門従二新羅一渡二日本一。以二咒力一欲レ取二日本国一。而同年冬。為レ取二熱田宝剣於熱田祠一。持誦一七日。提レ剣出也。俄黒雲従レ空来。奪レ之。道行。剣霊威非二尋常一。又持誦五十日。又取剣而裹二五條袈裟一到二近江蒲生郡一也。黒雲下奪取如レ先。又還二熱田一作二剣八枚一奉レ代今末社八剣宮也。道行持念百日。深心頼二神祇一。裹二九條袈裟一。遠到二筑紫一。欲レ帰二本国一之処。m天照太神與二八幡一両神。上レ天下レ地遂蹴二破船一。而道行没死。宝剣又還二熱田一給云云。

『雲州樋河上天淵記』では、道行が二度宝剣の奪取を試みるが、これまで取り上げた各資料の例と同じく失敗に終わっている。その後、三度目の試みの際に天照太神と八幡神が登場し、道行は二神の神威によって誅される(傍線部m)。『雲州樋河上天淵記』には道行説話に続く生不動の記事はない。したがって、『雲州樋河上天淵記』も先に見た『塵荊鈔』と同じく、道行退治に熱田大明神が全く関与していないことになる。

最後に『住吉の本地』を取り上げる。『住吉の本地』は、神功皇后による三韓征伐など、住吉社の縁起を説く室町時代物語である(19)。その中に次のような道行説話が確認できる。

> こゝに、しんらこくに、しやもんだうぎやうといへるそうあり。日ほんにめいけんのひかりたつを、しんらのわうにつげければ、すなはちかのそうをつかひにて、てんぢ天わう七ねんに、くだんのれいけんをうばはんために、わがてうにぞわたしける。だうぎやう、あつたのやしろにまいりつゝ、三七日こもりて、けんのひほうをおこなつて、れいけんをぬすみいだし、五でうのけさにつゝみて、すでにしやとうをにげいでんとしたりしおりふし、には

かにくろくもまいさがり、かのれいけんをとりまきければ、かないがたくして、しやだんにかへしおくりたてまつり、またかさねて百日おこなつて、九でうのけさにつゝみて、しやとうをなんなくにげいで、あふみのくにまでかへるところに、またくろくもそらよりまいさがり、れいけんをとりて、ひがしをさして、たなびきゆく。だうぎやう、このよし見るよりも、とつてかへし、おふてゆくそのところを、おいそのもりといへり。このところより、つるぎをおいそめければなり。だうぎやう又千日おこなつて、十五でうのけさにつゝみて、にげゝれば、こんどはつくしのはかたまでぞおちゆきける。そのとき、n すみよしの大みやうじん、おいかけたまひて、くだんのつるぎをとりかへし、だうぎやうをばほろぼし給ひて、れいけんをばもとのごとくに、あつたのやしろにおさめたまふ。

『住吉の本地』では、二度の奪取失敗の後、三度目で住吉大明神が登場する（傍線部n）。『住吉の本地』も『雲州樋河上天淵記』と同じく、生不動の派遣記事がないため、一連の道行説話の中で熱田大明神は登場しない。道行の退治に際して住吉大明神しか登場しないという事は、住吉社にまつわる縁起を説く『住吉の本地』の作品の性格を考慮すれば、当該記事が住吉大明神の霊威譚として位置づけられていると解釈できる。

これまで取り上げた資料で、道行と生不動の退治の場面に登場した神々の名をまとめると表2のようになる。

表2

	道行を退治する神	生不動を退治する神
「平家剣巻」	住吉大明神（**熱田大明神**が派遣）	**熱田大明神**
『熱田の神秘』	住吉大明神（**熱田大明神**が派遣）	天照太神 **熱田大明神**
『塵荊鈔』	住吉明神	天照太神
『雲州樋河上天淵記』	天照太神・八幡神	当該記事なし
『住吉の本地』	住吉大明神	当該記事なし

「平家剣巻」では、道行・生不動退治の場面で一貫して熱田大明神を登場させている。しかし、他の資料に目を向けると、『熱田の神秘』では生不動を退治する場面

で天照太神の助けを得ており、『塵荊鈔』や『雲州樋河上天淵記』、『住吉の本地』などでは、「平家剣巻」と内容の近い記事を有しながらも、熱田大明神がまったく登場していない。こうした違いをふまえれば、「平家剣巻」の道行・生不動説話は、熱田大明神の神威を強調することに主眼があることがわかる。そして、熱田大明神については、先に見たように「平家剣巻」中では熱田大明神は日本武尊のことを指しており、熱田大明神の神威を強調するということは、日本武尊の神威を強調することを意味することになる。

三　「平家剣巻」における日本武尊

先に示した道行・生不動説話の特徴をふまえて、「平家剣巻」の中で日本武尊が重んじられる要因として注目したいのは、幡屋の地名起源説の中で頼朝の出生に触れている点である。

カクテ日数ヲフル程ニ、尊、御悩弥々重ク成セ給ヘリ。終ニ失給ヒケリ。白鳥ト成テ、南ヲ差テ飛給フ。岩戸姫ハ尊ノ余波ヲ悲テコイコカレ給ヘトモ、無二甲斐一ケレハ、尾張国松子ノ島ヘソ空ク帰リ給ヒケル。尊ニ仕フル人共ハ、別ヲ悲ミテ、御跡メニツイテ行程ニ、紀伊国名草ノ郡ニ暫ラク落留リ給ヒケルカ、コ、悪クヤ思ヒ給ヒケン、東州ニ飛帰リ、尾張ノ松子島ヘソ飛落給ヒケル。白キ鳥ニテ飛行給ヒシ時キ、長サ一丈ノ白幡二流付テ飛行ケルカ、夫モ尾張国ニ飛落ヌ。鳥ノ飛落タル所ヲ白鳥塚ト名付タリ。幡ノ飛落タル処ヲハ、幡屋ト名付テ今ニアリ。右兵衛佐頼朝、末代源氏ノ大将ト可レ成故ニヤ、彼幡屋ニテソ生レ給ヒケル。

日本武尊は薨去の後に白鳥となって松子島へと飛び帰り、その途中で白幡を落とす。日本武尊が白幡を落とした場所は幡屋と呼ばれ、頼朝はその幡屋で誕生したとしている。頼朝の母は熱田大宮司の娘であることは間違いないが、幡屋で生まれたという事実はない。しかし、「平家剣巻」では日本武尊の薨去の記事と頼朝の幡屋での誕生とを結びつけることで、頼朝を日本武尊の生まれ変わりと解釈し、頼朝を礼賛している(傍線部ｏ)。こうした「平家剣巻」の頼朝への礼賛的態度は、下巻末尾の一文からもうかがえる。

　鬚切、膝丸一具ニテ、多田満仲八幡宮ヨリ給テ、源氏重代ノ剣ナレハ、暫ク中絶スト云トモ、終ニ一所ニ経廻テ、鎌倉殿へ渡ケリ。希代不思議ノ剣也。

　満仲の代から相伝されてきた「鬚切」・「膝丸」の太刀が頼朝のもとに集まったことを記し、霊験あらたかな二振りの太刀を所持することになった頼朝を寿いで物語を結んでいる。

「平家剣巻」の頼朝に対する礼賛的姿勢や日本武尊との関連について生形貴重氏は、「失われた宝剣にかわり、頼朝が出現し、鎌倉殿の代が寿祝されるという、一貫した構想の下に、「剣巻」は上下巻に及ぶ増補を経て生み出されたのであった」と指摘されている(20)。生形氏は、百二十句本の本文を基準にして考察されているが、百二十句本以外の諸本では、宝剣喪失の場面に、「本ノ剣ハ叶ハネハ、後ノ宝剣ヲ取持テ都ノ外ニ出テ、西海ノ波ノ底ニソ沈ミケル」という一文があり、壇浦合戦で沈んだ宝剣が崇神天皇の御代に造られたものであることを明確にしている。したがって、頼朝を失われた宝剣の代わりとして位置づける解釈は、「平家剣巻」の多くの諸本で当てはまらない。一方、多田圭子氏は、生形氏の指摘を受けて、「熱田社における頼朝誕生を記すことが、失われた宝剣に繋がるとの見解も示されているが、前述の如く、「剣巻」が草薙剣喪失を否定する点を考慮すれば、日本武尊東征の軍旗が落下したという幡屋における頼朝誕生は、征夷大将軍としての日本武尊を頼朝に投影しようとした結果とも考えられよう」と指摘されている(21)。近年では、セリンジャー・ワイジャンティ氏が「平家剣巻」の日本武尊と頼朝の関係について、「慈円が発想した「頼朝が宝剣の役割を果たすようになる」という換喩的な歴史意識が、『剣巻』において「頼朝が王朝の武力行使を完全に囲い込む(内包する)という提喩的な歴史意識に書き換えられる」と指摘され、日本武尊と頼朝とは、「朝廷から独立した将軍」の系譜で結びついていると解釈されている(22)。以上、先学諸氏のご指摘のように、「平家剣巻」に見られる一連の日本武尊説話は、頼朝との関連を意識して位置づけられていると考えられる。加えて、「平家剣巻」の日本武尊説話には、熱田や幡屋、焼田の地名起源説や、源太夫・紀大夫といった熱田の在地神の記事など、熱田社の縁起類と関連の深い記事が複数確認できる。これらの記事内容については、すでに個々別々に考察されており、その結果それぞれの記事で熱田社の縁起類とは一定の距離があることが明らかになっている。そうして点をふまえれば、一連の日本武尊説話は、熱田社の縁起を語るために位置づけられているわけではなく、すべて頼朝との関連を意識し、頼朝を礼賛するために機能していると見るべきであろう。

おわりに

本稿では、日本武尊の東征記事に続く、道行と生不動による宝剣盗難事件に着目し、「平家剣巻」の一連の熱田関連説話が物語中でどのように機能しているか検討した。道行説話そのものは、『日本書紀』に端を発するもので、当初は風雨によって盗難を免れたとするに過ぎなかったが、『尾張国熱田太神宮縁起』や『宝剣御事』、『平家物語』の宝剣説話などのように、次第に草薙剣の霊威を強調する記事へと変容していく。そうした変容過程を経て、「平家剣巻」の道行・生不動説話は、草薙剣の霊威を説くことよりも、日本武尊の神威を強調するところに主眼があると読み取れる。それは、今回取り上げた同根の説話を収める他資料との比較から明らかである。長大化した一連の日本武尊説話の後で、道行・生不動説話の中でも日本武尊の神威を強調しているということは、「平家剣巻」の一連の日本武尊説話が頼朝を礼賛するために位置づけられていることと決して無関係ではない。一歩踏み込んで言えば、「平家剣巻」の三種神器譚が、『平家物語』の宝剣説話のように、単純に宝剣の由来や来歴を語るところに主眼があったわけではなく、特に日本武尊の東征記事以降は、あくまでも日本武尊の神威を強調することに重きを置いて記事を構成していると推測されるのである。このように考えていくと、源家宝剣譚と三種神器譚とをつなぐ、作品全体の主題をどこに見出すべきなのか、改めて作品全体を視野に入れた考察が必要になってくるだろう。上巻の本文分析はもちろんのこと、下巻では今回扱わなかった素盞烏尊の八俣大蛇退治や、神璽や内侍所の由来記事など、それぞれの説話自体の生成過程を追究するのではなく、上・下巻の連関を如何に見出すかということに着目しながら改めて読み直していきたいと考えている。

注

（1）「平家剣巻」の諸本については、松尾葦江「剣巻の意味するもの」（『日本古典文学会々報』一一二、昭和六二年［一九八七］七月）を参照した。「平家剣巻」本文の引用は、屋代本の影印による（『屋代本平家物語』角川書店、昭和四一年［一九六六］）。

（2）山田孝雄『平家物語考』（国定教科書共同販売所、明治四四年［一九一一］）、渥美かをる『平家物語の基礎的研究』（三省堂、昭和三七年［一九六二］）等参照。

（3）伊藤正義「中世日本紀の輪郭—太平記におけるト部兼員説をめぐって—」（『文学』四〇—一〇、昭和四七年［一九七二］一〇月）。

（4）①阿部泰郎「中世王権と中世日本紀—即位法と三種神器をめぐりて—」（『日本文学』三四—五、昭和六〇年［一九八五］五月）、②阿部泰郎「日本紀と説話」（『説話の講座三　説話の場—唱導・注釈—』勉誠社、平成五年［一九九三］）。

（5）伊藤正義「熱田の深秘—中世日本紀私注—」（『人文研究』三一—九、昭和五四年［一九七九］三月）。

（6）原克昭「「源大夫説話」とその周辺—熱田をめぐる中世日本紀の一齣—」（『説話文学研究』三二、平成九年［一九九七］六月）。

（7）渡瀬淳子「剣巻の成立背景—熱田系神話の再検討と刀剣伝書の世界—」（『国文学研究』一三八、平成一四年［二〇〇二］一〇月）。

（8）阿部泰郎注4②前掲論文、原克昭「熱田の縁起と伝承─「新羅沙門道行譚」をめぐる覚書─」（『国文学　解釈と鑑賞』六〇─一二、平成七年［一九九五］一二月）、渡瀬淳子注7前掲論文等参照。
（9）『日本書紀』天智天皇七年条。
是歳、沙門道行、草薙剣を盗みて、新羅に逃げ向く。而して中路に風雨にあひて、荒迷ひて帰る。（日本古典文学大系・原漢文）
（10）『神道大系神社編一九　熱田』（神道大系編纂会、平成元年［一九八九］）。
（11）注10に同じ。
（12）『校訂延慶本平家物語』一一（汲古書院、平成二一年［二〇〇九］）。同様の例は、延慶本の他に覚一本、長門本に確認できる。
（13）本文の引用は『古典資料類従一九　源平盛衰記慶長古活字版　六』（勉誠社、昭和五三年［一九七八］）により、私に濁点・句読点を付した。
（14）阿部泰郎注4②前掲論文、原克昭注8前掲論文、渡瀬淳子注7前掲論文等参照。
（15）伊藤正義注5前掲論文、渡瀬淳子注7前掲論文等参照。
（16）伊藤正義「続・熱田の深秘─資料『神祇官』─」（『人文研究』三四─四、昭和五七年［一九八二］）による。
（17）市古貞次編『塵荊鈔』（古典文庫四四八、昭和五九年［一九八四］）。
（18）『群書類従』第二輯。
（19）『奈良絵本集　パリ本』（古典文庫五八二、平成七年）により、私に濁点を付した。
（20）生形貴重『『平家物語』の基層と構造─水の神と物語─』（近代文芸出版、昭和五九年［一九八四］）。
（21）多田圭子「中世軍記物語における刀剣説話について」（『国文目白』二八、昭和六三年［一九八八］一一月）。
（22）セリンジャー・ワイジャンティ「換喩から提喩へ─『剣巻』における歴史の形象─」（『国文学解釈と教材の研究』五二─一五、平成一九年［二〇〇七］一二月）。

III

シンポジウム「平家物語研究の視点」

東国武士研究と軍記物語

野口実

はじめに―史料としての軍記・説話

明治の歴史学者久米邦武は「太平記ハ史学ニ益ナシ」と述べ、軍記を史料として評価しないことを自らの矜持とした(1)。しかし、今日では、一次史料による裏づけを担保しつつ、史料として活用するのが常識となっている。記録・文書などの残存史料は少ないが、それを補完するものとして軍記・説話などの活用がはかられる。たとえば、『今昔物語集』本朝世俗部の巻二十五などに見える武士関係の説話には、史実を物語るものが多い(2)。さらに、当時の人々の武士に対する見方のような、記録・文書では得られない情報も盛り込まれている(3)。文書・記録の限界と制約を克服するために、軍記物語や説話類は史学に益あるものなのである。

ただし、それらを歴史資料として扱う場合には、十分な吟味が要求される。たとえば最近の研究の中で、その模範的な方法の事例として挙げられるのが長村祥知氏による慈光寺本『承久記』所収院宣に対する考証である(4)。ここで長村氏は、慈光寺本『承久記』所収院宣と同様式の文書を網羅的に収集し、文書発給の手続きのあり方から、院宣の実在と官宣旨の発給に葉室光親が携わったことを解明された。これは歴史学の立場から、承久の乱の政治史的再評価を迫る事実を発見したことになるのだが、国文学の関心からすれば、諸本成立過程の手がかりが得られたことになろう(5)。

ところで、「『太平記』は史学に益なし」とされたにもかかわらず、近代における国家的修史事業として編纂が進められた『大日本史料』は『源平盛衰記』を活用した。また、多くの古典全集が『源平盛衰記』を収録し、その内容は一般読者層に享受された。しかし、戦後になって『源平盛衰記』が『平家物語』の後出増補本であるという評価が定着すると、ほとんど活字化されるのは、文芸性の高い流布本(語り物系)ばかりとなり、『源平盛衰記』や『延慶本平家物語』のような叙事的な読み本(読み物)系の諸本は一般読者から遠ざかってしまった。

こうした現状を踏まえて、上横手雅敬氏は、軍記が軍事史研究においては欠くことの出来ない史料であり、公式な報告や貴族の日記に記載されない「合戦の実像」を知るために、その記述は、ほとんど唯一の史料として有効であることを説かれ、読み本(読み物)系の復権と流布の必要を提唱されている(6)。

一　歴史学の研究と『平家物語』

歴史学研究の第一段階は、まず事実を解明することにある。『平家物語』のような軍記物語を史料として活用する場合、その記述が事実かフィクションかどうかを明らかにすることは作品の文学性を考える上でも大前提であろう。

最近、元木泰雄氏によって平家討伐に向かった義経軍を構成したのが東国武士ばかりではなかったことや、腰越状が偽書であることが明らかにされた(7)。かかる虚構設定の事情を考えるのが文学の研究ということになると思うのだが、その場合、当時の政治思想に対する理解が必要となる。政治思想史は主に歴史学の側が担うジャンルである。一方、政治思想の研究に文学研究の成果を欠かすことは出来ない。このように歴史学と文学の研究は相互依存の関係にあるが、しかし、史実の解明という第一段階において、文学研究者は歴史学の研究者と同じ作業を行わざるを得ない。

史実の解明は実証の作業であるから、あくまでも科学的に行われなければならない。しかし、研究者は常に、彼（彼女）の生きる時代の常識や思潮に制約される。前近代以来、『平家物語』は源平内乱期の歴史そのものとして受容され、その歴史観は血肉化するにいたっていた。平家政権の評価、鎌倉幕府の成立事情、そして東国武士認識という観点から、その影響を考えてみよう。

面白いことに、滅び行く平家と新興の源氏、勇敢な東国武士と軟弱な平家（西国武士）を対比させた『平家物語』史観は、近代以降今日にいたるまで、その時々の要請する歴史観と整合しながら存続し続けているのである。

明治維新後、西欧から近代史学の方法が伝えられたとき、平家は古代国家の武力と理解される一方、東国武士は西欧史におけるゲルマンの如く中世を切り拓く存在として位置づけられた。ついで、軍国主義教育が隆盛を極めるようになると、『平家物語』に示された質実剛健な東国武士のイメージが再生産、強調されるようになる。マルクス史観（唯物史観）が主流を占めた戦後歴史学は、皇国史観を徹底的に排撃したにもかかわらず、あたかも東国武士を農民・労働者、京都の貴族と貴族化した平家を地主・資本家になぞらえ、武士が貴族との階級闘争に勝利していく図式をもって古代から中世への展開過程として理解しようとした。戦前戦後一貫した、この歴史認識は広く国民一般に流布・再生産され、現在にいたっている。

しかしながら、戦後歴史学は社会経済史中心で「下部構造」を重視するものであったから、人物史や具体的な政治過程に関する研究が停滞・退歩することとなったのは否めない。系譜や人的なネットワークの研究は、政治的に反体制の立場に立つ硬派の第一線研究者の間では、軽視というよりも「枝葉末節の軟弱な議論」として侮蔑の対象とする雰囲気さえも醸成されたのである。しかし、一般市民の歴史に対する関心は社会構造や理論にではなく、人物や事件にあるから、こうした歴史学の研究は社会還元されにくいものとなり、研究者と一般市民の歴史認識の乖離・断絶は広まる一方となった。こうした二重構造を補完する役割を国文学が担った側面は否定できない。歴史学が社会科学の一ジャンルとして位置づけられることにより、市民的な歴史理解は史学よりも文学に委ねられる結果となったのである。人物史・事件史など、国文学研究に受容される研究を行った歴史学者もあったが(8)、彼らは歴史学界では主流の位置からはずれ、旧守的な存在と位置づけられるような状況が続いた。

しかし、一九七〇年代の頃から社会的な問題意識に変化が生ずるに伴い、歴史学においては、変革よりも一時代の社会の具体像、言いかえれば静態的な歴史が関心の対象とされるようになる。いわゆる「社会史」ブームの到来である(9)。地球規模の生産至上主義のもたらした精神の荒廃や自然環境の破壊、社会主義への幻滅といった事態が進行する中で唯物史観のようなグランド・セオリーが有効性を失い、戦後歴史学にも転換期が訪れたのである。その結果、歴史学では社会構造の解明よりも、ある時代の人々の内面(心性)を重視するような研究がさかんになり、民俗学・文化人類学・美術史的な方向に流れ、戦後歴史学の主流を占めた社会経済史的な研究は低調となっていった。その結果、大学で日本史を学ぼうとする学生の関心は、陰陽師のような呪術的なものに向けられるようになり、かつて歴史学の根幹にあったオーソドックスな政治史の研究も依然不振な状態が継続している。

二　国文学研究者との交流と国文学の研究成果から得たもの

東国武士研究を進める過程で軍記物語の史料的活用の方途を探っていた私が、国文学の研究者と接し御教示を得る機会を得たのは、同学の川合康氏のお誘いによって、一九九六年に兵藤裕己氏が川合氏とともに立ち上げた「平家物語研究会」(現、「中世戦記研究会」)に参加させて頂くことになってからのことである(10)。

その後、早川厚一氏からのお誘いによって、二〇〇一年八月に三重県久居市で開催されたシンポジウム「平氏と平家物語」で報告の機会を与えられたことを契機として、軍記・語り物研究会にも加えて頂くこととなった。

国文学研究者との交流によって得たものは大きく、『平家物語』の諸本研究など、在来の国文学の研究成果の中に多く学ぶべきものがあることを知ることができた。たとえば、建長の政変の首謀者である了行に関する私の一連の仕事は、平家物語研究会における牧野和夫氏との邂逅によって飛躍的に前進したものである。

牧野氏との幸運な邂逅は、一九九七年六月一四日、都立墨田川高校で開催された第三回平家物語研究会で訪れた。すなわち、牧野氏の報告における東寺蔵宋版一切経の行間の刊記に見える「日本国下州千葉寺比丘了行」が、私の報告の中で取り上げた建長の政変の首謀者了行(中山法華経寺所蔵『日蓮遺文紙背文書』に所見)と同一人物と判断されたのである。これによって、下総守護千葉氏(千葉介)と京都九条家に関係をもつ了行の姿が明確なものとなり、渡宋の背景や建長の政変にいたる経緯も判然とすることになった(11)。

最近、とくに裨益を蒙った国文学の研究成果としてあげておきたいのは、浅見和彦氏・佐々木紀一氏・櫻井陽子氏によるものである(12)。

浅見和彦氏は『閑谷集』の作者を解明する過程で駿河国大岡庄牧氏の存在形態を論じられたが、それによって私は伊豆時代の北条氏研究に新たな活路を見出すことを得た(13)。

また、佐々木紀一氏は『平家物語』研究に伴って、関連する諸史料の研究を精力的に進め、『日蓮遺文紙背文書』に所見する法橋長専(下総守護千葉氏に使える吏僚)の存在形態の分析を通して鎌倉時代の東国の文化状況を鮮明にし、また『北酒出本源氏系図』等の系図類を検討することによって、伊豆北条氏の出自や下総国相馬御厨をめぐる係争に関与した源義宗について、従来の理解を根底から覆すような事実を提示された(14)。

櫻井陽子氏は、源頼朝の征夷大将軍補任に関する記事の見える『山槐記』逸文を紹介することによって、頼朝が望んだのは「大将軍」に過ぎなかった事実を明らかにされたが(15)、これは鎌倉幕府論の根幹を揺さぶる新事実の発見であり、幕府の首長が「征夷大将軍」であることに意義を見出し、様々な評価を加えていた(16)日本中世史学界に大きな衝撃を与えるものであった。

以上、私の課題とする研究に直結した研究成果を紹介させて頂いたが、さらに広く中世前期の武士論という枠組みで捉えると、佐伯真一氏・小川剛生氏・清水眞澄氏・兵藤裕己氏らによる、武士の心性・和歌・音楽・芸能民などの側面からの研究からも学ぶべきところ実に大きなものがある(17)。

三　国文学・軍記研究への期待

前述したように、国文学においても史実の解明の作業は研究の大前提となるものである。ところが、従来の諸本研究などの成果を見ると、東国武士に関係する部分の考証に限ってみても、歴史学の側からはとても納得しがたいものが少なからず存在する(18)。国文学研究に対しては、歴史的事実の認識において、その時代の政治システム・社会状況についての歴史学の成果を踏まえた議論を望みたいのである。

そうした点からも、『平家物語』の諸本研究の上からも、一挙両得な方法として期待されるのが『吾妻鏡』への取り組みではなかろうか。『吾妻鏡』編纂の際に『平家物語』(『源平盛衰記』)が用いられたことは、大正二年(一九一三)に出版された八代國治『吾妻鏡の研究』で指摘されたとおりであり、『吾妻鏡』(頼朝将軍記)の検討は、『平家物語』諸本研究に益するところが多いものと思われる。しかも、この時代の政治過程や人物に関する解明は、近年歴史学ジャンルで進展著しいものがある(19)。『吾妻鏡』の成立時期についてはある程度明確にされているから、『平家物語』の諸本論(成立論)研究の指標にもなるのではないかと思われるのである。

ところで、『吾妻鏡』には『源平闘諍録』に見える千葉氏の説話のような個別の武家の所伝が取り込まれていることが想定できる。養和元年(一一八一)閏二月二十三日条の野木宮合戦における小山朝政の活躍、同年六月十九日条の佐原義連に対する賞揚、承久三年(一二二一)六月十四日条の宇治川合戦における佐々木信綱の渡河先陣の記述は、明らかに小山氏以下の家伝に基づくものであろう(20)。また、養和元年閏二月二十五日条における足利忠綱の超人的描写は伝承世界の所産というべきものであり(21)、これらは国文学研究のテリトリーに属するものといえる。

また、軍記を語り歩いた芸能民の研究は、語りの場や人の移動の問題として歴史学における交通・流通論と関わってくる。それは考古学者を含めた広い議論の対象になるものであろう。たとえば、近年、鹿児島県において持躰松遺跡（南さつま市）や大隅国正八幡宮社家館跡（霧島市）の考古学的調査が行われて中世前期における南島交易の実態が明らかにされているが、それを日本の通史に位置づけた叙述に反映するためには、どうしても文献史料として軍記を援用する必要がある(22)。『保元物語』における源為朝の鎮西における活動や『平家物語』諸本に所見する俊寛らの流刑、『長門本平家物語』にしか見えない正八幡宮社家桑幡（息長）清道の動向などについて検討を加えることは、学問的な相互補完のみならず、市民的関心を惹起する上でも大きな効果が期待できるのではないだろうか。

おわりに

最後に、ここまで述べてきたことをまとめておきたい。

明治の歴史学者久米邦武は「太平記ハ史学ニ益ナシ」と述べ、軍記を史料として評価しないことを自らの矜持とした。しかし、今日では、一次史料による裏づけを担保しつつ、史料として活用するのが常識となっている。文学サイドからの軍記研究においても、まずその前提として記載内容の事実性の検討が必要不可欠な作業となろう。それによって、作品の構想を解明することが出来るからである。そして、そこで得られた書誌情報が、今度は史学研究に裨益をもたらすこととなる。

ところで、『平家物語』に示される歴史観が近現代の歴史観とうまく整合したことが指摘されている。すなわち、西欧から近代史学の方法が導入されたとき、平家を古代国家の側に置く一方、源氏は中世を開く勢力とされ、軍国教育下においては東国武士の質実剛健なイメージが強調され、唯物史観に基づく戦後歴史学でも、この見方が階級関係の図式として踏襲されたのである。この結果、『平家物語』史観は今日でも広く国民一般に流布・再生産されている。ちなみに、戦後歴史学は社会経済史を中心に進められたので、系譜や人脈に関心を払う人物史・事件史を軽視した。そうした戦後の歴史学のあり方を背景に、市民的関心の対象となる歴史像の社会還元が文学に委ねられた側面がある。

　歴史学における武士論研究において、軍記研究者との交流とその成果の吸収が極めて有益であることは言うまでもなく、問題意識の相違を踏まえた上で交流の活発化をはかることは急務としなければならない。具体的には『吾妻鏡』の史料批判に際して『平家物語』の諸本研究の成果から学ぶべき部分が多く、また『平家物語』研究者にとっても『吾妻鏡』への取り組みは大きな裨益をもたらすことであろう。

　かかる文学・歴史学の交流は、単に双方の研究に補完の成果をもたらすだけでなく、対象とする事象への市民的関心を惹起させることにも繋がるものと思われる。

注

（1）久米邦武『太平記ハ史学ニ益ナシ』（『史学雑誌』第二一号、一八九一年）。
（2）同巻における主人公的な位置をしめるのは源頼信であるが、その記述と史実との整合については、竹内理三「東国の叛乱」（同『日本の歴史6　武士の登場』中央公論社、一九六五年）、横澤大典「源頼信　河内源氏の成立」（元木泰雄編『古代の人物6　王朝の変容と武者』清文堂、二〇〇五年）などを参照。
（3）元木泰雄「『今昔物語集』における武士」（安田章編『鈴鹿本今昔物語集―影印と考証―』下巻、京都大学学術出版局、一九九七年）。
（4）長村祥知「承久三年五月十五日付の院宣と官宣旨」（『日本歴史』第七四四号、二〇一〇年）。
（5）長村氏の指摘は、院宣が有力御家人個別に下されたことから慈光寺本『承久記』の情報源に三浦氏を想定した久保田淳氏の研究（同氏「承久記　解説」（栃木孝惟ほか校注『岩波新日本古典文学大系43　保元物語　平治物語　承久記』岩波書店、一九九二年）に整合する。

（6）上横手雅敬「史料としての『平家物語』」（『文学』隔月刊第三巻第四号、二〇〇二年）。ちなみに、戦後における歴史学からの『平家物語』への主な取り組みの代表的な成果としては、石母田正『平家物語』（岩波書店、一九五七年）、赤松俊秀『平家物語の研究』（法蔵館、一九八〇年）、福田豊彦「『源平闘諍録』その千葉氏関係の説話を中心として」（『東京工業大学人文論叢』一九七五年）、上横手雅敬『平家物語の虚構と真実』（講談社、一九七三年）、五味文彦『平家物語、史と説話』（平凡社、一九八七年）、川合康『鎌倉幕府成立史の研究』（校倉書房、二〇〇四年）、髙橋昌明『平家の群像　物語から史実へ』（岩波書店、二〇〇九年）などを挙げることが出来よう。

（7）元木泰雄『源義経』（吉川弘文館、二〇〇七年）、同「源平合戦をめぐる虚実―歴史学と史料批判―」（京都大学大学院人間・環境学研究科『人環フォーラム』第二七号、二〇一〇年）。

（8）たとえば、平安期～源平内乱期の人物論に取り組んだ角田文衛氏〔『王朝の映像』（東京堂出版、一九七〇年）・『平家後抄』（朝日新聞社、一九七八年）など〕、西行の伝記や鎌倉幕府成立期の吏僚や後鳥羽院・承久の乱に関する実証的な研究を進めた目崎徳衛氏〔『西行の思想史的研究』（吉川弘文館、一九七八年）・『貴族社会と古典文化』（吉川弘文館、一九九五年）・『史伝後鳥羽院』（吉川弘文館、二〇〇一年）〕など。

（9）社会史ブーム到来の背景については、髙橋昌明「社会史の隆盛が問いかけるもの―現代歴史学の課題―」（『新しい歴史学のために』一八三号、一九八六年）を参照。

（10）『平家物語』研究会成立の経緯については、兵藤裕己「解説―征夷大将軍について」（川合康『源平合戦の虚像を剥ぐ　治承・寿永内乱史研究』講談社学術文庫、二〇一〇年）を参照されたい。

（11）牧野氏との邂逅によってもたらされた研究上の成果については、拙稿「書評　牧野和夫著『延慶本『平家物語』の説話と学問』（『日本宗教文化史研究』第一二巻第二号、二〇〇八年）で詳述した。なお、その後新たに得た了行に関する知見については、拙稿「東国出身僧の在京活動と入宋・渡元―武士論の視点から―」（『鎌倉遺文研究』第二五号、二〇一〇年）、同「鎌倉時代における下総千葉寺由縁の学僧たちの活動―了行・道源に関する訂正と補遺―」（京都女子大学宗教・文化研究所『研究紀要』第二四号、二〇一一年）を参照されたい。

（12）浅見和彦「『閑谷集』の作者」（有吉保編『和歌文学の伝統』角川書店、一九九七年）、佐々木紀一「法橋長専のこと」（『国語国文』第六八一・六八二号、一九九一年）、同「北条時家略伝」（『米沢史学』第一五号、一九九九年）、同「『平家物語』の中の佐竹氏記事

について」（『山形県立米沢女子短期大学紀要』第四四号、二〇〇八年）、櫻井陽子「頼朝の征夷大将軍任官をめぐって―『三槐荒涼抜書要』の翻刻と紹介―」『明月記研究』九号、二〇〇四年）。
(13) 拙稿「伊豆北条氏の周辺―時政を評価するための覚書―」（京都女子大学宗教・文化研究所『研究紀要』第二〇号、二〇〇七年）。
(14) 佐々木紀一「法橋長専のこと」、同「北条時家略伝」、同「『平家物語』の中の佐竹氏記事について」。
(15) 櫻井陽子「頼朝の征夷大将軍任官をめぐって―『三槐荒涼抜書要』の翻刻と紹介―」。
(16) 高橋富雄『征夷大将軍　もう一つの国家主権』（中央公論社、一九八七年）、拙著『武家の棟梁の条件　中世武士を見なおす』（中央公論社、一九九四年）など。
(17) 佐伯真一『戦場の精神史　武士道という幻影』（日本放送出版協会、二〇〇四年）、小川剛生『武士はなぜ和歌を詠むか　鎌倉将軍から戦国大名まで』（角川書店、二〇〇八年）、清水眞澄『音声表現思想史の基礎的研究　信仰・学問・支配構造の連関』（三弥井書店、二〇〇七年）、兵藤裕己『平家物語の歴史と芸能』（吉川弘文館、二〇〇〇年）。
(18) 軍記研究においては、史実追及の作業を狭い枠の中で完結させていることが多く、時にはそのような方法で得た結論をもって、歴史学の成果を論証過程を検討することなく否定しているようなケースも見受けられる。一方、歴史学の側も近年の国文学研究の成果を摂取するにいたらず、『平家物語』を史料として活用する場合でも、からくも赤松俊秀『平家物語の研究』（法蔵館、一九八〇年）の研究水準を踏襲しているのが現状である。この点については、源健一郎「源平闘諍録研究の現況」（『軍記と語り物』第四一号、二〇〇五年）において鋭い批判が加えられている。
(19) 元木泰雄『源義経』、髙橋昌明『平家の群像　物語から史実へ』など。元木氏も指摘されるように（「源平合戦をめぐる虚実―歴史学と史料批判―」）、歴史学者の中には『吾妻鏡』を無批判に史料として用いている傾向があり、これを是正するためにも『平家物語』の諸本研究のような方法に学ぶべき所は大きい。また、『吾妻鏡』の記述における虚構それ自体が国文学者にとっては重要な研究対象となるものと思われる。
(20) 承久三年宇治川合戦における佐々木信綱の活躍が、『平家物語』における佐々木高綱の先陣譚のベースになった可能性の高いことについては、野口実・長村祥知「承久宇治川合戦の再評価―史料の検討を中心に―」（京都女子大学宗教・文化研究所『研究紀要』第二三号、二〇一〇年）で触れた。
(21) 『吾妻鏡』に記された足利忠綱と伝承世界における俵藤太秀郷のイメージに共通性の見られることは、拙著『伝説の将軍　藤原秀郷』（吉川弘文館、二〇〇一年）で述べたところである。

(22)　持躰松遺跡については拙稿「薩摩と肥前」（『鹿児島中世史研究会報』五〇号、一九九五年）・柳原敏昭「平安末～鎌倉期の万之瀬川下流地域―研究の成果と課題―」（『古代文化』第五五巻第二号、二〇〇三年）、正八幡宮社家館跡については『「海と城館が支えた祈りの世界」―大隅正八幡宮と宮内の一〇〇〇―』（編集・発行　霧島市立隼人歴史民俗資料館、二〇一〇年）・拙稿「京都七条町から列島諸地域へ―武士と生産・流通―」（入間田宣夫編『兵たちの時代Ⅱ　兵たちの生活文化』高志書院、二〇一〇年）を参照されたい。

歴史学の視点と文学研究の視点―「武士的価値観」を中心に

佐伯真一

はじめに―歴史学と文学研究

日本における歴史学研究と文学研究の違いは何か。もちろん、近代の学問として、両者が目的も方法も根本から異なっていることは今更言うまでもないことではあろうが、歴史学研究においては、扱う史料の範囲が大幅に拡大すると共に、精神史的な領域への関心も顕著になり、一方、文学研究においても「文学」概念ないし研究対象領域の大幅な拡大と方法の多様化が認められる昨今、両者の区分が明瞭ではなくなってきていることも事実だろう。特に、軍記物語などの周辺の領域においては、そうした現象が著しいように思う。たとえば、治承・寿永内乱期の史料として『吾妻鏡』と『平家物語』の基礎的な考証を行うといった場合には、歴史研究者と文学研究者とが何ら立場の違いなく議論することが可能だろう。

しかし、もちろん、両者の相違も依然として多い。筆者は、その重要な問題の一つとして、研究の目的、あるいは研究対象との関わり方の問題が挙げられると思う。それは、歴史学の研究者達が、方法的統一性のもとに、パラダイムあるいは研究目標を共有して、あるいはその共有を前提として研究しているのに対して、文学研究はそうではないということである。歴史学研究は、当然のことながら歴史事実を明らかにすることを目標としており、作品を、それに向かうための史料の一つとして見ている。たとえば、上横手雅敬が、延慶本第五末(巻十)所載の寿永二年十月宣旨の史料価値を高く評価した研究(1)、野口実が、延慶本などの『平家物語』本文に、『吾妻鏡』を上回る史料性を認めた研究(2)、上杉和彦が、延慶本所載の文書の中には創作されたらしきものもあるが、史料として活用できるものも少なくないとした研究(3)など、『平家物語』に関する歴史家の重要な研究は多いが、それらにおいては、延慶本『平家物語』が、その史料性において評価されている。そうした場合、研究の目標は史実の解明という普遍的な次元にあり、そこに至る方法は共有されている。作品はその普遍的な目標へ向かう基準のもとにおいて、史料として評価されるのであり、その固有性はそのために考慮される問題に過ぎない。

一方、日本文学研究は、私見では、方法的非統一性を特徴とする学問領域である。日本文学研究において共有されているのは研究対象(「文学」と認定された作品群)であって、方法ではない。文学研究において、作品は研究対象であると同時に研究目的そのものであり、作品の固有性の解明がそのまま研究の目標とされる。もちろん、その先により普遍的な目標が設定されるにせよ、作品論はとりあえずそれとして完結するのであり、そうした中では、作品の価値を判断する基準、あるいは研究の意義(何を明らかにするか)については、各々の研究者に委ねられるわけである。たとえば、文献学的な研究、文芸批評的研究、民俗学的研究、あるいはいわゆる「歴史社会学派」等々を例に挙げれば、それらが研究対象を共有し、また、相互に関心や研究内容を共有しつつも、各々異なる方向に向けて研究目標を設定していることは明らかだろう。そうした意味では、文学研究は雑学的であるといってもよい(但し、筆者はその雑学性を必ずしも短所ととらえてはいない。むしろ、学際的な関心を柔軟に取り入れて豊かな学問領域を形成してゆくためには、それは長所となるわけで、方法的純粋さに固執することは時にマイナスでさえあり得ると考えている)。

ともあれ、たとえば諸本論は、歴史学にとっては史料論だが、文学研究においては一般に作品論(作品の固有性を明らかにする研究）に向かう階梯と意識される。たとえば、延慶本のある記事が他本よりも史実に近いという場合、文学研究においては、その部分の本文が古態をとどめる可能性が強いと意識され、それは『平家物語』の本来の形態を考える一助となる――という形で作品論につながってゆくと意識される。一方、歴史学においては、同じ現象が、その記事に関わる史実や、延慶本というテキストを史料として利用できる可能性などの問題につながる。両者の間にズレがあることは否定できない。もちろん、歴史学の史料論的考証と文学研究の諸本論とは、相互の相違を自覚しつつ補い合えばよいといえばそれまでだが、歴史学も文学研究も様変わりしつつある現在、本稿では、右のような相違を意識しながら、そうした史料論とはいささか異なるところに、両者の交流が可能な領域はないのかと考えてみたい。

一　「作者」と「作品」

作品を理解するためにはその作者の個性を理解し、作者が何を考えたのかを探らねばならない―という、〈作者―作品〉の思考の枠組みは、国文学の基本的発想である。もっとも、『平家物語』研究の場合、多くの異本を抱え、「作者」が記した原型に遡ることがきわめて難しいことと、「作者」に関する資料がきわめて乏しいことという、二つの大きな難題を抱えているため、作者の個性から作品を論ずるという一般的な方法が中々成り立たない。しかし、多くの諸本論は、そうした議論を可能にするために作品の原型を明らかにするという遠い目標を持って進められてきただろうし、また、『徒然草』二二六段などに僅かに見える資料から、「信濃前司行長」などの名で想定される「原平家」作者の精神のあり方を描き出そうと努めた研究もかつては多かった。戦後の研究でも、たとえば、原作者の思想に、法然流の浄土教が位置を占める可能性があったか否かという議論として展開された法然義論争の例などに、そうした構図を見ることができよう（4）。

そうした中で、いわゆる歴史社会学派の研究者達は、階級の概念を重視する唯物史観的な視点に立つことによって

「作者」像の抽象化・概念化を図り、新たな作者論・作品論を創り出した。たとえば永積安明(5)は、『平家物語』は「領主階級それ自身の直接的な主張・表現としてでなく、いわば、それの都市人への投影として結晶」したことにより、「単なる武士文学や貴族文学の狭さをのりこえ」、「国民的な文学」となり得たのだと考えた。伝記研究などの方法によって作者論を展開することの困難さを、「作者」の概念化によって飛び越えた立論であり、現在も一定の有効性を保っているだろうが、これも、まず作者の精神を措定して、そこから作品内容を演繹しようとする思考の枠外に出てはいなかったといえよう。

一方、有王の「語り」から説き起こし、各地にあった語り物が結集して『平家物語』を形成するというモデルを提示した柳田國男(6)は、当時の研究を「作者の推定にばかり、うき身をやつす人が世には多く、どうして此様な大規模な統一が起こつたかを、考へてくれさうな方があまり無い」と批判した。柳田の場合、作者論に否定的である理由は、文献よりも「語り」を重視するという問題によるところが大きいが、こうした発想においては、作品の創造にとって「作者」が重要な位置を占めることはなく、もし「作者」を措定するとしても、その内実は、テキストの隅々までを創作した存在ではなく、さまざまな内容を含んだ多くの語りを編集した、編集者的な存在として想定されることになる。

柳田の発想は、その後、水原一によって、文献を重視する方向に変化しつつ受け継がれた。水原は、『平家物語』を、多数の源流から発したさまざまの物語の集合によって「形成」されたものととらえた。水原の場合、語りによる伝承にも留意しつつ延慶本という文献を重視し、文献としての『平家物語』は、記録や説話や語りや噂話など、多くの素材が蒐集され、アルバム・書簡等々が整理されるように編年的に並べられたのだと考えたわけである(7)。従って水原は、作品の成り立ちを「作者」の「構想」によって説明しようとする発想をとらなかった。たとえば、義仲の造型が「猫間」と「木曽最期」とでは全く異なるという問題の原因を、作者の意図には求めず、京都の下人の視点を反映する話と義仲の従者の視点を反映する話という素材の相違に求めたように、『平家物語』は部分ごとに異なる視点を持った素材(話題)が継ぎ合わされていると考えたわけである。その、部分ごとに異なる「視点」を「精神」と言い替えることができるならば、『平家物語』には、多くの異本作者が存在したという以前に、根本的に多くの作者が存在し、多様な精神を混在させつつ形成されたことになる。

また、古注釈などの文献から、それまで注目されなかった豊かな説話世界を発掘した黒田彰や牧野和夫などの研究(8)も、一面では作者論解体の方向に拍車をかけた。そうした文献的環境の中に『平家物語』を置くことによって、それまで『平家物語』固有の性格を示すように見られてきた記事が、実は同時代のさまざまな類似記事の中においてさほどの独自性を持たないことを明らかにしたからである。作品の固有性を論ずること自体が、そう簡単ではないことが示されたともいえようか(但し、牧野は「ネットワーク」という呼称で、人脈自体を作者圏として想定する、新たな形の作者論を見せてもいる)(9)。

さらに、そのような『平家物語』研究固有の問題以前に、作者論から自立した作品論や、「テキスト」と「語り」をめぐる議論の発展は、日本文学研究全般において、〈作者―作品〉という構図による分析を金科玉条とする発想をとうの昔に相対化していることも確認しておかねばなるまい。筆者などの世代では既に、「作者」を経由せずに作品を論ずることに何の抵抗もないのが普通だといえよう。ただ、そうした意識が逆に研究史を捉えにくくしたり、他分野の研究との交流における障害となり得ることには、自覚的であるべきだろう。作者と切り離して作品やテキストを論じるのは、現在の文学研究では一般的であっても、過去の文学研究や現在の他分野の研究では、必ずしもそうではないからである。

さて、そのようにして「作者」像が溶解し、さらには「作品」の固有性さえ明確に描くことが難しくなっている現在、『平家物語』において文学研究の目標はどこに置かれるべきなのだろうか。文学研究とは、おそらく、基本的に言語表現を考察対象としつつ、論理的思考も神秘的信仰も、あるいは喜怒哀楽の感情も皮膚感覚をも含む人間の精神のあり方を、あらゆる方向から明らかにしようとするものだろうが、そうした作業には一つの精神を考えるための単位が必要であり、それはとりあえず「作品」という形で措定せざるを得まい。しかしそれは、特に『平家物語』の場合、同時代のより広い精神性との間に明確な境界線を引きがたいものとしてしか抽出できない。常により広い世界の普遍性に向かおうとする歴史学、特に近来では精神史的な領域への進出も目立つ歴史学との入会地の一つは、そのようなところに求め得るかもしれない。

二　武士的価値観と『平家物語』

軍記物語は武士の文学であるという見解は、かなり一般的なものであるといってよいだろう。たとえば、「軍記物語」の名を冠した最初の研究書と見られる五十嵐力『軍記物語研究』(昭和六年刊)は、冒頭で、「軍記」を「武人本位、戦争本位の文学といふ意味で」あるとし、「武人階級の成立つた鎌倉時代」に「武人生活の精華を集めた文学「軍記」の成り立つたのは、まことに当然と云ふべきであらう」などと述べる(10)。こうした軍記物語観には、当時流行していた武士道論などの影響を見ることもできるが、近代文学史における定型的な把握であるともいえようし、そうした把握が、戦後の歴史社会学派に形を変えて受け継がれたことについては、筆者も既に触れたことがある(11)。歴史社会学派は、武士の位置づけを、国民精神としての武士道の体現者から、新たな時代を切り開く「領主階級」に切り替えたが、武士の文学という点に積極的な価値を置く軍記物語観は、基本的に継承されたと捉えられる。

だが、その拙稿でも述べたように、たとえば永積安明は、「平家物語前史」としての『今昔物語集』巻二五について、「武士社会特有のモラルや行動的な精神」を描き出しているとするのだが、「武士社会特有のモラル」や「精神」とはどのようなものかという問題について、詳しく分析することはない。永積の場合は、「武士的」「中世的」なるものと「貴族的」「古代的」なるものとの双方が、そのいずれにも属さない「都市人」作者に投影されるという構図の中で、「武士的」「貴族的」という双方の要素が各々どれほど投影されているか、その計測に主要な関心が置かれたために、「武士的なるもの」の内実はさして問われなかったのだといってよいだろう。

しかし、「武士的精神」が問われないことの、より根本的な原因は、『平家物語』など主な軍記物語の作者が武士であるとは考えにくいことだろう。先に見てきたような〈作者―作品〉の構図の議論において、「作者」の位置に武士を据えて議論を展開することは、ほとんど不可能なのである。『平家物語』の作者として、武士はほとんど候補に挙がることさえない[12]。武士や合戦の話題が『平家物語』に存在する理由としては、しばしば、『徒然草』二二六段の、「武士のこと、弓馬の業は、生仏、東国の者にて、武士に問ひ聞きて、書かせけり」[13]という記述によって説明され、あるいは「語り」によって取り入れられたなどと説明されてきただろう。だが、部分的な記事を取り入れるという次元ならばともかく、作品全体に描き出される武士的な価値観あるいは精神を、物語作者自身の価値観・精神の反映として考えるということは、少なくとも『平家物語』においては、ほとんど設定不可能な課題であるといってよいだろう。そうである以上、物語の中で描き出される武士たちの精神がどのようなものであろうと、それは、作品の根本的な創作に迫り得る問題とは見なされなかったのである。

『平家物語』が東国の武士たちを見る視線には、壇ノ浦における知盛の言葉を借りれば、「めづらしきあづま男」への違和感が、しばしば含まれている。義仲の無骨さを笑い、義経をさえ「平家のなかのゑりくづよりも猶おとれり」と評するように、それは諸本共通のものだが、筆者は、『平家物語』の古層においては、武士に対する冷淡さ、蔑視とさえいえる視線は、より強かったものと考える。かつて論じたことだが、延慶本第一末(巻二)・卅二「漢王ノ使ニ蘇武ヲ胡国ヘ被遣事」の王昭君説話では、胡国の狄が、大番役を務める東国武士と重ね合わされ、「栴陀羅」(旃陀羅)と表現されている。それは、同巻・十九「重盛軍兵被集事付周幽王事」(烽火沙汰)における「西国ヘ趣クセムダ羅」という表現と呼応する。両者は、中国における夷狄を卑賤な存在と把握しつつ、それを日本の武士に重ね合わせる認識の構図があったことを示している[14]。覚一本ではそうした認識は希薄になっているが、延慶本では、第二本(巻三)・卅「法皇ヲ鳥羽ニ押籠奉ル事」で、鳥羽に幽閉された後白河法皇を守護する武士たちを、「国々ヨリ駈集メラレタル夷ナレバ、見馴タル者モナシ。ツベタマシゲナル顔ケシキ、ウトマシゲナル眼ヤウ、怖シトモオロカナリ」と描写することなど、武士に対する嫌悪感が、時に強く表現されている。おそらく、『平家物語』のより古い段階において、武士を「夷」として蔑視する見方は濃厚に存在したのではないだろうか。

しかしながら、その一方で、武士的な精神、価値観が、『平家物語』に顕著に描き出されていることも確かな事実であり、それに関する研究もいくつか見られる。たとえば、水原一「主従倫理の展開」(15)は、『平家物語』や『太平記』などに描かれる武士の生態を通観し、「〃譜代〃の主従観」という武士特有の倫理が描き出されていることを指摘しつつも、武士たちの行動原理が「所領への執心と主君への献身という二元性」を持っていることを考察する。主従道徳を契約的側面と献身的側面の双方において捉える点は、和辻哲郎・家永三郎等によって展開された主従道徳論争(16)にも関わるといえよう。

水原の場合、前述のように、『平家物語』という作品の形成を、多数の源流から発した流れの合流というようなモデルで捉えるので、原作者が武士ではないにもかかわらず、武士的な精神が『平家物語』に描き込まれるということを、さしたる矛盾とは考えなかったように見える。右の「主従倫理の展開」において扱われた題材の中で、瀬尾(妹尾)兼康父子の物語については、別の論文でより詳細に扱われており、延慶本ではこの物語が備中瀬尾周辺の実際の地理を踏まえていることなどが考証されている(17)。従って、少なくともこの話題については、在地の合戦譚が作品中に取り入れられたものと水原が考えていたことは明らかである。つまり水原は、平家への恩義と所領への執心の双方を行動原理とする瀬尾の姿を、当時の武士の精神の典型として物語から抽出したが、そのような精神を宿した物語の淵源は、作品の素材となった合戦譚に、ひいては瀬尾一族周辺の在地の武士たちに求められるわけである。そうした思考の道筋をたどってゆけば、現実の武士たちに発する合戦譚(いくさがたり)を、作者が取り入れて『平家物語』を作り、その結果、本来の合戦譚に内在していた武士たちの精神性が『平家物語』の一部分に取り入れられた――といった形で、整合的な説明が可能である。

三　乳母子の記述をめぐって

だが、『平家物語』における武士的な視点、価値観あるいは精神の問題は、果たしてそのような素材の問題にすべて還元できるだろうか。ここで乳母子に対する見方の問題をとりあげて、少々考えてみたい。たとえば、以仁王の乳母子とされ、その死の直前まで行動を共にしたと描かれる六条大夫藤原宗信の場合を見てみよう。覚一本巻四「宮御最期」では、以仁王が南都へ逃げる途中、光明山の鳥居の前で流れ矢に当たって亡くなったと描いた後、宗信は近くの池に飛び込んで隠れ、以仁王の遺骸が運ばれていくのを見ていたという。以仁王の遺骸にすがりつきたいと思いつつそれもできず、敵をやり過ごして池から上がり、泣く泣く都に帰った宗信は、「にくまぬ物こそなかりけれ」と評されるのである。

しかし、延慶本の該当部では、そうした世評は記されず、宗信が以仁王の遺骸にすがりつきたいと思いつつ行動に移せなかったことについて、「命ハ能惜キ者哉」と思ったという述懐や、笛に関する以仁王の遺言が記され、宗信は「ハフ〳〵」都に帰り、後に改名して邦輔と名乗ったことなどを記して終わる。この相違について、水原一[18]が、「宗信の懺悔告白を基底とする現場発生的な説話」の存在を想定するのは卓見だろう。おそらく、この話は本来宗信側の視点から語られたもので、そこには宗信への批判は含まれていなかったと考えられる。

だが、問題はそうした合戦譚の成り立ちや語り手の視点だけではない。もう一つの問題は、宗信が、以仁王を見捨てて生き延びたことにより、皆に憎まれたという覚一本の記述に含まれる価値観である。これは妥当な批判といえるのだろうか。この批判は、宗信は本来、最後まで以仁王に付き添い、共に死ぬべきであったという前提に立っていると読めるが[19]、それは武士の乳母子に対する批判としては妥当であるとしても、以仁王と宗信のような階層の乳母子において、そこまで要求するのが、当時の一般的な感覚であったかどうか、疑問の余地があろう。覚一本は、戦場での振る舞いの評価について、武士以外の人物に対しても、武士らしい価値観をあてはめているのではないだろうか。もっとも、この場合は、諸本間の変化として説明が可能である。つまり、本来、武士的な価値観による批判は宗信には向けられていなかったのだが、諸本の変化の中でそのような批判が生まれたのだというように。しかしながら、覚一本においてこのような価値観による批評が成立しているのは、その先行本文となった作品テキスト全体にわたって、同様の価値観に基づく批評がなされていたからであろう。たとえば、一ノ谷合戦で重衡を裏切って逃げた後藤兵衛盛長に対する批判や、壇ノ浦合戦で入水もせず、見かねた侍によって海に突き落とされてもなお泳ぎ続けていたために、源氏の武士に捕らわれ、乳母子の飛驒三郎左衛門景経が自らのために戦って討ち死にするのをむざむざ眺めていたという宗盛への批判などは、諸本共通のものである。その対極に、義仲と兼平をはじめとした乳母子の固い絆を語る数々の物語があることは、いうまでもあるまい(20)。

つまり、こうした批判は、基本的に『平家物語』の語り手自身のものであるといってもよいだろうし、そうした作品全体の基調が存在することによってこそ、覚一本における宗信批判も生まれるのであると考えられる。そうした語り手のあり方は、いかにして成立するのか。それはもはや、「武士たちの合戦譚が部分的に物語に吸収された」という次元の問題ではないと思われる。『平家物語』は、武士ではない原作者によって作られ、武士を蔑視するような視点を内在させているにもかかわらず、一方では、武士的な価値観を内在させているのである。その矛盾は、どのように捉え得るのだろうか。おそらく、検討すべき問題は二つの方向に分かれる。一つは、そうした矛盾を含む物語がどのようにしてできたのかという成立論的な問題であり、もう一つは、そもそも「武士的価値観」とは何かという問題である。前者は、おそらく「作品」を研究目標とする文学研究の領域の問題であろうが、筆者はそれについて、今、右に見てきた従来の考え方以上の解答を提示することができない。一方、後者の価値観の内容の検討は、歴史学の研究に学ぶところが多い領域と考えられる。

四　「武士的価値観」とその周辺

右に見てきたように、『平家物語』あるいは軍記物語にとって、「武士的価値観」が作品に、なぜ、どのように反映されているかを考えることは、重要な問題であると思われるが、その前に、まずは「武士的価値観」とはどのようなものなのか、その内実が問題とされねばなるまい。しかし、前述のように、それは従来の文学研究の中で、さほど重要視されることがなかった。むしろ、精神史的な領域に目を向けることも少なくない最近の歴史研究において、そうした問題に関わる研究が多いように思う。それはもちろん、文学研究のように「作品」という枠組みを重視したものではないが。以下は、そうした問題に関わる最近の歴史学分野の研究を、思いつくままに列挙して、この問題を考える糸口を作りたい。

まず、野口実「鎌倉武士と報復」や「鎌倉武士の心性」が、「鎌倉武士」の心性を、「報復」意識や名誉感情の強さなどを中心に描き出している点は、ここで言う「武士的価値観」にとって、きわめて重要な問題である(21)。武士たちの名誉意識の強さは、かつて「武士道」の名で肯定的に扱われたが、それ故にこそ、戦後の研究では検討対象とされなかった。しかし、武士の名誉意識が、今も一部で漠然と想像されているようなすがすがしいものではなく、野口の言うように、「執拗な復讐心」など、少なくとも現代の私達には直ちに受け入れがたい要素を含んだものであることは、よく考えておかねばなるまい(22)。野口が直接的に問題にしたのは報復・復讐に関わる問題だが、報復・復讐、即ち敵討ちに関する武士たちの精神を解明する方向を切り開いたのは、石井進『中世武士団』(23)であるといってよかろう。このあたりの精神史的領域が歴史学によって開拓されてきたのは、決して最近始まったことではない。

野口の指摘でもう一つ重要な点は、そうした精神が「平安期から近世にいたるまで連綿として受け継がれた武士の心性」であるという指摘である。日本の武士は、戦闘に明け暮れた中世と、平和な近世との間で、その精神を大きく変化させたが、一方で、変わらないものを持ち続けたという認識も必要であろう。それはかつて「武士道」という、ご都合主義的な虚構といってもよい概念によってもてはやされたわけだが、その虚飾を取り払ったところに、やはり超時代的な武士の心性が存在することは認めなければならないと考える。仮説的たらざるを得ないけれども、時代を超えた「武士的価値観」なるものを想定し、それを軍記物語分析の一つの視角に据えるべきではないだろうか。たとえば、一五世紀前半に作られたかと見られる『義貞軍記』[24]の提示する価値観は、およそ二〇〇年ほど遡る『平家物語』の分析にも利用可能であると考える。

しかし、武士的価値観や武士の精神の問題は、もちろん、その名誉意識のみに関わるものばかりではない。武士たちの戦いが、どのような意識、心性によって支えられているのかという問題は、名誉意識のような自覚的・理性的領域の問題だけではなく、感覚的・無意識的、あるいは宗教的・信仰的領域をも含めて、実にさまざまな方向からの検討が可能であり、また必要である。そうした意味では、歴史学の研究から多くのヒントを拾うことができよう。

たとえば、日本の武士はなぜ首を取るのか、日本人は「首狩り族」か—という問題を提起した黒田日出男「首を懸ける」は、首を取るという行為の起源に、狩猟民としての生贄の習俗を想定する[25]。起源の問題は、直接的には軍記物語の問題ではないが、『平家物語』にも、覚一本で例を挙げれば、(一)巻九「宇治川先陣」で、宇治川渡河を果たした畠山重忠が、「けふのいくさ神いはゝん」と言って敵の首を取った、(二)巻十一「勝浦付大坂越」で、四国に上陸した源義経が桜間能遠の城を攻め落とし、敵兵の首を「いくさ神にまつり」、ときの声を上げた、(三)巻十二「判官都落」で、都を落ちた義経が、行く手をさえぎる太田頼基の勢を蹴散らして、敵兵の首を「戦神《いくさがみ》にまつり」通っていった、といった例があるわけで、こうした記述がどのような心性に支えられているのか、検討の必要があろう。その検討のためには、起源からの考察も有効であることは疑いあるまい。

また、合戦にしばしば登場する「城郭」については、近年、歴史学の研究が進み、その実態が明らかにされてきたが、それに伴って、武士たちが城郭をどのように意識したのか、問題とされている。たとえば、延慶本などの衣笠合戦において、衣笠城に籠もる三浦一族の意識について、中澤克昭「中世城郭史試論」(26)は、祖霊信仰の山、「名所ノ城」としての意識に注目するが、川合康『源平合戦の虚像を剥ぐ』は、そうした意識は一般的なものではないと、抑制的な意見を見せている(27)。こうした議論にも、『平家物語』における武士の意識を探る上で重要な問題の糸口があろう(28)。

また、そもそも「武」とは何かという問題について、高橋昌明「遊興の武・辟邪の武」(29)が、「武」を単なる実用として捉えず、遊興や呪術といった側面からも見る視点を提起していることにも注意しておきたい。とりわけ、頼政鵺退治説話などを考えるためには、「辟邪の武」という視点が有効であろう(30)。

以上、「武士的価値観」や戦闘に関わる意識について、諸論文を見てきたが、最後に、作品論により直接的に関わる可能性のある議論として、坂井孝一「「血」の叙述に関する考察」(31)にふれておきたい。坂井は、「血」に関する叙述について、古代から近世まで広く通観し、「血」をあまり描かない『平家物語』などの軍記物語を逆に照らし出す。この問題は、かつて小西甚一によって、「いわゆる軍記物語のなかで、血の流れる描写をしないのが『平家物語』の特色」だと指摘されていた問題に重なる(32)。小西はこれを、死苦抜きに死を捉えようとする天台風の浄土思想と考え、作者の思想に関連づけようとしているが、坂井の提起は、この問題が、そうした〈作者―作品〉の構図の中で閉じられるのか否か自体を問うているともいえよう。作品の固有性を追求してきた文学研究と、より普遍的な視点から精神史を扱ってきた歴史学の研究とが、どのように切り結び得るのか、その具体例の一つが、たとえばここにあるわけである。

以上、最後はとりとめのない列挙となったが、必ずしも作品論ではない、また、個人作者の意識解明でもない、何らかの集団の精神性の解明に、文学研究と歴史学研究の交わる一領域があるのではないかと考え、その例を見てきたつもりである。今後の研究の進展の捨て石となることでもあれば、幸いである。

注

（1）上横手雅敬「寿永二年十月宣旨と平家没官領」（『日本歴史』二二八号、一九六七年五月。『日本中世政治史研究』塙書房、一九七〇年五月再録）。

（2）野口実「源頼朝の房総半島経略過程について」（『房総史学』二五号、一九八五年三月。『中世東国武士団の研究』高科書店一九九四年一二月再録）、「平家打倒に起ちあがった上総広常」（『千葉史学』二〇号、一九九二年五月。同前書再録）。

（3）上杉和彦「延慶本平家物語所収文書をめぐって—宣旨を中心に—」（『軍記と語り物』三一号、一九九五年三月）。

（4）福井康順「平家物語の仏教史的性格—行長原作説を疑う—」（『文学』一九五九年一二月。『福井康順著作集・六　日本中世思想研究』法蔵館一九八八年一二月再録。以下の福井の論も同著作集参照）に始まり、渡辺貞麿「『平家物語』にあらわれた浄土教」（『仏教史学』一〇巻二号、一九六二年七月。『仏教文学の周縁』和泉書院一九九四年六月再録）、同「平家物語における源空の説法」（『大谷学報』四八巻二号、一九六八年一〇月。『平家物語の思想』法蔵館、一九八九年三月再録）、石田吉貞「平家物語と新古今集—行長作者説の検討—」（『文学』一九六二年八月）、山下宏明「平家物語と仏教—研究史の展望と問題提起—」（『金城国文』四二号、一九六九年二月。『平家物語研究序説』明治書院、一九七二年三月再録）、同「平家物語の仏教史的考察」（『文学』一九六四年二月。同前書再録）、小林智昭「平家物語と仏教」（『文学』一九六四年九月。『続中世文学の思想』笠間書院、一九七四年一一月再録）等との間で展開された議論。これを総括する論だけでも多いが、最近では村上學「「法然義」回顧—渡辺氏の論考を中心にして—」（『仏教文学とその周辺』和泉書院、一九九八年五月）、山田昭全「軍記研究と仏教思想—法然義論争の検証にことよせて—」（『軍記文学研究叢書１　軍記文学とその周縁』汲古書院、二〇〇〇年四月）参照。

（5）永積安明「国民的な文学としての平家物語」（『中世文学の展望』東京大学出版会、一九五六年一〇月。初出は『国民の文学（古典篇）』御茶の水書房、一九五三年六月。題名は再録時のもの）。

（6）柳田國男「有王と俊寛僧都」（『文学』八巻一号、一九四〇年一月。『物語と語り物』角川書店、一九四六年一〇月、『定本柳田國男集』七　筑摩書房、一九六八年一二月、『柳田國男全集』一五　筑摩書房、一九九八年五月再録）。

（7）水原一『平家物語の形成』（加藤中道館、一九七一年五月）、『延慶本平家物語論考』（加藤中道館、一九七九年六月）。アルバム・書簡の比喩は後者の九九頁参照。

（8）黒田彰『中世説話の文学史的環境』（和泉書院、一九八七年一〇月）、同『中世説話の文学史的環境・続』（和泉書院、一九九五年

四月)、牧野和夫『中世の説話と学問』(和泉書院、一九九一年一一月)、同『延慶本『平家物語』の説話と学問』(思文閣出版、二〇〇五年一〇月)、同『日本中世の説話・書物のネットワーク』(和泉書院、二〇〇九年一二月)など。

(9) 牧野和夫「『平家物語』の成立」(『新潮古典文学アルバム13　平家物語』新潮社、一九九〇年五月)。

(10) 五十嵐力『軍記物語研究』(早稲田大学出版部、一九三一年三月)。

(11) 佐伯真一「「武士道」論と軍記物語研究―武士観の問題を中心に―」(『軍記と語り物』四三号、二〇〇七年三月)。

(12) 但し、『臥雲日件録跋尤』文明二年(一四七〇)八月十九日条に、薫一検校の話として、合戦のことは悪七兵衛景清が書いたという伝承が見られる。もとより景清に関する多様な伝承の一つを反映したものに過ぎまいが、武士・合戦に関する記事がどのように成立し得たかという問題意識の存在を語るものとしては貴重だろう。なお、そうした問題意識は『徒然草』二二六段の所伝にも共通する。

(13) 『徒然草』の引用は岩波新大系による。

(14) 佐伯真一「夷狄観念の受容―『平家物語』を中心に―」(『和漢比較文学叢書15・軍記と漢文学』(汲古書院、一九九三年四月。『平家物語遡源』若草書房、一九九六年九月再録)。

(15) 水原一「主従倫理の展開」(『国文学解釈と鑑賞』一九六四年八月。前掲注7『平家物語の形成』)。

(16) 関幸彦『武士団研究の歩みⅡ　戦後編・学説史的展開』(新人物往来社、一九八八年七月)参照。

(17) 水原一「〝死〟の倫理―平家物語巻八「瀬尾最期」をめぐって―」(前掲注7『平家物語の形成』)、「山陽古道の考証」(『ぱれるが』二八七号、一九七六年一月。前掲注7『延慶本平家物語論考』再録)。

(18) 水原一「説話とその形成」『平家物語の形成』(前掲注7)。なお、延慶本などは、宗信がその後邦輔と改名し、伊賀守となったと記す。それが史実であるらしいことについては、早川・佐伯・生形『四部合戦状本平家物語評釈・七』(私家版、一九八七年一二月)や、佐々木紀一「以仁王近臣三題」『米沢国語国文』三二号、二〇〇三年六月)によって指摘されている。

(19) この点、高木信「乳兄弟の〈創られた楽園〉―「一所で死なん」という共／狂《きょう》＝演／宴《えん》―」(『古代文学研究　第二次』一五号、二〇〇六年一〇月。『平家物語　装置としての古典』春風社、二〇〇八年四月再録)にも指摘がある。

(20) 米谷豊之祐「武士団の成長と乳母」(『大阪城南女子短期大学研究紀要』七巻、一九七二年六月)が、成長期の武士団における乳母の役割の重要性や、乳母子が主家と連帯する必然性を指摘するのは、この問題の参考になろう。

(21) 野口実「鎌倉武士と報復―畠山重忠と二俣川の合戦―」(『古代文化』五四巻六号、二〇〇二年六月)、「鎌倉武士の心性―畠山重忠と三浦一族―」(『中世都市鎌倉の実像と境界』高志書院、二〇〇四年九月)。

(22) この点は、佐伯真一『戦場の精神史―武士道という幻影―』(日本放送出版協会、二〇〇四年五月)でも論じた。

(23) 石井進『日本の歴史12　中世武士団』(小学館、一九七四年一二月)。なお、佐伯「復讐の論理―『曽我物語』と敵討―」(『京都語文』一一号、二〇〇四年一一月)参照。

(24) 今井正之助「『義貞軍記』考―『無極鈔』の成立に関わって―」(愛知教育大学『日本文化論叢』五号、一九九七年三月)、及び、佐伯前掲注21書など参照。

(25) 黒田日出男「首を懸ける」(『月刊百科』三一〇号、一九八八年八月)。なお、同様の観点は、五味文彦『武士と文士の中世史』(東京大学出版会、一九九二年一〇月)にも示されている。また、中澤克昭『中世の武力と城郭』(吉川弘文館、一九九九年九月)は、首を切り懸けることは狩猟民に限らず、中世社会に広く見られた習俗であると捉える。さらに、首の問題は巻十「首渡」などに描かれる首の大路渡や、巻八「法住寺合戦」などに描かれるさらし首などの問題にも関わるが、これらについても、大村拓生「中世前期における路と京」(『ヒストリア』一二九号、一九九〇年一二月、『中世京都首都論』吉川弘文館、二〇〇六年一月)、菊地暁「〈大路渡〉とその周辺」(『待兼山論叢・日本学篇』二七号、一九九三年一二月)、戸川点「軍記物語に見る死刑・梟首」(『歴史評論』六三七号、二〇〇三年五月)など、論が多い。

(26) 中澤克昭「中世城郭史試論―その心性を探る―」(『史学雑誌』一〇二篇一一号、一九九三年一一月。注24『中世の武力と城郭』再録)。

(27) 川合康『源平合戦の虚像を剥ぐ―治承・寿永内乱史研究―』(講談社、一九九六年)。

(28) なお、『軍記と語り物』四四号(二〇〇八年三月)「軍記物語と城郭―柵・屋形・城をめぐって」と題する特集で、千田嘉博「考古学から見た城と戦い」、菱沼一憲「中世前期の城・城郭概念の区分と変遷」、今井正之助「城(ジヤウ)の系譜」の三つの論文を掲載する。

(29) 高橋昌明「遊興の武・辟邪の武」(『日本スポーツ史における「武」の問題―技法としての武・表現としての武―』水野スポーツ振興助成金研究成果報告書、一九九七年。『武士の成立　武士像の創出』東京大学出版会、一九九九年一一月再録)。

(30) なお、高橋秀樹「東三条殿の記憶―家の象徴、神楽、そして怪異―」(『平安文学と隣接諸学1　王朝文学と建築・庭園』竹林舎、二〇〇七年五月）は、「鵺の正体」として、『台記』天養元年（一一四四）六月二十六日条に見える、東三条の社（杜）から起こったつむじ風に注目する。

（31）坂井孝一「「血」の叙述に関する考察」（『戦国時代の寺院史料を読む』山川出版社、二〇〇四年九月）。

（32）小西甚一「平家物語の原態と過渡形態」（『東京教育大学文学部紀要』七二号、一九六九年三月）。

「史料」と軍記物語

高橋典幸

はじめに

日本史学の立場から軍記物語について考える場合、もっとも関心が寄せられるのが、その史料としての性格である。そもそも数ある文学作品の中でも、軍記物語はとりわけ日本史学と深い関係にあると言えよう。歴史学にとって、史実を究明する・歴史を叙述する材料になるものはすべて史料であるから、特定の合戦に取材した軍記物語はたいへん魅力的な史料ということになる。『平家物語』についていえば、延慶本がより古態を残していると考えられて以来、日本史研究においても大いに関心が高まっている(1)。

もちろん、すべての史料を同じように扱うことはできない。作成事情や記主の性格・意図、伝来過程など、史料はさまざまな「個性」を抱えており、それぞれの性格に応じた扱いを施さなければならない。軍記物語についてもその史料としての性格を考える必要があるわけだが、それを全面的に論じるのはなかなか困難な作業である。そこで、本稿では軍記物語と密接な関わりを持つ史料として古文書をとり上げ、それとの関わりで軍記物語の性格を考えていくことにしたい。

古文書と軍記物語との関係を考える場合、まず取り上げたいのが久米邦武の論文「太平記は史学に益なし」(2)である。日本における近代実証主義歴史学導入の旗手であった久米は、『太平記』の記事を他の史料と比較・考証する史料批判を施して、その記事が「正体なき」ものであることを明らかにし、それが史料たりえないことを主張した。

久米の主張にもかかわらず、その後も『太平記』は史料として利用され続けており、むしろ「太平記は史学に益あり」という方向で考えようとするのが現在の日本史学の動向であろう。

ただ、「太平記は史学に益なし」という衝撃的なタイトルに引きずられて、「『太平記』は史学に益ありやなしや」式の議論を展開するのではなく、ここでは同じ論文の中で「文書は片紙断簡も珍重すべし」「史学には、片紙断簡にても古文書の益ある此の如し」と述べられていることに注目したい。『太平記』が徹底的に批判される一方で、それと対比される形で古文書に対する絶大な信頼が表明されているのである。久米にあっては、古文書と軍記物語は対置されるべきであり、古文書は軍記物語とは関わりなく自立した存在として考えられているのである。

古文書がもっとも有力な史料であることは、久米に限らず、すでに常識の範疇に属していると言ってよいだろう。そうした古文書に対する信頼が何に由来するか一言で言い表すのは難しいが、現在のところ、記述内容の正確さと具体性にそれを求めるのが最大公約数的な理解であろう(3)。このうち正確さという点に関わって注目されるのは、古文書には主観が介在する余地がないとみなされがちなことである。久米の論文が出てから約半世紀後、日本史家高柳光寿は「私はかつて古文書だけによって日本の歴史を書いてみようと思ったことがある」として、その理由を「それ(…古文書のこと)を作製するときには主観がはたらく。けれども記載そのものは主観を挟む余地はない。すなはち主観の影を止めてゐないといってよい」と述べている(4)。

久米流に言うならば、主観の有無が古文書と軍記物語『太平記』とを分かつ最大の分岐点ということになるであろう。たしかにある意図をもって書かれた文学作品が主観から自由であることはありえないだろう。しかし、古文書が主観からまったく自由であると言い切れるであろうか。古文書の特徴が「正確さ」にあるとしても、それが主観から自由であるかについては、より慎重な態度が求められるようになってきているのが現状である。

また古文書が軍記物語とは無関係に自立しうるか否かについても一考を要しよう。本稿では、これらの問題を検討しながら、史料としての軍記物語の性格を考える手がかりをえたいと思う。

一　古文書は主観から自由なのか

まず古文書と主観の関わりを考える素材として、ここでは二度のモンゴル襲来の間、建治年間に計画された「異国征伐」に関わる史料を検討したい。

文永十一年(一二七四)十月、九州博多を襲ったモンゴル・高麗連合軍は一夜にして撤収したが、その再襲来に備えて鎌倉幕府はいくつかの対策を講じる。その一つが博多湾岸の防衛を強化することで、文永の役後まもなく、幕府は九州の御家人たちに博多の警備を命じている。引き続き石築地という防衛線の構築が命じられ、建治二年(一二七六)三月ごろから工事が始められている(5)。

さらにこうした防衛体制の強化と同時に、モンゴル・高麗連合軍の出撃拠点たる高麗に先制攻撃をかけることも計画されていた。これが「異国征伐」と呼ばれるもので、その動きは建治元年末から確認される。この「異国征伐」の動員を受けたのも九州の武士たちであった。

史料1(6)(〈　〉内は割書。以下同じ)

建治二年三月廿五日御書下、昨日閏三月二日到来、畏拝見仕候了、

抑被㆓仰下㆒候為㆓異国征伐㆒人数交名幷乗馬物具員数等事、子息三郎光重・聟久保二郎公保、以㆑夜継㆑日企㆓参上㆒候

ヘハ、可二申上一候、以二此旨一且可レ有二御披露一候、恐惶謹言、

閏三月三日　　北山室地頭尼真阿（裏花押）

史料2（7）

肥後国御家人井芹弥二郎藤原秀重法師〈法名西向〉謹注進言上、

所領田数幷人勢以下〈乗馬弓兵杖事〉

（中略）

一、人勢弓箭兵杖乗馬事

西向年八十五、仍不レ能二行歩一、

嫡子越前房永秀　年六十五〈在二弓箭兵杖一〉

同子息弥五郎経秀　年三十八〈弓箭兵杖、腹巻一□、乗馬一疋〉

親類又二郎秀尚　年十九〈弓箭兵杖、所従二人〉

一、孫二郎高秀　年満四十〈弓箭兵杖、腹巻一領、乗馬一疋、所従一人〉

右、任二御下知状一可レ致二忠勤一也、仍粗注進状言□如レ件、

建治二年壬三月七日　　沙弥西向（裏花押）

幕府はまず九州の武士たちに対して動員できる兵力の注進を命じていた。この注進命令に対する肥後国北部の武士たちの請文がまとまって残っているが、【史料1】【史料2】は、そのなかでも早くからよく知られていた請文である。そのきっかけになったのは、昭和六年（一九三一）に弘安の役後六百五十年を記念して開催された展覧会にこれらの文書が出品されたことで、【史料1】は、尼真阿という女性が、自ら出征することはできないが、息子と婿を代わりに「異

国征伐」に馳せ参じさせたいと意気込んでいる史料として紹介された。【史料2】も、八五歳という老齢で自らは歩くことさえままならない井芹秀重法師が一族をあげて幕府の召集に応じている史料とされ、いずれもモンゴル襲来当時の人々の戦意が高揚している様子をよく伝えているとされていた(8)。

ところが、戦後になると右とはまったく異なる解釈が施されるようになった。【史料1】をそのまま読めば、尼真阿は、傍線部にあるように建治二年三月二五日付けの命令が手もとに届いた閏三月二日の翌日に、すぐ請文を提出したことになっている。「以夜継日」という表現とともに、こうした反応の速さが彼女の「意気込み」として理解されてきたわけである。ところが、「異国征伐」計画の関連史料を整理すると、肥後国の武士たちに対する兵力注進命令は実は二月二八日に出ており、おそらくはその回答状況が思わしくなかったため、三月二五日に再度注進命令が発せられたことがわかるのである(9)。とすると、【史料1】からは、むしろ最初の命令にはすぐには応じようとはせず、再度催促されて慌てて(しぶしぶ?)請文を提出する尼真阿の姿が浮かび上がってくることになる。「以夜継日」とは、そうした本音を隠すためのレトリックだったのかもしれない。

【史料2】についても、右に引用した兵員の書き上げ部分のみが注目されてきたが、傍線部に「所領田数」とあるように、中略部分には井芹秀重が知行している所領の田数も注進されていた。戦後になると、こちらの方に注目が集まるようになった(10)。

鎌倉時代、幕府から御家人たちに対して課役がかけられる際には、知行している所領の田数に応じて賦課の規模が設定されることがあったので、今回の「異国征伐」計画においても、それぞれの所領規模に応じて兵員数が割り当てられたのであろう。御家人たちは割り当てられた員数に応じて、誰がどのような装備で出陣するかを回答したのである。ただし割り当て員数になんらかの問題がある場合、とくに員数の根拠である所領田数に問題がある場合は、兵員のみならず所領田数も注進されたと考えられる。井芹秀重も割り当て員数に問題があると考えていたのである。

そうした目で田数注進の部分をみると、「図田」に登録されている自分の所領田数二六町六段三丈から、一族の女性に譲られた分や他人に押領されている分を差し引いて、「当知行」すなわち実際に自分が知行している田数は一一町三段二丈しかないことを申告する形式になっているのである。「図田」とは一国単位もしくは郡単位の土地台帳のことで、幕府はまずここに記載されている田数(二六町六段三丈)に応じた員数を井芹秀重に課してきたのであろう。それに対して、秀重は実際に知行しているのはその半分以下にすぎないことを訴え、それに応じた員数しか負担できないと回答したのである。

【史料2】として掲げた兵員の書き上げの背景には、このような幕府と御家人とのせめぎあいが隠されていたのである。そこからは、勇躍して「異国合戦」の壮挙に参加しようとする老武者ではなく、幕府の重い負担にできる限り抵抗しようとしていた当時の武士の姿が浮かび上がってくることになる。

以上のように、同一の文書を対象としながらも、その解釈はまったく異なってしまうことがあるのである。尼真阿であれ、井芹秀重であれ、なんらかの意思をもって文書をしたためているのであり、そうした書き手の主観を読みとりうるか否かが解釈の分かれ目になってくる。そうした意味でいえば、古文書もけっして主観から自由なわけではないのである。

「書き手の主観を読みとりうるか否か」は、結局は史料批判の問題につながってくるのであるが、さらにいえば、そこに解釈する側の主観も介在してくることになる。【史料1】や【史料2】が注目されるようになったのは、弘安役後六百五十年を記念して開催された展覧会や講演会であったが、それは昭和六年当時の内外の「国難」意識を盛り上げ、国民精神の発揚を意図するキャンペーンでもあった(11)。そうした意図からすれば、【史料1】や【史料2】から「女性の意気込み」「勇躍する老武者」が読みとられてくることはある意味で必然的なことであった。

以上のように、古文書であっても、それを書く側の主観、さらにはそれを解釈する側の主観が介在する可能性があるのである。

二 平家物語史観と「駈武者」

前章では古文書と主観の関わりを考え、そこに二つの位相があることを確認したが、本稿の関心からすれば、古文書を解釈する側の主観が注目される。古文書を解釈する側の立場や思想、関心といった外的要因によって古文書の「見え方」も影響されるのであり、そうした意味でいえば、古文書は「自立した」存在とも言えなくなってくるのである。

そうした外在する主観はさまざまである。前章でとりあげた「異国征伐」関係史料の場合、昭和初年当時の政治・外交情勢が影響を与えていたわけであるが、軍記物語もこれと同じ役割を果たすことがあるのである。古文書と軍記物語の関係を考える場合、これは見すごすことのできない問題である。

この点について、近年、『平家物語』を素材としてもっとも自覚的な議論を展開しているのが川合康氏である(12)。川合氏によれば、『平家物語』は物語の筋立てとして平氏一門の滅亡を必然視し、その観点から治承・寿永内乱を再構成する歴史観を有しているとし、これを「平家物語史観」と呼ぶ。その一方で、石母田正氏に始まる戦後歴史学は治承・寿永内乱に古代と中世を分かつ大きな画期が見出してきたが、こうした認識が「平家物語史観」に重ね合わせられたことにより、平氏は古代の棹尾を飾る存在と位置づけられ、古代から中世へと移行する過程で、その没落は日本史学においても必然視されることになったと批判されている。

「平家物語史観」にあっては、平氏の没落が必然視されるため、もっぱらその原因が追究されることになる。軍事史的な観点からいえば、平氏の軍事力が(源氏に比べて)弱体であったことがことさらに強調されることになる。その典型例として日本史研究者が『平家物語』から見つけ出してきたのが「駈武者」であった。

『平家物語』の描く「駈武者」は、「抑和君ハ平家ノ祗候人カ、又国々ノ駈武者歟」(『延慶本平家物語』第五本「源氏三草山幷一谷追落事」)とあるように、日常的に主従関係にはなく、戦争に際して臨時に動員される武士とされている。

そのため「手勢ノ者」や「年来思付タル郎等共」に比べて戦力として役に立たない存在として描かれている。そして「駈武者」が登場するのは、大半は平氏の軍勢であり(13)、戦況がいったん不利となると真っ先に逃げ出していくものとされている。一方、平氏軍を打ち負かす源氏の軍勢の中に「駈武者」が登場することはいっさいない。『平家物語』が平氏軍の弱体を強調する意図で「駈武者」を描きこんでいることは明らかであろう。

かつての日本史研究者たちは、「平家物語史観」とともに『平家物語』の描くこうした「駈武者」をそのまま受け入れていれていたのである。「作者がこの言葉(…「駈武者」のこと)を繰りかえし用いているのは、平氏の弱点を正しく表現したものと言ってよいだろう。このことは、もちろん平家物語の文学的な表現とは直接関係はない」(14)とさえ述べられていることから、それは明らかであろう。

さらには、こうした『平家物語』の「駈武者」のイメージが古文書の解釈にも投影されることになる。

史料3(15)

御杣工等謹重言上、
右所二言上一者、為二罰手一可レ下二北陸道一兵士并兵粮米、度々依二祝薗野之馬椽之承一、被レ加レ催処、重又今明之間、上力者等罷二下御杣一可レ被レ加レ催之由、有二其風聞一、尤難レ堪事歟、（中略）御杣工等不レ及レ帯二弓箭刀兵一者、且垂二御還迹一歟、而工者纔三十六人、所レ被レ催二十七人也者、言語道断事、若不レ被二停止一、何工等歟可二御寺修造役勤仕一乎、仍早以蒙二裁報一被二優免一歟、恐恐言上如レ件、
寿永二年三月　日　　和束御杣工等

寿永二年(一一八三)三月、北陸道攻撃を前に平氏が興福寺領大和国和束杣の杣工らを追討軍に徴発しようとしていたことを示す史料である。杣工らは領主である興福寺に対してその免除を求めているのであるが、その理由として、三六

人の杣工のうち二七人も徴発されてしまうと、興福寺に対する勤めが果たしえなくなることとともに、傍線部にあるように、そもそも杣工たちは武器を手にとったことすらない非戦闘員であることをあげている。こうした非戦闘員すら兵力として徴発しようとしていることが、『平家物語』の「駈武者」イメージに重ねあわされた結果、「今や平氏は軍事力としては疑問の多い単なる一国平均役としての兵士に頼らざるを得ないところにまで追い込まれていたのであり、北陸道の惨敗もまた当然起こるべくして起こったものといえよう」(16)と解釈されてきたのである。

それに対して、従来とは異なる解釈を示したのが川合康氏である(17)。川合氏は『平家物語』の記述をいったん離れて、治承・寿永内乱当時の戦争の実態究明を進めた結果、当時の戦争は騎馬武者などによってのみ遂行されるものではなく、陣地の構築ないし破壊にあたる工兵的存在も活動していたことを明らかにし、【史料3】はそうした工兵の徴発を示すものとしたのである。こうした工兵的存在は「駈武者」とはまったく異なるものであり(そもそも「武者」ではない)、また鎌倉幕府軍にも工兵的存在は認められることから、幕府と平氏軍との戦力の違いを示すことにはならないことになる。

同じ史料でありながら史料の「見え方」が異なっている様子は、第一章で紹介した「異国征伐」関係史料(【史料1】【史料2】)の場合と同じである。その分岐点にあるのが『平家物語』ないし「平家物語史観」なのである。この点にこそ、軍記物語の史料としての特性があるといえよう。すなわち、軍記物語は単なる「史料」にとどまらない強力な作用をもっているのである。

先に引用した石母田正氏の発言に「文学的な表現とは直接関係はない」とあったが、やはり文学的な表現を軽視してはならないだろう。文学作品であるからには固有の意図を有しているわけであり、しかもそれが作品の筋立てのレベルにとどまらず、「駈武者」など語彙のレベルにまで浸透している場合があることにあらためて自覚的でなければならない(18)。

三　「駈武者」から見えてくるもの

第二章では軍記物語の史料としての特性を「単なる史料にとどまらない強力な作用をもっている」ことに求めた。古文書に限らず、個々の史料はたいてい断片的であるから、歴史学の営みとしては、それらを組み合わせることによってより明確で立体的な像を提示していくことになるわけだが、軍記物語のもつ「強力な作用」はそうした作業にはなじまない側面があることは否定できない。

しかし、その一方で軍記物語が魅力的な史料であることも事実であり、現に史料として活用しようという努力が続けられているのである。「どのような工夫をすれば、うまく使えるのか」という特効薬的な方法を示すことはできないが、軍記物語が日本史研究と切り結ぶ可能性があることを、具体的な事例によりながら紹介したい。

ここでもまた「駈武者」を取り上げる。第二章ではこれが平氏軍の弱体ぶりを強調するための文学表現であることを指摘したが、一定の歴史的事実をひきだすことも可能なようである。

『平家物語』では、「駈武者」は「手勢ノ者」や「年来思付タル郎等共」の対極の存在として、すなわち平氏とは主従関係にない者として描かれている。そうした武士が含まれていたことから平氏軍の弱体イメージが喚起されるのであるが、あらためて考えてみると、これは当時の主従関係のあり方を過大視した見方と言わざるをえない。主従関係のあり方は、とくに中世前期においては多様で柔軟なものとして考えられるべきであり(19)、そこから単純に平氏の軍隊の強弱を読みとることはできないのである。

そうした立場からすれば、「駈武者」という表現からは「平氏と主従関係にない武士も平氏の軍隊の動員されていた」ということ(のみ)が導き出されることになる。「手勢ノ者」や「年来思付タル郎等共」といった存在も考慮すれば、このことは「平氏の軍隊は、平氏と主従関係を結んだ武士と、平氏とは主従関係を結んでいない武士とで構成されていた」と言い換えられるが、こうした認識は古文書や古記録の分析ともあいまって平氏軍制の研究をおおいに発展させることになった(20)。

「駈武者」のこのようなあり方に注目することによって得られた成果の具体例を次に一つ取り上げておこう。

史料4(21)

三浦次郎義澄〈義明二男〉・千葉六郎大夫胤頼〈常胤六男〉等参㆓向北条㆒、日来祇㆓候京都㆒、去月中旬之比、欲㆓下向㆒之刻、依㆓宇懸合戦等事㆒、為㆓官兵㆒被㆓抑留㆒之間、于レ今遅引、為レ散㆓数月恐鬱㆒参入之由申レ之、日来依㆓番役㆒所㆓在京㆒也、武衛対㆓面件両人㆒給、御閑談移レ刻、他人不レ聞レ之、

京都で抑留されていた三浦義澄・千葉胤頼がようやく東国に下向し、伊豆北条で挙兵準備を進めていた源頼朝に対面をはたしたという『吾妻鏡』の記事であるが、かつては傍線部が「官兵の為《ため》に抑留せらるる」と訓まれていた(22)ように、三浦義澄・千葉胤頼は官兵に妨害されて東国に下向できなかったと解釈されてきた。この「官兵」は治承四年五月に勃発した以仁王の乱に対処すべく平氏が動員した追討軍であり、その戒厳体制のために三浦らは下向できなかったということになる。おそらくこうした解釈の前提には、「平氏が動員した官兵＝平氏の家人たち」という理解があったのであろう。

しかし、こうした前提をとりはらい、平氏は家人以外の武士も「駈武者」として官兵に動員していたと考えるならば、右とは異なる解釈を導き出すことができる。すなわち、傍線部を「官兵として抑留せらるる」とよめば、三浦らは以仁王の乱勃発時にたまたま在京していたため、その追討軍に動員されたと読めるのである。これこそ当時の軍事動員の実態だったのであり、そこに占める「駈武者」の役割はけっして小さくはなかったのである。

このように「駈武者」という表現から当時の軍事動員の問題にアプローチすることができるのであるが、さらに興味

深く思われるのは、古文書や古記録といった史料には「駈武者」という表現は出てこないと考えられることである(23)。同じ対象を見ていながら表現が異なるのはなぜか、さらには古文書などでは「駈武者」はどのように出てくるのか(24)など、新たな研究課題が浮かびあがってくるのである。

これらの課題の解決はすべて今後にゆだねざるをえないが、『平家物語』にみえる「駈武者」を手がかりにすることによって、日本史研究がさらに深められることはおわかりいただけるであろう。やはり軍記物語は歴史学にとって魅力的な史料なのである。

おわりに

ある史実を分析したり、それに関する叙述を行なったりするにあたっては、もちろん史料はできるだけ数多く残っていることが望ましい。ただし、ただ数が多ければいいというわけではない。似たような、同じような史料ばかりでは平板な像しか浮かび上がってこないだろう。性格の異なる多様な史料をつきあわせることによって、解釈の可能性は大いに広がることになるのである。そうした意味では、古文書と軍記物語は、史料としてもっとも相性のよい組み合わせと言えるかもしれない。

もちろん現実はそれほど単純ではない。軍記物語は一史料には収まりきらない強力な作用を発揮し、見た目ほどには「自立」していない古文書を、その磁場に引き寄せてしまうこともあるのである。

ごく当然のことではあるが、軍記物語のそうした作用(文学的表現とも言い換えられよう)を見きわめ、かつそこに史料としての可能性を見つけだしていくことが、歴史学の側に求められることになろう。そのためには、やはり文学研究の成果に大いに学ばなければならないと考えられる。

注

（1）赤松俊秀『平家物語の研究』（法蔵館、一九八〇年）に収められた諸論稿は、その先駆的研究である。
（2）久米邦武『久米邦武歴史著作集第三巻　史学・史学方法論』（吉川弘文館、一九九〇年）所収。初出は一八九一年。近代史学史における久米邦武の位置づけについては永原慶二『20世紀日本の歴史学』（吉川弘文館、二〇〇三年）三六～四二頁参照。
（3）佐藤進一『［新版］古文書学入門』（法政大学出版局、一九九七年）三頁。
（4）高柳光寿『足利尊氏』（春秋社、一九五五年／改稿版一九六六年）一頁参照。
（5）石築地の築造や異国征伐計画の概要については相田二郎『蒙古襲来の研究［増補版］』（吉川弘文館、一九五八年）参照。
（6）「八幡筥崎宮御神宝記紙背文書」（建治二年）閏三月三日尼真阿請文（『鎌倉遺文』第十六巻一二二九二号）
（7）「八幡筥崎宮御神宝記紙背文書」（建治二年）閏三月七日井芹秀重請文（『鎌倉遺文』第十六巻一二二九七号）
（8）渡辺世祐「弘安の役に於ける国民の意気」（元寇弘安役六百五十年記念会編『元寇弘安役六百五十年記念会紀要』〈一九三四年〉所収）参照。これは昭和六年（一九三一）七月一日に東京日比谷公会堂で開催された元寇弘安六百五十年記念式典における講演録である。
（9）前掲注5相田著書一三五～一四二頁参照。
（10）佐藤進一「モンゴルの侵入」（岡田章雄ほか編『日本の歴史四　鎌倉武士』〈読売新聞社、一九六三年〉所収）二六七～九頁参照。
（11）元寇弘安役六百五十年記念関係諸行事については、川添昭二『蒙古襲来研究史論』（雄山閣出版、一九七七年）一七一～一七八頁参照。
（12）川合康「内乱の展開と「平家物語史観」」（川合編『平家物語を読む』〈吉川弘文館、二〇〇九年〉所収）参照。
（13）他に木曽義仲や城四郎の軍勢の中に「駈武者」が描かれることもあるが、いずれも敗戦する側の軍勢として登場している（第三本「城四郎与木曽合戦事」・第四「木曽可滅之由法皇御結構事」・第五本「兵衛佐ノ軍兵等付宇治勢田事」）。
（14）石母田正『平家物語』（岩波書店〈岩波新書〉、一九五七年）一一七頁参照。
（15）「興福寺文書」寿永二年三月日大和国和束杣工等重申状（『平安遺文』第八巻四〇八〇号）
（16）田中稔「院政と治承・寿永の乱」（田中『鎌倉幕府御家人制度の研究』〈吉川弘文館、一九九一年〉所収。初出は一九七六年）二七頁参照。

(17) 川合康「治承・寿永の「戦争」と鎌倉幕府」（川合『鎌倉幕府成立史の研究』〈校倉書房、二〇〇四年〉所収。初出は一九九一年）一四九〜一五四頁参照。

(18) 『太平記』の場合でも、「野伏」の表現に作者の意図が込められていると考えられる。高橋典幸「太平記にみる内乱期の合戦」（市沢哲編『太平記を読む』〈吉川弘文館、二〇〇八年〉所収）九二〜九七頁参照。

(19) 佐伯真一『戦場の精神史』（日本放送出版協会、二〇〇四年）参照。

(20) 五味文彦「平氏軍制の諸段階」（『史学雑誌』八八―八、一九七九年）一九〜二一頁参照。

(21) 『吾妻鏡』治承四年六月二十七日条。

(22) 龍粛訳注『吾妻鏡（一）』（岩波書店〈岩波文庫〉、一九三九年）一八頁参照。

(23) 東京大学史料編纂所のホームページで公開されているデータベースで、「駈武者」「駆武者」「仮武者」を検索した結果、ヒットするデータはなかった（二〇一一年一月一四日アクセス）。同ホームページのURLは http://www.hi.u-tokyo.ac.jp/index-j.html

(24) 私見では、古文書などに出てくる「堪武勇輩」「足武器之輩」といった表現が「駈武者」というあり方に関わっているのではないかと想定している。後考を記したい。

『平家物語』の生成と東国——「重衡・千手譚」を素材として

坂井孝一

はじめに

『平家物語』の最初期の形態であるいわゆる「原平家」の成立は、『徒然草』第二二六段の記述、承久の乱後の朝廷における平氏人脈の復活、藤原定家書写『兵範記』紙背の延応二年＝仁治元年（一二四〇）文書に見える「治承物語六巻号平家」という記述などから、寛喜年間から延応年間にかけて、すなわち一二三〇年代であったと考えられている。とはいえ、「原平家」から現存の『平家物語』諸本への発展過程は複雑多岐にわたり、不明な部分が多い。本稿ではそうした過程の一端について東国という視点から考察してみたい。素材としては、多くの諸本に見られる、しかも東国を舞台とした著名な挿話「重衡・千手譚」[1]を取り上げる。寿永三年＝元暦元年（一一八四）二月[2]、一の谷の合戦で捕虜となった本三位中将平重衡は鎌倉に護送され、源頼朝と対面したのち、一年余りの日々を鎌倉で過ごす。その徒然を慰めるために頼朝が派遣したのが千手前である。各種の『平家物語』や『吾妻鏡』は、この間の重衡の動向を「重衡・千手譚」として克明に描いている。ただ、そこには微妙な異同がみられる。本稿はこうした異同に着目しつつ、「原平家」

から『平家物語』諸本への過程の一端を探ってみたい。

一　重衡・千手譚における場所と人物の設定

まず、『平家物語』諸本および『吾妻鏡』にみられる「重衡・千手譚」を相互に比較してみよう。ただし、本稿は、本文に緻密な分析を加えて諸本のあり方やその相互関係を明らかにする、いわゆる「諸本論」を意図したものではない。そこで、細かな字句の異同に着目するのではなく、A【重衡が頼朝に対面した場所】、B【重衡を守護・警衛する人物】、C【重衡が饗応された場所】、D【重衡を饗応した人物】、E【饗応の報告を頼朝に解説した人物・場所】の5点にしぼって検討したい。また、テキストも諸本すべてではなく、語り本系(3)として「覚一本」と「屋代本(抜書を含む)」、読み本系(4)として「延慶本」を取り上げ、『吾妻鏡』(5)の記事との比較を行いたい。

A【重衡が頼朝に対面した場所】

東海道を護送されてきた重衡は頼朝との対面を果たすが、その対面場所に関して諸本間で微妙な異同が見られる。「覚一本」は巻第十で、「急がぬたびとおもへども、日数やう〳〵かさなれば、鎌倉へこそいり給へ、兵衛佐急ぎ見参して」、また「屋代本」巻第十も「急カヌ旅ト思ヘトモ、日数漸重ナレハ、鎌倉ヘコソ入給ヘ、兵衛ノ佐、三位中将ニ対面シ給テ」と叙述し、いずれも重衡は直接「鎌倉」に入り、頼朝と対面したことになっている。これに対し「延慶本」は、巻第五末「重衡卿関東ヘ下給事」で「日数漸積行バ、廿六日ノ夕晩ニハ、中将伊豆ノ国府ヘゾ付給フ、折節兵衛佐殿ハ伊豆ニ狩シテオワシケレバ、梶原事ノ由ヲ申入タリケレバ」と叙述し、重衡は鎌倉に入る前に「伊豆ノ国府」に着き、折節、伊豆で狩りをしていた頼朝と対面したとする。一方『吾妻鏡』は、元暦元年三月廿七日条で「三品羽林着二伊豆国府一、境節武衛令レ坐二北条一給之間、景時以二専使一伺二子細一、早相具可レ参二当所一之由被レ仰、仍伴参」と記し、重衡はまず「伊豆国府」に着いたが、「北条」に滞在中の頼朝の召しによって、梶原景時に伴われ「当所」つまり伊豆国

「北条」に移動したとする。

B【重衡を守護・警衛する人物】

頼朝は重衡を丁重に扱い、守護・警衛するための武士を選ぶ。「覚一本」は「南都をほろぼされたる伽藍のかたきなれば、大衆定めて申旨あらんずらんとて、伊豆国住人、狩野介宗茂にあづけらる」、「屋代本」も「南都ヲ滅タル大将也。大衆定テ可シレ有ル二申ス旨一トテ、伊豆ノ国住人狩野介宗持ニ預ラル」とし、ともに伊豆国の御家人狩野宗茂(6)が守護・警衛の役を命じられたとする。宗茂が選ばれたことに関しては「延慶本」も『吾妻鏡』も違いはない。ただ、「延慶本」は「南都大衆申旨有ト兵衛佐宣テ、宗茂是ヘト有ケレバ、梃ナル僧召付ク。自東梃、年四十計モヤ有覧ト省キ男ノ白直垂着タルガ、佐ノ前ニ梃ヲ押ヘテ膝ヲ屈メテ立リ。佐宣ケルハ、アノ三位中将殿預進セテ、能々モテナシ労リ奉レ。懈怠ニテ我恨ナト宣テ、手ヅカラ簾ヲ引ヲロシテ被立ニケリ。宗茂本ノ侍ニ帰テ、友共ニ云合テ、寝殿ノ前ニ腰敬シテ、西屋ナル景時トサ、ヤキ事シテ、サラバ今ハ出サセ給ヘト申ケレバ、中将立出給テ、今日ヨリハ伊豆国住人鹿野介宗茂ガ手ニゾ渡リ給ケル」とし、頼朝が宗茂を召した時の様子、宗茂の年齢・衣装・行動など、その叙述はかなり具体的で詳細である。これに対し『吾妻鏡』元暦元年三月廿八日条は「其後被レ召二預狩野介一云云」のごとく、極めて簡潔に記す。

C【重衡が饗応された場所】

重衡が、直接、鎌倉に入り、頼朝との対面も鎌倉で行なわれたとする「覚一本」「屋代本(抜書)」では、饗応の場も鎌倉以外にはあり得ない。これに対し、「延慶本」巻第五末は饗応の場面を、「廿七日、自伊豆国府、本三位中将相具奉テ、狩野介宗茂鎌倉ニ付ク」で始まる「重衡卿鎌倉ニ移給事」という章段の前に置いていることから、「廿六日」に着いた伊豆国府が饗応の場であったということになる。一方『吾妻鏡』は、頼朝が元暦元年四月一日条で鎌倉に帰着したことを記した後、四月八日条で「本三位中将自二伊豆国一来二着鎌倉一、仍武衛点二墎内屋一宇一、被レ招二入之一、狩野介一族郎従等、毎夜十人令二結番一守二護之一」、すなわち重衡は四月八日に伊豆国から鎌倉に移り、狩野宗茂の一族郎従が結番して守護したと記した後、四月廿日条に至って饗応の記事を置いている。ここから、『吾妻鏡』は饗応の場が鎌倉内の「屋一宇」であったとみなしていることがわかる。

D【重衡を饗応した人物】

頼朝が重衡の徒然を慰めるため派遣した人物について、「覚一本」は「手ごしの長者がむすめで候を、みめ形、心ざま、ゆうにわりなき者で候とて、此二三年召つかはれ候が、名をば千手の前と申候とぞ申ける。その夕、雨すこし降ッて、よろづものさびしかりけるに、件の女房、琵琶・琴持たせて参りたり。狩野介、酒をすゝめ奉る。我身も、家子・郎等十余人引具して参り、御まへちかう候けり」と、また「屋代本(抜書)」は「手越ノ長者カ娘ニテ候ヲ、心様優ニ候間、兵衛ノ佐殿ノ此三四年被レ二召シ仕ハ一候カ、名ヲハ千手ノ前ヘト申候ト申ス。兵衛ノ佐、三位中将ノカク宣フ由ヲ聞給テ、或暮方ニ、雨降リ世間打静マテ、物サヒシカリケル折節、件ノ女房ヲ花声ニ出立テ、琵琶、箏ノコトヲ持セテ、三位中将ノ許ヘ遣ハサル。狩野介モ家ノ子郎従十余人相具テ、御前ニ参リケリ」と、さらに「延慶本」は「手越宿ノ君ノ長者ガ娘、千手ト申者ニテ候。心立テ痛気シタル者ニテ候之間、兵衛佐殿ノ御前ニ此四(五)六ケ年被召仕進セテ候也トゾ申ケル。其夜ハ雨打降タリケルニ、鹿野介、家子郎等引具テ、酒持テ参タリ。千手ノ前モ琵琶琴持テ参ル」とそれぞれ叙述する。細かな字句の異同はあるものの、手越の長者の娘で、頼朝に仕えている千手の前と、狩野宗茂および家子郎等が重衡の饗応にあたったという点については一致している。ところが、『吾妻鏡』四月廿日条は諸本と異なる。すなわち、「称レ為レ慰二徒然一、被レ遣二藤判官代邦通、工藤一﨟祐経、并官女一人号千手前等於羽林之方一」とし、千手前が派遣された点は共通するものの、他の人物は狩野宗茂ではなく、藤原邦通と工藤祐経であったとする。

E【饗応の報告を頼朝に解説した人物・場所】

重衡は酒盃を傾け、「五常楽」を「後生楽」、「皇麞急」を「往生急」と称して戯れつつ、琵琶を弾き、四面楚歌の朗詠を吟じた。翌朝、千手は酒宴の様子を頼朝に報告する。その時の頼朝であるが、「覚一本」は「其朝兵衛佐、折ふし持仏堂に法花経ようでおはしけるところへ、千手前参りたり」、また「屋代本」も「其ノ朝、兵衛ノ佐、持仏堂ニテ御経誦テ御坐シケル処ニ、千手帰リ参リタリケレハ」、さらに「延慶本」も「千手、兵衛佐ノ、持仏堂ニ念誦シテオワシケル処ニ参タリケレバ」と叙述し、いずれも頼朝は持仏堂で念誦していたとする。これに対し『吾妻鏡』は「其後各帰二参御前一、武衛令レ問二酒宴次第一給」と簡潔に記すのみで、頼朝がどこで何をしていたかについてはわからない。ただ、「其後」とあるところから、頼朝への報告は翌朝ではなく饗応当日の夜であり、また「各」とあることから、参上したのは千手ひとりではなく、饗応のために派遣された邦通や祐経も一緒であったということになろう。

さて、『平家物語』諸本は、持仏堂には頼朝のほかにもうひとりの人物がいたとする。「覚一本」の場合、「斎院の次官親義おりふし御前に物かいて候けるが」、「屋代本」「延慶本」でも「斎院ノ次官親能、アナタニ物書テ候ケルカ」とあり、その人物は斎院次官中原親能であったとする。また「延慶本」は「大膳太夫広元、其時ハ因幡守ト申ケルガ、広庇ニ執筆シテ候ケルニ」とし、伺候していたのは大膳大夫広元、つまり当時因幡守の官にあった大江広元であったとする。そして、親能や広元が頼朝に対し、重衡が牡丹の花に喩えられていた話などを引き合いに出して、酒宴における重衡の優美な振舞を解説するのである。一方『吾妻鏡』は、その場に伺候していた人物がいたかどうかについてはまったく触れず、「邦通申云、羽林、云二言語一、云二芸能一、尤以優美也、以二五常楽一謂二後生楽一、以二皇麞急一号二往生急一、是皆有二其由一歟(中略)詠二四面楚歌句一、彼項羽過レ呉之事、折節思出故歟」のように、饗応した邦通自身が解説を加えつつ報告を行ったとする。また「武衛又令レ持二宿衣一領於千手前一、更被二送遣一、其上以二祐経一、辺鄙士女還可レ有二其興一歟、御在国之程可レ被二召置一之由、被レ仰之」、すなわち頼朝は千手前に宿衣一領を持たせて重衡のもとに届けさせ、さらに田舎武士の娘は都人の重衡にはかえって興あるものであろうから、在国中は千手をそばに召し置くようにと、祐経を通じて重衡に伝えたというのである。しかも、その後には、「祐経頻憐二羽林一、是往年候二小松内府一之時、常見二此羽林一之間、于レ今不レ忘二旧好一歟」という一文を書き添えている。これは、かつて小松の内府平重盛のもとに伺候していて、常に重衡と顔を合わせていた祐経が、旧好を忘れずに頻りに重衡を憐れんだという記事である。

以上、五点の比較結果を表にまとめると、次のようになる。

	A【対面の場所】	B【守護した人物】	C【饗応の場所】	D【饗応した人物】	E【解説した人物・場所】
覚一本	鎌倉	伊豆国住人 狩野介宗茂	鎌倉	狩野介宗茂 千手前	斎院次官親義・持仏堂
屋代本 &抜書	鎌倉	伊豆ノ国住人 狩野介宗持	鎌倉	狩野介宗茂 千手前	斎院次官親能・持仏堂
延慶本	伊豆国府	伊豆国住人 鹿野介宗茂	伊豆国府	鹿野介宗茂 千手前	大膳大夫(因幡守)広元・持仏堂
吾妻鏡	伊豆国北条	(伊豆国御家人) 狩野介宗茂	鎌倉	藤判官代邦通 工藤一臈祐経 千手前	藤判官代邦通・不明(将軍御所カ)

二　東国における「重衡・千手譚」の生成

前節での検討結果を受けて、本節では「重衡・千手譚」が東国の地でどのように生成されていったのか考察してみたい。その際、とくに注目したいのは、『平家物語』からだけではうかがうことの難しい東国社会の慣習であり、歴史的な事情である。重衡が囚人として東国に下向して一年余り鎌倉に滞在したことは歴史的事実である。とすれば、元暦・文治当時の東国社会がこの現実をどのように受け止め、どのように対処したのか、それはどのような記憶として受け継がれていったのか、こうした点を明らかにしておくことが「重衡・千手譚」の生成について考察する起点となろう。

まず、B【重衡を守護・警衛する人物】に着目してみたい。これは『平家物語』諸本も『吾妻鏡』も、伊豆国の御家人狩野宗茂で一致していた。他の人物の名前がいっさい現れないことから、おそらく史実としてもその通りだったのであろう。では、なぜ頼朝は狩野宗茂を選んだのであろうか。そもそも狩野氏は、国衙の有力在庁官人として代々「介」の地位を世襲してきた一族であった。建久四年五月、駿河国富士野の狩りが企画された際、先立って現地に下向する北条時政に対し、頼朝は「御旅館已下事、仰二伊豆駿河両州御家人等一、狩野介相共可下令二沙汰一給上之由、含二御旨一」めた(7)という。これは、建久年間において狩野氏が伊豆国の御家人たちを指揮できるほどの権能、いわば守護の権能を北条氏と分掌していたことを示唆するものである。とすれば、後には北条得宗家が伊豆守護職を独占する体制が固まるのであるが、元暦・文治段階においては、狩野氏にその権能を発揮できる余地がまだかなりあったとみてよかろう。

ところで、国内の流人・罪人の掌握・監視は国衙の「介」や守護の職務であった。狩野宗茂は次に挙げるふたつの事例から、実際にこれを遂行していたと考えられる。ひとつは門脇中納言平教盛の子息、権律師忠快の例である。『玉葉』文治元年五月廿一日条(8)には、

> 昨日被レ行二流罪一僧俗幷九人云々、上卿通親卿、請□参議兼光云々、
> 時忠卿能登　信基朝臣備後　時実朝臣周防　尹明出雲　良弘前大僧都阿波　全真前僧都安芸　忠快前律師伊豆　能円法眼備中　行命熊野別当

という記事があり、捕虜となった忠快が伊豆への流罪に処されたことがわかる。『吾妻鏡』同年七月廿六日条によれば、

> 前律師忠快為二流人一、一昨日到二着伊豆国小河郷一之由、宗茂申レ之、是平家縁坐也

とあり、忠快は約二カ月後の七月廿四日に伊豆に着いている。ここで注目すべきは、流人の忠快が伊豆国小河郷に到着したことを「宗茂申レ之」、すなわち狩野宗茂が幕府に報告している点である。忠快は『吾妻鏡』文治五年五月十七日条

に「可レ召二返伊豆国流人前律師忠快一之由、宣下状到着」とあることから、四年間ほどで都に召し返されたのであるが、その間に預かり監視していたのは幕府に到着の報告をした狩野宗茂であったとみなすのが自然であろう。

もうひとつは『吾妻鏡』建久四年八月十七日条にみられる次の事例である。

参河守範頼朝臣被レ下二向伊豆国一、狩野介宗茂、宇佐美三郎祐茂等所二預守護一也、帰参不レ可レ有二其期一、偏如二配流一

これは、富士の裾野における曽我兄弟の敵討ち事件の後、謀叛の嫌疑をかけられた「参河守」源範頼が伊豆国に下向させられた時の記事である。その様子は「偏如二配流一」であったというが、範頼を預かり守護したひとりとして「狩野介宗茂」の名がみえる。以上の二例からも、伊豆国に到着した流人・罪人は狩野宗茂が預かり監視するのが慣例であり、それは狩野氏が代々世襲してきた「介」や、元暦・文治の頃、北条氏と分掌しつつ維持していた伊豆守護の権能に基づくものであったといえよう。

しかし、そうであったとすれば、重衡の場合も伊豆国との関係が問題となる。無論、重衡は忠快とは違って伊豆国に流罪になったわけではない。頼朝が対面を望んだため、東国まで下向させられてきたのである。そこで、注目すべきなのが、A【重衡が頼朝に対面した場所】、C【重衡が饗応された場所】である。「覚一本」・「屋代本」は、重衡が鎌倉に直行し、頼朝との対面も鎌倉で行われたとしていた。そして、伊豆国との接点が何も示されないまま狩野宗茂に重衡の守護・警衛が命じられたとする。これに対し、「延慶本」と『吾妻鏡』は、ともに重衡が伊豆の国府に入ったとしていた。頼朝との対面は「延慶本」がそのまま国府において、『吾妻鏡』が、翌日、北条に移動してから行われたとするが、対面が終わった後、伊豆国で狩野宗茂に守護・警衛が命じられたとする点は同じである。

「延慶本」はその夜、伊豆国府で饗応があり、重衡は翌廿七日、宗茂に伴われて鎌倉入りしたとする。一方、『吾妻鏡』は頼朝が鎌倉に帰った後も重衡はしばらく伊豆に留まり、四月八日になって鎌倉入りしたとしている。つまり『吾

妻鏡』では、短期間とはいえ伊豆国において宗茂が重衡を預かり守護していたことになるのである。ここに宗茂が重衡の守護・警衛役に選ばれた理由があったと考えられよう。さらにいうならば、代々「介」を世襲し、守護の権能を有する「狩野介宗茂」が守護・警衛役に選ばれたこと自体、重衡の伊豆国府への到着、伊豆国での滞在を証するものになろう。つまり、「覚一本」・「屋代本」よりも「延慶本」、その「延慶本」よりも『吾妻鏡』の記述の方が、A【重衡が頼朝に対面した場所】、B【重衡を守護・警衛する人物】、C【重衡が饗応された場所】に関する限り、東国社会の慣例や歴史的事情を正確に反映していると考えることができるのである。

では、D【重衡を饗応した人物】についてはどうであろうか。都から下ってきた流人・囚人を饗応するのは、必ずしも守護・警衛に携わった御家人だけとは限らない。むしろ芸能に堪能な武士や、京下りの中流貴族出身の文士が選ばれることの方が多かったと考えられる。たとえば、静御前が鶴岡八幡宮で白拍子舞を披露したときに伴奏を勤めたのは、静を預かっていた安達新三郎清経[9]ではなかった。在京経験が長く、「歴㆓一臈上日之職㆒、自携㆓歌吹曲㆒」とされる工藤祐経[10]や、文武両道に秀でた武士と称された畠山重忠であった。また、文士の中では、頼朝の右筆である「藤判官代」藤原邦通が芸能に堪能であった[11]とされる。したがって、千手とともに重衡の饗応を任された人物としては、狩野介宗茂よりも、藤判官代邦通・工藤祐経の方がはるかに現実的である。とくに、祐経は『真名本 曽我物語』(以下、「真名本」と略記する)によれば、かつて小松の内府平重盛のもとに伺候していたという。とすれば、『吾妻鏡』が記すように重衡を見知っていた可能性が高く、饗応を任される人物としては最適であったといえよう。

次に、E【饗応の報告を頼朝に解説した人物・場所】である。場所については、「覚一本」「屋代本」「延慶本」ともに「持仏堂」で一致している。ただし、「延慶本」の場合、頼朝も重衡もまだ伊豆国府に滞在中であるから、国府内の持仏堂ということになる。また、頼朝の傍らに伺候していて千手の報告内容を解説した人物は、「覚一本」「屋代本」が「斎院次官中原親義(親能)」、「延慶本」が「大膳大夫広元」すなわち大江広元であったとする。なお、この親能と広元は兄弟である。一方、『吾妻鏡』は場所についてはとくに触れていない。ただ、重衡はすでに鎌倉に入っているのであるから、将軍御所と考えて差し支えないであろう。また、饗応内容の報告と解説は、饗応に出向いた藤原邦通自身が行ったとする。

これらのうち、違和感を覚えるのは「延慶本」の記述である。まず、頼朝が伊豆国府内の持仏堂で念誦していたという点である。無論、国府にも持仏堂は存在したであろうが、こうした日常的な行いをする場として描くには、むしろ鎌倉の御所内の持仏堂の方がしっくりこよう。その限りでは、「覚一本」「屋代本」の方が自然である。次に、「延慶本」では、大江広元が「広庇」に「執筆」のために伺候していたとする。もちろん広元は、平氏の人々の評判、四面楚歌の話、舞楽の廻骨の話をするのに十分な教養を備えた人物として、京都でも広く知られていた。したがって、重衡の様子を解説するにはふさわしい人物である。とはいえ、「延慶本」によれば、頼朝は伊豆に狩りに来ていたのであるから、そこに広元が同行していたというのは不自然である。これに対し、饗応を行った藤原邦通自らが報告し、解説を加えたとする『吾妻鏡』の記述は自然である。しかも邦通は、先にも述べたように、芸能に堪能な京下りの中流貴族であるから、解説を加えるのに十分な能力を有していたと考えられる。

ところで、「延慶本」は、三月廿七日に重衡が伊豆国府から鎌倉に移り、その翌日に頼朝が直垂・小袖・袴などを届けさせたとする。これは、頼朝が「宿衣一領」を千手前に持たせて届けさせたという『吾妻鏡』の記事と相通ずる点がある。また、『玉葉』元暦元年三月十日条には「今日、重衡下二向東国一、頼朝所二申請一云々」とあり、重衡の出京を三月十日とする点では『吾妻鏡』も「延慶本」も同じである。その後の動きは「延慶本」と『吾妻鏡』とで相違が生じるが、「延慶本」が三月廿七日に鎌倉に入ったとし、『吾妻鏡』は三月廿七日に伊豆に到着したとするように、両者に「三月廿七日」という日付が出てくる。これらの類似点は「延慶本」と『吾妻鏡』、あるいはそれぞれの原史料の交流があった可能性を感じさせるものであろう。以上を総合すると、東国の事情を最もよく反映しているのは『吾妻鏡』であり、「覚一本」「屋代本」「延慶本」はそれに及ばないが、「延慶本」は『吾妻鏡』もしくはその原史料と何らかの交渉があった可能性を感じさせる、との結論が得られると考える。

そもそも、元暦・文治当時の東国においては、南都を焼き払ったことで知られる重衡が下向し、鎌倉殿頼朝から丁重な饗応を受けたということ自体、人々の耳目を集める特別な出来事であったと思われる。とすれば、東国の慣習に従って重衡の守護・警衛役をつとめた人物についても、饗応に携わった人物や饗応の様子についても、貴重な記憶として、あるいは何らかの記録として残されることになったと考えられよう。一方、東国というのは、工藤祐経を主要な登場人物とする「真名本」を生み出し、成長させた土地でもある。さらに、承久の乱後の鎌倉中期というのは、その祐経の子息である伊東祐時・祐長が幕府内で地歩を固め、伊東一族の発展の基礎(12)を築いた時期でもある。とすれば、工藤祐経も深く関わったと考えられる重衡饗応という事実は、こうした東国独自の歴史的事情を背景に人々の間で受け継がれ、現存の『平家物語』諸本とはやや異なった重衡・千手の説話を生み出し、やがてそれが東国独自の「重衡・千手譚」として説話的に成長していったとみなすことは十分に可能であろう。『吾妻鏡』にみえる「重衡・千手譚」は、まさにその一端を現在に伝える貴重な史料といえるのではないか。

三　『平家物語』における「重衡・千手譚」生成の方向性

では、東国で生成された「重衡・千手譚」は京都の人々にどのように受け止められ、『平家物語』に取り込まれていったのであろうか。次にこの点について考察してみたい。東国の場合同様、元暦・文治当時の京都においても、重衡が囚われの身となったことは注目すべき出来事であったと思われる。ただ、『玉葉』を読んでみると、九条兼実は元暦元年三月十日条に「今日、重衡下二向東国一、頼朝所二申請一云々」と重衡の東国下向を記した後、翌元暦二年の六月に至るまで重衡の動静について言及していないことがわかる。しかも、ようやく重衡の話題を取り上げたかと思うと、同月廿二日条の「前内府幷其息清宗、三位中将重衡等、義経相具所二参洛一也」と、その翌日条の「伝聞、重衡首於二泉木津辺一切レ之、令レ懸二奈良坂一云云」、すなわち帰洛と梟首の記事だけで終わってしまうのである。東国における重衡の様子については、伝聞情報なども含めてまったく記述していない。また、治承・寿永の乱が歴史上の出来事と認識されるようになった時期の著作である『愚管抄』(13)においても、重衡に関する記事は、妻との別れの哀話や出家に至る経緯、そして南都へ送られての処刑の話が中心であり、東国滞在中の重衡については触れられていない。これらのことから、京都の貴族たちは、元暦・文治の頃はもちろん十三世紀の初頭に至っても、東国における重衡の情報をさほど積極的には入手しようとしていなかったと考えられる。

ところが、現存するほとんどの『平家物語』諸本には、重衡の「海道下」や「千手前」の段が含まれている。これは諸本のもととなった「原平家」のような原初的な物語が成立する過程で、東国滞在中の重衡に対する関心が生まれ、その内容を物語のエピソードとして取り込もうとする動きが現れたことを意味していると考える。「海道下」も「千手前」も、現存諸本の間で人物・場所・細かな表現に異同がみられるものの、話の大筋に関してはほぼ一致していることも、この想定を裏付ける根拠のひとつとなろう。

また、信濃前司行長が東国出身の盲人生仏に平家を語らせたという『徒然草』第二二六段(14)の記事はあまりにも有名であるが、福田豊彦氏はこれをもとに、東国武士については生仏が行長に「書かせ」たのであり、その意味で平家物語は「筆者と語り手の共同作業」、「東西文化の接点」で生まれた作品であったと述べている(15)。とすれば、「原平家」が作られる段階で、東国の情報に基づいた様々なエピソードが、簡略ながらも盛り込まれたといえるのではないだろうか。そして、その「原平家」が成長する過程で、そうしたエピソードのひとつである「重衡・千手譚」も増補・脚色・改変・省略がなされ、現存諸本にみられる形に整えられていったと考えられよう。

ここで問題となるのは、東国における重衡の情報が、たとえば行長のような京都の人々にどのように理解され、どのような形で物語に取り込まれたかという点である。前節までの考察によって、東国の事情を最もよく反映していると考えられる『吾妻鏡』の「重衡・千手譚」と、「覚一本」「屋代本」「延慶本」の「重衡・千手譚」との間には、A【重衡が頼朝に対面した場所】、B【重衡を守護・警衛する人物】、C【重衡が饗応された場所】、D【重衡を饗応した人物】、

E【饗応の報告を頼朝に解説した人物・場所】の五点にわたる相違があることが明らかになった。とすれば、この相違の意味を考えることが、京都における東国情報の受け取られ方、さらには物語への摂取の仕方を解明する手がかりとなろう。その際、前節の考察で、『吾妻鏡』もしくはその原史料と何らかの交渉があった可能性を感じさせると評価した「延慶本」がひとつの鍵になると思われるので、「延慶本」と『吾妻鏡』の比較を中心に検討したい。

まず、A【重衡が頼朝に対面した場所】とB【重衡を守護・警衛する人物】であるが、「延慶本」は『吾妻鏡』同様、伊豆国を重要な要素として物語を進行させていた。無論、Bの狩野宗茂は京都ではさほど名を知られた武士ではない。ただ、宗茂は頼朝から重衡の守護を正式に命じられた武士であったと考えられ、一年以上にもわたって重衡を預かったという実績がある。とすれば、重衡の東国での足跡を追ったとき、その名が出てこないということはあり得ない。「延慶本」はそれをそのまま物語に反映させたということであろう。

しかし、一方で「延慶本」は、Aの【対面場所】とC【重衡が饗応された場所】を伊豆の「国府」に設定していた。この設定に従うと、D【重衡を饗応した人物】が芸能に堪能ではない狩野宗茂と千手に限定されてしまうという点や、E【饗応の報告を頼朝に解説した人物・場所】の【場所】が国府の持仏堂であったとする点などに難点が生じてくる。とくに、Dの【人物】については、芸能に堪能な工藤祐経や藤原邦通を登場させることができないわけで、東国の事情からすればかなり無理があるといわざるを得ない。とはいえ、工藤祐経が登場する『曽我物語』に対して、いや曽我兄弟の敵討ち事件そのものに対して、鎌倉期の京都の人々はさして関心がなかったようである。中世小説的ともいわれる「仮名本」の『曽我物語』が京都周辺で生み出されるのは南北朝期に至ってからである。さらにまた、使者として京都に派遣されたことのない藤原邦通の知名度は、工藤祐経以上に低かったと思われる。とすれば、東国事情に照らせば無理があるとはいえ、重衡が到着した伊豆の国府でそのまま頼朝との対面があり、同じく国府で饗応も行われたという展開に改変したとしても、京都の人々からすれば何の問題もなかったであろう。むしろ展開がスムーズになり、受け入れやすかったとさえいえるかもしれない。

最後に、Eの【人物】についてであるが、『吾妻鏡』が饗応に携わった邦通自身としていたのに対し、「延慶本」は大江広元としていた。これも、広元が狩りに同行していたという点でやや無理があるものの、京都の人々にとっては邦通より広元の方がはるかに受け入れやすかったからということであろう。以上、A～Eの五点にわたって、「延慶本」にみられる『吾妻鏡』との相違がどのような意味を持っていたのか検討してみた。その結果、この相違はおおむね、京都の人々に馴染みのある受け入れやすい形へと、また物語の流れをスムーズに展開する方向へと改変する、という意味を持っていたとまとめることができよう。

同じ傾向は、「覚一本」「屋代本」と『吾妻鏡』との相違についてもあてはまる。こちらの方が、伊豆国との関係にいっさい考慮を払わず、A【頼朝との対面場所】を最初から「鎌倉殿」頼朝が待つ「鎌倉」に設定するなど、京都の人々にとって、いっそうわかりやすく受容しやすい形に改変されているとみなすことができる。Eの【人物】が斎院次官親能、すなわち広元の兄弟の中原親能になっている点も、親能が頼朝の代官として上洛し、源中納言雅頼の「門人」として在京していたこと(16)を考慮すれば、十分納得のいく改変といえよう。もっとも、「延慶本」が広元としたところを、なぜ「覚一本」「屋代本」が親能としたのかといった点については、また別の視点から考察する必要があると思われるが、本稿の論旨からははずれるので、ここでは言及しない。

以上、東国で生成された「重衡・千手譚」が、どのように京都の人々によって理解され、受け入れられていったかという視点を用いて、「原平家」から現存の『平家物語』諸本への発展過程の一端について考察してみた。

おわりに

承久の乱後、一二三〇年代の京都で「原平家」が成立した時、どれほどの東国の情報がどの程度の正確さで盛り込まれたかという点は不明というしかない。しかし、少なくとも重衡の東国滞在については、元暦・文治年間や『愚管抄』

成立期などよりも関心が高まり、独立したひとつのエピソードとして盛り込もうという動きがあったことは確かであろう。その際、「原平家」の作者が拠り所としたのは、東国で生成され、東国の人々の間に受け継がれ成長していた説話、恐らくは『吾妻鏡』にその一端が伝えられている「重衡・千手譚」であったと考える。こうした東国の情報や東国生成の説話は、京・鎌倉の交流が盛んになるにつれて、京都にもたらされるようになったものであろう。そこには、中納言律師忠快のような鎌倉滞在の経験のある平氏の生き残りや、平氏ゆかりの人々が関与していた可能性がある。しかし、そうした情報・説話は、生の形ではあまりにも東国の独自色が濃厚であったため、京都の人々にはそのままたやすく受容できる内容ではなかったと想像される。そこで、「原平家」に増補・脚色・改変・省略が加えられ、現存の『平家物語』諸本へと発展していく過程で、「重衡・千手譚」の場合には、祐経・邦通の名が削られて宗茂のみが残り、邦通の役どころが広元や親能に代えられるといった動きが起こったのではないか。その結果、『平家物語』諸本では、逆に千手前がクローズアップされることになり、「重衡・千手譚」は、男女のはかない出逢いと別れという趣を持った、人の心を打つすぐれた逸話に成長したのであろう。

注

（1）　先行研究には、志村士郎「鎌倉と『平家物語』―平重衡に関する事件の顛末」（日本文学風土学会編『文学と風土』勉誠出版、一九九八年）、由井恭子「平家物語「千手前」における芸能について」（『梁塵』一六、一九九八年）、佐伯雅子『平家物語』における千手と重衡―「死」のプロセスと『和漢朗詠集』」（『人間総合科学』八、二〇〇四年）、村上学「延慶本瞥見―重衡物語を通じて」（『国語と国文学』八五―一一、二〇〇八年）などのほか、能の作品との関連を論じた研究がある。

（2）　寿永三年は四月一六日に元暦元年と改元されるが、本稿の素材である「重衡・千手譚」は改元の前後に重要な話題が集中している。元号を正確に書き分けるとかえって煩雑さを招くので、元暦元年に統一して論述することにしたい。

（3）語り本系については「覚一本」は高野辰之氏旧蔵本を底本とする『新日本古典文学大系平家物語』（岩波書店、一九九一年）を、また「屋代本」は麻原美子・春田宣・松尾葦江編『屋代本・高野本対照　平家物語』（新典社、一九九三年）を用いる。
（4）読み本系については北原保雄・小川栄一編『延慶本　平家物語』（勉誠出版、一九九〇年）を用いる。
（5）『吾妻鏡』は新訂増補国史大系本を用いる。なお、本文のなかで月日のみを示して論述している箇所は、基本的に『吾妻鏡』の同日条をもとに記したものであることを、あらかじめことわっておきたい。
（6）狩野宗茂の表記は諸本に異同があるが、本稿では『吾妻鏡』に頻出する「狩野宗茂」の表記を用いたい。
（7）『吾妻鏡』建久四年五月二日条。
（8）『玉葉』は名著刊行会発行本を用いる。
（9）『吾妻鏡』文治二年三月一日条に「予州妾静依レ召自二京都一参二‐著于鎌倉一、北条殿所レ被二送進一也、母礒禅師伴レ之、則為二主計允沙汰一、点二安達新三郎宅一招二‐入之一云々」とある。
（10）『吾妻鏡』文治二年四月八日条。
（11）『吾妻鏡』治承四年八月四日条に「邦通者洛陽放遊客也、有二因縁一、盛長依二挙申一、候二武衛一、而求二事之次一、向二兼隆之館一、酒宴郢曲之際、兼隆入レ興、数日逗留」、文治五年正月十九日条に「若君御方結二‐構風流一、模二大臣大饗儀一、藤判官代邦通為二有識一営二此事二」とあり、邦通が京都で身につけた教養や芸能の才覚を頼朝が高く評価していたことがわかる。また、文治二年五月十四日条によれば、邦通は工藤祐経らとともに静の旅宿に赴き、「玩レ酒催レ宴、郢曲尽レ妙」したという。
（12）伊東祐時・祐長兄弟については、山田邦明「講演『伊東一族の五百年』」（伊東市史編さん委員会編『伊東の今・昔―伊東市史研究・第2号―』伊東市教育委員会、二〇〇二年）、『伊東市史―史料編　古代・中世―』（伊東市、二〇〇七年）に詳しい。
（13）『愚管抄』は岩波書店刊行の日本古典文学大系本を用いる。
（14）『徒然草』は岩波書店刊行の日本古典文学大系本を用いる。
（15）福田豊彦・服部幸造『源平闘諍録』（下）（講談社、二〇〇〇年）
（16）『玉葉』寿永二年九月四日条・寿永三年（＝元暦元年）二月一日条など。

あとがき

本書は、二〇〇八年度〜二〇一〇年度科学研究費補助金による共同研究「平家物語の初期形態に関する多角的研究—屋代本を拠点として—」（基盤研究（C）、課題番号20520199）の三年間の研究成果をまとめたものである。

本研究会のスタート当初の構成メンバーと、当時の肩書きは以下の通りである。

研究代表者　千明守（國學院大學栃木短期大学教授）
研究分担者　松尾葦江（國學院大学文学部教授）
　　　　　　坂井孝一（創価大学文学部教授）
　　　　　　佐々木孝浩（慶應義塾大学附属研究所斯道文庫准教授）
　　　　　　吉田永弘（國學院大学文学部准教授）
　　　　　　牧野淳司（明治大学文学部講師）
研究協力者　原田敦史（東京大学大学院博士後期課程在学）

本会では、三年間の研究期間に、七回の文献調査、六回の研究発表会、三回の講演会、一回のシンポジウムを実施した。本書は、その成果の一部である。

序説の佐倉論考「軍記物語の表現の古態を考えるということ」は、二〇〇九年四月十二日に國學院大学渋谷キャンパスで行われた公開講演会『『平治物語』を考える—表現の古態なき『四部合戦状』として—」の内容を、発展的にまとめていただいたものである。

講演時には、特に『平治物語』の成立について中心に述べられ、「平治の乱」という説明しにくい歴史的事件を、作者がどのようにして「明快なストーリー」として表現したのかを明らかにされた。とても刺激的なご発表であった。

第Ⅰ部は、文献調査及び研究発表会の内容を、参加研究者各自がまとめたものである。『平家物語』の古態を探る上で重要な位置を占めていると考えられる屋代本の本文について、多角的な視点から考察したものである。

第Ⅱ部は、二〇一〇年二月十二日に國學院大学渋谷キャンパスで行われた公開講演会「刀剣伝承の文学」の内容を、ご講演をいただいた二名の講師とコメンテータにお願いしてまとめていただいたものである。公開講演会のタイトルと講師は以下の通りである。

「アーサー王のエクスキャリバーと剣の巻」多ヶ谷有子
『『剣巻』の精神史—『三種神器』説話を中心に—」内田康

講演会は、平家物語研究を専門とする研究者以外の方にもたくさん来場いただき、質疑応答も活発に行われ、大変実りのあるものであった。

第Ⅲ部は、二〇一〇年六月六日に國學院大学渋谷キャンパスで行われた公開シンポジウム「平家物語研究の視点—歴史学の視点・文学の視点、その相互理解をめざして—」の内容を、三名のパネラー及び司会者にまとめていただいたものである。シンポジウム開催時の発表タイトルと講師は以下の通りである。

「東国武士研究と軍記物語」野口実
「歴史学の視点と文学研究の視点―作品の認識をめぐって―」佐伯真一
『『史料』と軍記物語―軍事史の観点から―」高橋典幸
当日は、大きな会場は来場者で埋め尽くされ、フロアからも活発な質問が出て、非常に有意義なシンポジウムとなった。明治時代の歴史学者久米邦武の「太平記ハ史学ニ益ナシ」という発言をめぐって、軍記物語を「史料」として扱うことの有効性と限界について、歴史研究の視点と文学研究の視点から、その相互理解を獲得するために議論を尽くすことができたと思う。

二〇一一年六月　千明守

執筆者紹介

（執筆順、＊印編者）

佐倉由泰（さくら　よしやす）
1961 年生
東北大学大学院教授
『軍記物語の機構』（汲古書院・2011 年）、「『太平記』と「気」」（佐伯真一編『中世文学と隣接諸学 4　中世の軍記と歴史叙述』竹林舎・2011 年）

佐々木孝浩（ささき　たかひろ）
1962 年生
慶應義塾大学附属研究所斯道文庫教授
『大島本源氏物語の再検討』（和泉書院・2009 年・共著）、「尾州家本源氏物語の書誌学的再考察」（文学語学 198 号・2010 年）

吉田永弘（よしだ　ながひろ）
1972 年生
國學院大学文学部准教授
「国語学から見た延慶本平家物語」（栃木孝惟・松尾葦江編『延慶本平家物語の世界』汲古書院・2009 年）、「中世日本語の因果性接続助詞の消長」（青木博史編『日本語の構造変化と文法化』ひつじ書房・2007 年）

千明守（ちぎら　まもる）＊
1959 年生
國學院大學栃木短期大学教授
『平家物語が面白いほどわかる本』（中経出版・2004 年）、『校訂中院本平家物語（上下）』（三弥井書店・2010 ～ 2011 年・共著）

伊藤悦子（いとう　えつこ）
1968 年生
國學院大学大学院博士後期課程在学
「手塚光盛像の展開—『平家物語』から文芸及び伝承へ—」（國學院大學大學院紀要［文学研究科］41 輯・2010 年）

松尾葦江（まつお　あしえ）
1943 年生
國學院大学文学部教授
『軍記物語原論』（笠間書院・2008 年）、『軍記物語論究』（若草書房・1996 年）

大谷貞徳（おおや　さだのり）
1986 年生
國學院大学大学院博士後期課程在学
「屋代本『平家物語』の性格をさぐる―巻一「殿下乗合」事件を例に―」（國學院雑誌 109 巻 7 号・2008 年）、「『平家物語』の構想に関する一考察―「脇役」の記事を中心に―」（日本文學論究 69 冊・2010 年）

原田敦史（はらだ　あつし）
1978 年生
東京大学大学院助教
『校訂延慶本平家物語(11)』（汲古書院・2009 年・共編）、「屋代本『平家物語』における維盛関連記事の形成」（東京大学国文学論集 6 号・2011 年）

多ヶ谷有子（たがや　ゆうこ）
1947 年生
関東学院大学文学部教授
『王と英雄の剣　アーサー王・ベーオウルフ・ヤマトタケル―古代中世にみる勲と志―』（北星堂・2008 年）、“Yamata-no-orochi (Serpent) and Oni (Ogre) in Japanese Courtly Myths: In Relation with the Idea of Regalia”（関東学院大学文学部紀要 118 号・2010 年）

内田康（うちだ　やすし）
1966 年生
淡江大学(台湾)日本語文学系助理教授
「延慶本『平家物語』と韓国説話―「ワザハヒ」説話と「不可殺伊(プルガサリ)」説話との接点を求めて」（『テクストたちの旅程―移動と変容の中の文学―』花書院・2008 年）、「偽史としての鵼説話」（アジア遊学 118 号・2009 年）

山本岳史（やまもと　たけし）
1982年生
國學院大学大学院博士後期課程在学
「〈翻刻と解説〉『恋塚物語』屏風」（『國學院大學で中世文学を学ぶ第2集』國學院大學文学部松尾研究室・2009年）、「城方本『平家物語』を読む―八坂系諸本の本文流動を考えるために―」（『校訂中院本平家物語（上）』付録・三弥井書店・2010年）

野口実（のぐち　みのる）
1951年生
京都女子大学宗教・文化研究所教授
『武家の棟梁の条件』（中央公論社・1994年）、『源氏と坂東武士』（吉川弘文館・2007年）

佐伯真一（さえき　しんいち）
1953年生
青山学院大学文学部教授
『戦場の精神史』（日本放送出版協会・2004年）、『平家物語大事典』（東京書籍・2010年・共編）

高橋典幸（たかはし　のりゆき）
1970年生
東京大学史料編纂所助教
『鎌倉幕府軍制と御家人制』（吉川弘文館・2008年）、『源頼朝』（山川出版社・2010年）

坂井孝一（さかい　こういち）
1958年生
創価大学文学部教授
『曽我物語の史実と虚構』（吉川弘文館・2000年）、「源実朝覚書―青年将軍の心にさした光―」（創価大学人文論集21号・2009年）

ひつじ研究叢書〈文学編〉3

平家物語の多角的研究

屋代本を拠点として

発行……二〇一一年十一月九日　初版一刷
定価……八、五〇〇円＋税
編者……©千明 守
発行者……松本功
印刷所……三美印刷株式会社
製本所……田中製本印刷株式会社
発行所……株式会社 ひつじ書房
〒一一二-〇〇一一
東京都文京区千石二-一-二　大和ビル二階
Tel.03-5319-4916 Fax.03-5319-4917
郵便振替 00120-8-142852
toiawase@hituzi.co.jp http://www.hituzi.co.jp

ISBN978-4-89476-578-8